보이차
문화와
공간

■ 일러두기

중국과 일본에서는 한자 '茶'를 '차'로 표기하는데 우리나라에서는 '차'와 '다'로 혼용하고 있다. 본서에서는 고유명사처럼 굳어진 경우를 제외하고는 모두 '차'로 표기하였다.

보이차
문화와
공간

이양숙 지음

이른아침

보이차 시공간 이야기를 시작하며

보이차는 요즘 중국를 시작으로 우리나라를 비롯한 아시아는 물론, 유럽과 미국에서도 가장 핫한 차 중 하나다. 다이어트를 비롯한 각종 효능이 소비자들에게 널리 전파되고, 세월이 지날수록 맛과 향이 좋아진다거나 한 편에 수천만 원을 호가하는 차가 있다는 등의 흥미진진한 스토리가 첨부되면서 이를 경험하고 배우려는 사람들 또한 점차적으로 늘고 있다.

문제는 학술적으로 정리되고 과학적으로 검증된 명백한 사실과 근거를 찾을 수 없는 거짓 정보들이 혼재되어 유통되고 있다는 점이다. 차, 특히 보이차를 전문적으로 공부하고 연구하는 사람이라면 어떻게든 자기만의 기준을 세우고 이론과 실제 차생활을 충분히 견인해 나갈 수 있을 것이다. 하지만 그저 기호품이나 웰빙 음료로 보이차를 즐기려는 대다수 일반인에게는 이게 말처럼 쉬운 일이 아니다. 보이차가 오랜 역사와 문화, 독특한 제차 방식을 지니고 있으므로 공부할 게 많은 탓도 있겠으나, 그보다는 정보가 홍수를 이루는 와중에 서로 배치되고 상반되는 정보들이 너무 많다는 점이 문제의 본질이다. 한마디로 누구 말을 믿고 따라야 할지 결정하기가 쉽지 않은 것이다.

이 책의 일차적인 목표는 이처럼 뒤죽박죽이 되어 누구도 그 실마리를 제대로 풀기 어려운 보이차의 실체를 최대한 쉽고 간명하게 전달해보자는 것이다. 오랫동안 보이차를 즐기고 또 학문적 관점에서 연구해온 필자의 노하우와 이론을 펼쳐놓되, 허상이나 맹목이 아니라 실용과 과학의 견지에서 그렇게 해보려고 했다. 이를 통해 이 책의 독자들이 보이차가 어떤 특징을 가진 차인지 이해하고, 올바로 즐길 수 있는 실제적인 실력을 겸비할 수 있게 되기를 기대한다. 이런 목적에 따라 이 책에서는 보이차와 관련된 수많은 학설이나 주장들을 모두 깊이 있게 다루는 대신 최대한 실용과 실제에 초점을 맞추어서 핵심을 정리하여 전달하고자 했음을 밝혀둔다.

보이차를 본격적으로 즐기고자 할 경우 가장 먼저 부딪치는 문제는 어떤 보이차를 선택할 것이냐 하는 것이다. 같은 보이차라 하더라도 그 종류와 가격대와 생산 시기 등이 천차만별이기 때문에 자기에게 맞는 최상의 보이차를 찾는 일 자체가 통과하기 어려운 난관이 된다. 뒤에서 설명하게 될 보이차에 관한 핵심 지식들을 바탕으로 경험을 쌓아나가는 것이 가장 본질적이고 좋은 해결책이 될 것이다. 논리나 이론에만 매몰되면 진짜 좋은 차 만날 기회 자체를 놓치기 쉽고, 지식 없이 혀와 경험에만 의존하게 되면 독단에 빠질 우려가 있다. 머리와 혀의 합작이 필요한 셈이다.

그다음 발생하는 문제의 핵심은 차를 즐겨 마시기 위해 잘 보관된 보이차를 어떻게 즐기느냐로 요약된다. 그리고 이 문제의 해결방안을 모색하는 과정에서 차실의 설계 문제도 자연스럽게 대두된다. 필자는 개인적으로 오래전부터 동서고금의 다양한 차실들에 관심을 기울여 왔다. 차가 보편화되고 차를 전문적으로 즐기는 사람들이 늘어날수록 차실 설계의 문제 역시 현실적인 고민거리가 된다는 것을 알게 되었다. 이에 몇 년간의 연구조사와 다양한 사례분석을 바탕으로 〈보이차(普洱茶) 문화와 공간 연구〉라는 논문까지 쓰게 되고, 등시해 주홍걸·증지현 선생님들의 지도 하에 박사학위도 받게 되었다. 이 논문에서 다룬 주제와 내용 등을 재정리하고 일반인들도 쉽게 읽을 수 있도록 다시 구성한 것이 바로 이 책이다. 논문이라는 어려운 형식과 난해한 학문적 지엽말단에서 벗어나 누구든 보이차를 이해하고 즐기기 위해 필요한 차구와 차구들의 조합인 차석, 더 나아가 차실에 대해 구체적으로 배우고 생각해볼 수 있도록 구성하였다. 이 책이 미처 다루지 못한 부분들도 많은데, 전문적인 연구자나 상업적 목적의 차실을 설계하고 싶은 사람이라면 본래의 논문을 찾아보는 것도 도움이 될 것이다.

모쪼록 이 책을 통해 보다 많은 사람들이 보이차의 진면목을 이해하게 되고, 독자분들이 자기 자신에게 맞는 보이차의 맛을 찾아가는 과정을 즐기며, 더 나아가 차문화를 향유할 수 있는 차실 공간 구성에 대해서 생각해보는 계기가 되었으면 하는 바람이다. 또, 보이차 문화를 통해 인생의 행복을 느끼길 기대하며, 필자는 보이차 공간 연구라는 주제에 더욱 매진하여 새로운 성과를 보여드릴 것을 약속한다.

2023년 8월

이양숙 識

| 차 례 |

제1장

보이차에 담긴
천 개의 스토리

운남성 보이현의 맑고 깨끗한 자연의 기운을 듬뿍 머금은 운남 대엽
종 찻잎을 이용해 정성스러운 손길로 버무려진 차가 보이차다. 이 차
는 운남의 흙과 바람과 햇빛과 물이며, 운남 사람들의 역사 · 전통 ·
문화 · 생활 그 자체이다. 이러한 보이차가 현대에 와서 웰빙(well-
being) 바람을 타고 많은 사람의 관심을 받고 있으며 그에 따라 이화
학적 논문과 관련 자료도 증가하는 추세다. 하지만 이에 반해 보이차
에 관한 인문학적 연구 및 자료는 찾아보기가 쉽지 않다. 이에 우선 보
이차에 관한 이론적 배경을 이해하기 쉽도록 정리해보고자 한다. 이를
위해 보이차에 대한 정의를 검토하고, 보이차의 역사에 대해서도 간략
히 살펴볼 것이다. 이런 과정을 통해 일반인들이 보이차에 대해 갖고
있는 많은 오해와 편견들이 조금이나마 해소되고 우리나라에서 보이
차 문화가 올바르게 정착되기를 기대해본다.

1. 보이차의 정의

보이차(普洱茶, puer tea)에 대한 정의는 다소 모호할뿐더러 시대에 따라 계속 바뀌고 있다. 보이차는 가공 방법과 특징에 따라 우선 생차(生茶)와 숙차(熟茶)로 구분하며, '운남성 일정 지역 내의 운남 대엽종 쇄청모차를 원료로 이를 발효가공 처리하여 만든 산차와 긴압차'를 말한다. 2003년 3월 1일부터 실시된 중국 운남성(雲南省) 질량기술감독국(質量技術監督局)에서 공포한 〈보이차운남성지방표준(普洱茶雲南省地方標準, DB53/T 102-2003)〉에서는 보이차에 대해 다음과 같이 정의하고 있다.

> 운남 지역에서 생산된 운남대엽종을 원료로 하여
> 운남 지역에서 만들어진 쇄청모차로
> 운남 지역에서 특정한 가공 방법으로 만든 차이다.

위 세 가지 조건을 모두 충족시켜야만 보이차라고 할 수 있다는 얘기다. 여기 나오는 쇄청모차(曬青母茶)란 운남대엽종 차나무의 생엽(生葉)을 살청, 유념, 햇볕에 건조해 만든 차로 현재 보이차에 관한 규정으로는 보이차의 원료로 분류된다. 또 6대차류 분류법으로는 쇄청녹차 즉 녹차에 속한다. 한편, 이 〈표준〉에서는 또 아래와 같이 보이숙차(普洱熟茶)에 대해서도 별도로 정의하고 있다.

> 보이차는 운남성 일정 지역 안의 운남대엽종 쇄청모차
> 를 사용하여 후발효 가공을 한 산차와 긴압차이다. 외형
> 색은 갈홍색, 차탕 색은 붉고 진하고 맑으며, 향기는 독
> 특하고 진향이며, 맛은 순수하고 두터우며 뒷맛이 달고,
> 엽저는 갈홍색이다.

2003년 중국 운남성 질량기술감독국에서 공식적으로 보이차에 대해 이렇게 공포한 이후, 이듬해인 2004년 4월 16일부터 중화인민공화국 농업부에서는 다시 〈보이차농업업계표준(普洱茶農業行業標準, NY/T 779- 2004)〉이라는 것을 발표했다. 여기서는 아래와 같이 보이차의 형태를 '산차, 긴압차, 티백차'로 구분하였다.

> **보이산차(普洱散茶)** 운남대엽종의 싹과 잎을 원료로 살청, 유념, 쇄청건조 등의 과정을 거쳐 만들어진 여린 정도가 각기 다른 쇄청모차를 숙성, 정형, 귀퇴(모아서 쌓음), 병배, 살균 처리하여 만든 여러 이름과 등급의 보이아차와 등급차이다.
>
> **보이긴압차(普洱緊壓茶)** 각 등급 보이산차의 반제품으로 시장의 필요에 따라 기계 압제를 통해 타차, 긴차, 병차, 전차, 원차, 차과 등으로 만든 것이다.
>
> **보이티백차(普洱袋泡茶)** 보이산차의 부스러기, 편, 가루[40공(孔) 이상]를 자동 계량하여 다양한 규격으로 포장한 차이다.

또 '숙성(熟成)'의 개념에 대해서도 다음과 같이 정의했다.

> **숙성(熟成)** 운남대엽종 쇄청모차 및 기타 압제차를 양호한 보관 환경에서 장기(10년 이상) 보관한 것을 말한다. 혹은 운남대엽종 쇄청모차가 인공 악퇴 발효를 거쳐 폴리페놀 등의 생화학 성분이 산화, 취합, 가수분해 등의 반응을 나타내어 보이차 특유의 품질을 만들어내는 가공 과정을 말한다.

그리고 2년 후인 2006년 7월 운남성 질량기술감독국에서는 다시 〈운남성 지방표준(雲南省地方標準, DB53/103-2006)〉과 〈보이차 종합표준(DB53/171-173-2006)〉을 아래와 같이 발표하면서 '지리표지산품' 개념을 명시하고 보이생차와 보이숙차를 정의하였다.

보이차 보이차는 운남 특유의 지리표지산품(地理標誌産品)이므로 이에 부합하는 보이차 생산 환경에서 생산된 운남대엽종 쇄청모차를 원료로 특정한 가공 방법에 따라 만들어진 독특한 품질 특징을 가지는 차다. 보이차는 보이차 생차와 보이차 숙차의 두 종류로 구분한다.

보이차 생차 보이차 산지 환경 조건에 부합하는 곳에서 생장한 운남대엽종 차나무의 생엽을 원료로 하여 살청, 유념, 일광건조, 증압성형 등의 공정을 거쳐 만들어낸 긴압차를 말한다. 그 품질 특징으로 외형의 색은 어두운 녹색, 향기는 맑고 깨끗하며 매우 오래간다. 맛은 진하고 두터우며 회감이 있고, 탕색은 황녹색으로 맑고 투명하다. 엽저는 살지고 두터우며 녹황색을 띤다.

보이차 숙차 보이차 산지 환경 조건에 부합하는 운남대엽종 쇄청모차를 원료로 하여 특정한 가공기술을 사용하여 후발효(쾌속후발효 또는 완만후발효)를 거쳐 가공 형성된 산차와 긴압차를 말한다. 그 품질 특징으로 외형의 색은 갈홍색, 탕색은 진한 홍색에 맑고 투명하다. 향기는 독특한 진향이고, 맛은 깨끗하게 진하며, 회감이 있고, 엽저는 갈홍색이다.

마지막으로 2008년 6월 17일 〈지리표지산품보이차(地理標誌產品普洱茶, GB/T22111-2008)〉를 공포하고 중화인민공화국 국가질량감독검험검역총국(國家質量監督檢驗檢疫總局)에서 '지리표지 보호 범위'를 추가로 명시하여 2008년 12월 1일부터 현재까지 시행하고 있다.

> 보이차는 지리표시 보호구역 내의 운남대엽종 쇄청모차
> 를 원료로 지리표시 보호구역 내에서 특정한 가공 방법
> 에 따라 만들어진 독특한 품질 특징을 가지는 차이다. 가
> 공 공정과 품질 특징에 따라 보이차는 보이차 생차와 보
> 이차 숙차의 두 유형으로 분류한다.

2008년 국가질량감독검험검역총국에서 공포한 문건에 따르면 보이차 지리표지산품 보호 범위는 운남성의 곤명시, 초웅주, 옥계시, 홍하주, 문산주, 보이시, 서쌍판납주, 대리주, 보산시, 덕굉주, 임창시 등 11개 주와 시 및 그에 소속된 639개 향진(鄕鎭) 등 관할 행정구역 내의 지역을 말한다. 여기에 등장하는 보이차 관련 몇 가지 용어들을 정리해보면 다음과 같다.

> **운남대엽종** 운남성 차구(茶區)에 분포하는 각종 교목형,
> 소교목형 대엽종 차나무의 총칭

> **후발효** 운남대엽종 쇄청차나 보이차 생차가 특정한 환경
> 조건에서 미생물, 효소, 습열, 산화 등의 복합작용을 거
> 쳐 그 안에 함유된 물질이 일련의 변형을 일으켜 보이차
> 숙차가 된다.

이처럼 네 차례나 개정을 거쳐 보이차의 개념에 대한 수정 및 보완이 이루

어졌고, 2008년도에 개정된 표준이 현재까지 사용되고 있다.

2023년 안휘성 안휘농업대학 '차수생물학 및 자원이용 국가 중점연구소'에서 제정한 국제표준 ISO20715;2023이 최근 새로 발표하였다. 여기서 보이생차는 사실상 녹차로 분류되어 현재 운남성 차계에서는 논쟁이 분분하다.

대만의 등시해 선생은 일찍이 "품노차(品老茶), 갈숙차(喝熟茶), 장생차(藏生茶)"라 하였으니, 생차는 보관하고 숙차는 생활차로 바로 마시고 익은 노차를 음미하며 마신다는 말이다.

새로 등장한 용어인 '청숙(靑熟)'은 청보(靑普)와 숙차를 말한다. 청보의 개념은 등시해 선생이 제안했으며, 생차는 전통공예로 제작한 원료가 좋은 보이차를 의미한다. 그리고 시장의 요구에 의해 보이생차 본연의 맛인 고삽미는 사라지고 향이 좋고 구감이 좋아 바로 마시기에 적합한 차가 만들어졌다. 이런 차는 후발효를 하지 않고 바로 마실 수 있다는 점에서 녹차와 유사한 면이 있다고볼 수 있으나 불발효인 녹차로 분류하는 것은 오류로 보인다.

보이차 중 생차를 6대차류 가운데 하나인 흑차로 보기에는 조심스럽다는 의견이 있는데, 특히 고수차가 인기를 끌면서 더 부각되는 것으로 보인다. 하지만 보이생차는 월진월향이 되면서 후발효차로서 매력이 커진다.

모든 차가 그렇듯, 병배차든 고수차든 보이숙차든, 혹은 생차나 숙차나 노차나, 모두 개인의 기호에 의해 맛있는 자기 차를 찾아가면 될 일이다.

2. 보이차의 역사

　　보이차의 역사에 대해 고찰한다는 것은 결코 쉬운 일이 아니다. 왜냐하면 운남의 소수민족은 문자를 사용하지 않았기 때문에 제대로 된 기록이 남아있을 가능성이 적기 때문이다. 그래서 단편적인 기록 및 연구나 고증을 통해 그 내용을 살펴볼 수밖에 없다. 소수민족 중 하나인 태족의 문자인 '태문(傣文)'에 기록된 것을 보면 1,700여 년 전인 동한시대에 운남에서도 차나무를 재배했다는 기록이 있다. 다성(茶聖)으로 불리는 육우(陸羽)가 쓴 세계 최초의 차 전문서인 『다경(茶經)』에서는 운남에서 차가 자란다는 기록을 찾아볼 수 없다. 육우가 『다경』을 집필하던 때는 당나라 시기로, 이 당시 운남은 당과 서로 대치하던 남조국(南詔國)에 속해 있었기 때문일 것으로 보인다. 그렇다고 당나라 때 운남차에 대한 기록이 전혀 없는 것은 아니다. 육우보다 조금 늦은 당(唐) 함풍(咸豐) 4년(863) 번작(樊綽)이 쓴 『만서(蠻書)』는 운남에 대한 비밀감찰기록인데, 번작은 당나라 관료로 남조국에 몰래 들어가 전쟁 준비 상황, 운남의 지리환경, 군사력 등을 살피고자 하였다. 그러나 그는 남조국 근처에도 가지 못하고 이미 알려진 기존의 자료를 정리하여 운남에 대한 기록을 만들었다. 이것이 『만서』로, 이 책의 〈운남관내물산(雲南管內物産)〉 조에 이런 구절이 나온다.

> 　　차는 은생성(銀生城)[1] 의 경계에 있는 여러 산에서 나온
> 다. 이파리를 따고 차를 만드는데 별다른 방법은 없고 산
> 차로 거둔다. 몽사만(蒙舍蠻)[2] 은 이 차를 산초, 생강, 계
> 피와 함께 넣어 끓여 마신다[茶出銀生城界諸山. 散收無採

---

1) 은생성 : 당시 남조국이 세운 운남의 통치 구역이다. 『만서』에 기록된 운남차 생산지 은생성은 오늘날 운남에서 보이차가 생산되는 지역과 동일하다.
2) 몽사만 : 당나라 때 운남에서는 6개 큰 촌락으로 연합을 만들었다. 촌락이라기보다는 소국가였다는 말도 있으니 제법 큰 조직체다. 6개 촌락은 남금조, 중성조, 시랑조, 목수조, 월석조 그리고 몽사조이다.

造法. 蒙舍蠻以姜椒桂和烹而飲之].

　　중국에는 예로부터 '이만융적(夷蠻戎狄)'이라는 말이 있는데 이는 '동쪽의 이, 남쪽의 만, 서쪽의 융, 북쪽의 적'이라는 의미로 중화사상에 기초하여 중국인들이 외국인을 일컫던 말이다. 번작(樊綽)의 『만서』를 통해 우리는 당나라 때에도 운남 사람들이 차를 마셨다는 사실을 알 수 있다. 운남의 차는 은생성에서 나오는데 은생성은 예나 지금이나 보이차의 주된 산지다. 당시 운남에 사는 사람들은 차를 특별한 제조법 없이 산차로 말려 여기에 산초, 생강, 계피를 넣어 함께 끓여 마셨다는 사실도 이 책을 통해 확인할 수 있다. 이때까지만 해도 운남차에 대한 기록은 있지만 보이차라는 기록은 보이지 않는데, '보이차'라는 정식 명칭은 시간이 한참 지난 뒤인 명대가 되어서야 나타난다.

　　지금부터 약 700여 년 전, 원대 이경(李京)이 쓴 『운남지략(雲南志略)』에도 운남차에 대한 기록은 있지만 '보이차'라는 용어는 보이지 않는다. 하지만 현재의 5일장처럼 그곳에서 시장이 열렸고 차가 거래되었다는 사실을 알 수 있다. 운남은 차나무의 원산지라 할 만큼 오래된 다원과 차나무가 많은 곳으로, 이들의 선조는 몇천 년에 걸쳐 차나무를 가꾸고 다원을 넓히고 차를 만들어 마시고 교역을 했다는 내용을 이 책에서 확인할 수 있다. 그러다 명대에서 청대에 이르기까지 운남차의 황금시대가 열리면서 이 시기에 처음으로 '보이차'라는 이름이 등장하게 된다. 명 만력(萬曆) 연간(1573~1619)에 편찬된 『운남통지(雲南通志)』에는 "운남에서 유통되고 소비되는 가장 많은 차가 보차(普茶)"라는 대목이 나온다. 같은 시기 편찬된 사조제(謝肇淛)의 『전략(滇略)』에도 "사대부와 일반 백성이 모두 보차를 마신다. 보차는 쪄서 둥글게 만든다[士庶所用 皆普洱茶也 蒸而團之]."는 기록이 등장한다. 앞서 당대 번작(樊綽)의 『만서』에서는 운남차는 대충 따서 만들고 특별한 제차법이 없다고 했다. 그러던 것이 시간이 흐름에 따라 가공기술의 발달로 둥글게 뭉친 단차 형태(송대와 원대에 유행)로 발전한 것이다. 이처럼 『운남통지』와 『전략』은 보이차라는 명칭의 유래를 따질 때 중요한 근거를 제시하는 자료다. 예전부터 운남에서 차나무를 심고 차를 만들며 지내온 태족(傣族)과 포랑족(布朗族)은 그들의 차를 '라'라고 불렀다. 이것은 이미 천년이 넘는 역사를 가진 명칭이다. 중원에서 운남의 차를 '보차'라고 불렀어도 그들이 만드는 차는 오로지 '라'라 부른다.

그리고 마침내 보차가 아니라 '보이차'라는 이름이 최초로 등장한 것은 명나라 때인 1664년이다. 명말(明末) 방이지(方以智)는 『물리소식(物理小識)』에서 "보이차는 쪄서 덩어리로 만든다. 서번(西藩)에서 이를 판매한다[普洱茶蒸之成團 西蕃市之].”라고 기록했다. 쪄서 덩어리로 만든다는 재차 방법은 『물리소식』보다 70년 전에 편찬된 『전략』에도 나온다. 『전략』에서는 운남차를 '보차'라고 기록했지만 『물리소식』에서는 지금처럼 '보이차'라고 표현했다. 이때부터 운남에서 쪄서 만든 차는 보이차라고 불렸다.

명·청대에 보이차가 발전한 이유는 소비량이 늘어난 덕분이다. 티베트 사람들은 차와 야크, 버터를 녹인 수유차(酥油茶)를 마셨는데 이들의 막대한 차 소비량으로 인해 차 재배 지역의 확대가 필요했다. 이러다 보니 명나라 때부터 운남의 차는 국가의 주요 산업이 되었다.

청나라 때에는 보이에 보이부(普洱府)를 설립하는데, 보이부의 설립으로 보이차라는 명칭이 확실하게 자리를 잡게 된다. 그리고 이 시기 지금의 병차(餅茶) 포장법이 탄생하였다.

청나라 순치(順治) 18년(1661)에는 지금의 용생현에 차 시장을 세운다. 서쪽으로 조금만 올라가면 티베트가 있으니 주 수출지역과 인접한 곳에 차 전문 시장을 세운 것이다. 청나라 정부는 차 시장을 세우고 '차인(茶引)'을 받기 시작하는데, 이는 차에 대한 세금을 부과함과 동시에 티베트까지의 운행을 허가하는 증서라고 할 수 있다. 당시 한 해에만 거두어들인 차인이 은 379량이었고,

이만큼의 차를 운송했던 말로 따져 약 843마리 분의 보이차라고 할 수 있으니 엄청난 양이 아닐 수 없다.

국가에서는 효율적인 징세를 위해 차를 도량화할 필요가 있게 되었다. 왜냐하면 이전까지 교역되던 차는 무게뿐 아니라 모양도 단차, 호박모양의 과차 등 그 형태가 다양했기 때문이다. 물론 지금의 병차 형태도 있었지만 무게가 모두 달랐다. 이러한 여러 가지 불편함을 해소하기 위해 만든 차가 바로 칠자병차(七子餠茶)이다.

옹정(雍正) 7년(1729)에 청나라는 사모(思茅)에 보이부를 설립하는데, 이는 당시 보이차의 주요 생산지였던 서쌍판납(西雙版納)의 차를 독점 운영하기 위해 만든 것이다. 보이차 역사에서 본다면 이것은 차의 독점과 관리를 위해 중국이 최초로 도입한 제도라 할 수 있으며 이를 위해 기존의 차인을 개량하고 보이차의 도량화를 시도하였다. 1735년에 완성된 차인과 도량화의 결과, 차인 한 장당 백 근의 차를 살 수 있고 한 편의 무게는 7량, 일곱 편이 한 통이 되도록 대나무 껍질로 포장하면 한 통의 무게는 49량이 되도록 통일이 이루어졌다. 이때의 근과 양은 지금과는 차이가 있는데, 당시 한 편의 무게인 7량은 지금의 357g 정도이다. 차인 한 장으로 살 수 있는 차를 계산해보면 32통이다. 지금은 칠자병차라 하지만 당시 기록에는 '칠자원차(七子圓茶)'라고 적혀 있다. 원차와 병차 모두 납작한 형태로 만든 원형의 차를 말하는 것이니 이 둘은 같은 차라 할 수 있다.

칠자병차의 탄생은 보이차에 대한 최초의 도량화가 이루어진 것으로, 보이부 설립 후 백여 년이 지난 1825년 청 단췌(檀萃)가 쓴 『전해우형지(□海虞衡志)』에는 "보이차의 명성이 천하에 널리 알려졌다[普茶名重天下]."라고 기록되었다. 이처럼 변방에서 만들어진 보이차는 티베트로 수출되면서 도량화로 인해 탄생한 칠자병차에 힘입어 천하에 명성을 날리는 차가 되었다.

강력하기로 유명했던 옹정제(雍正帝)의 군사력은 과거 명나라 때와는 달랐다. 소수민족은 예전에 그랬던 것처럼 똘똘 뭉쳐서 필사적으로 대항했지만 1년 만에 지고 만다. 이 사건으로 청나라 정부는 서쌍판납의 반이 넘는 영토에 개토 귀류(改土歸流)를 정착시키는데 여기에 차 산지도 포함시켰다. 그리고 차산에서 생산되는 차의 판매는 오로지 나라에서 관할하는 독점제를 도입하고 개인 간 거래를 금지하였다. 이러한 제도는 청나라 정부에 두 가지 이익을 가져다주었 는데 하나는 차의 물량을 안정되게 확보할 수 있다는 것이고, 다른 하나는 서쌍 판납 소수민족의 유일한 경제수단인 차의 관리로 농민들의 반란을 막을 수 있 다는 것이었다. 안정된 물량 확보, 도량의 성공, 그리고 생산지의 통제로 보이 차는 공차로 지정되었고 명성이 갈수록 높아졌다.

청나라는 망지차산(莽枝茶山)에서 벌어진 소수민족 수령의 외지 상인 살해 사건을 빌미로 망지차산을 비롯한 육대차산을 점령했고, 이로써 청나라 관리가 직접 차 산지를 관할하여 개토귀류가 정착하게 된다. 청나라 때 편찬된『전해우 형지』에는 이런 글이 나온다.

> 보이차의 명성이 천하에 자자하다. 차는 보이에 속한 육
> 대차산에서 생산된다. 유락, 혁등, 의방, 망지, 만전, 만살
> (지금의 이무지역)이 그것이다. 산에 들어가서 차를 만드는
> 사람만 수십만 명이 넘고 길에는 차를 실어 나르는 수레
> 로 가득하다. 과연 큰돈이 되는 양식이라 할 만하다.[3]

이처럼 청대의 보이차는 육대 차산을 중심으로 생산되어 먼저 황실과 귀 족, 사대부들의 음료가 되었고 나머지는 티베트나 사천의 일부 지역으로 팔려 나갔다.

중국의 10대 명차 중 하나인 보이차는 운남성 보이현에서 모여 보이차라 는 이름을 쓰게 되었는데, 이 지역의 '은생차(銀生茶)'는 보이차의 전신이라 할 수 있다. 그때는 생엽을 햇볕에 그대로 말려서 사용하는 원시적인 제차법을 이

용하다가 원대에 이르러 '보차(普茶)'라는 명칭이 등장하고 명 만력(萬曆) 연간에 이르러서야 보이차라는 명칭이 등장한다. 그리고 보이차는 청대에 이르러 황금시대를 맞이하게 된다.

『보이부지(普洱府志)』에는 "보이에 속한 육대차산은 그 주변이 800리며 차산에 들어가 차를 만드는 사람들이 십여만 명이다."라고 기록되어 있다. 또 처음에는 문인들과 궁궐 귀족들에게 유행하였으며 "여름에는 용정(龍井), 겨울에는 보이(普洱)"라는 말도 이때부터 쓰였다고 전해진다. 그리고 명·청대 보이를 중심으로 여섯 갈래로 운영되던 차마고도를 통해 보이차는 중국 내륙은 물론 미얀마, 태국, 베트남 등에까지 팔려 나갔으며 거기에서 다시 동남아, 홍콩, 유럽까지 진출하였다.

1856년에는 운남성의 건수현(建水縣)에서 탄압이라고 말하기에는 부족할 정도의 일방적인 살육이 벌어지는데, 이는 두문수(杜文秀)가 봉기를 일으키는 계기가 된다. 두문수의 봉기로 보이 지역은 전란에 휩싸이게 되고, 이후 20년간의 어수선함으로 인해 상인의 발걸음이 끊겼다. 이때부터 민국시대까지 북쪽으로 갔던 차는 남쪽으로도 향하게 되고, 마방들이 베트남과 라오스로 길을 떠났다. 이 차는 다시 광동성, 홍콩으로 보내져서 중국 본토에서 소비되기도 하고 해외로 나가기도 했다.

1874년에 두문수의 봉기가 끝나고 1913년에는 보이부가 철수되었다. 보이부가 사라지자 차의 거래는 개인의 몫으로 넘어갔고, 그리하여 보이 지역에는 개인 차장이 20여 곳 넘게 생겨났다. 또 1921년부터 1924년에는 보이 지역에 심각한 전염병이 유행했는데 이때 대부분의 개인 차창들이 보이 지역을 떠나게 되었다. 그러나 보이차 산업이 무너지게 된 것은 아니며, 이때 현대 보이차의 명산지이자 유명한 고차산이 있는 맹해지역의 '맹해차창'이 등장하게 된다.

---

3) 普洱名重於天下. 出普洱所屬六山. 一曰攸樂 二曰革登 三曰倚邦 四曰莽枝 五曰蠻磚 六曰曼撒 周八百里. 入山作茶者數十萬人 茶客收買 運於各處 可謂大錢矣.

현재 운남의 여러 지명(地名) 중에는 태족(傣族)의 언어로 되어 있던 것을 한족(漢族)이 중국어로 번역한 예가 많다. 예로부터 맹해(勐海)의 태족은 이곳을 차지하려는 자들과 끊임없는 전쟁을 치렀지만 지리적인 이점과 용맹하고 전투적인 고산족의 정신, 수시로 발생한 전염병 등

맹해차장(신중국 건국 후 불해차창이 맹해차창으로 이름이 바뀜)

으로 청나라 군대의 진입을 허용하지 않았다. 그 덕분에 이 지역의 토사와 수령은 자신들만의 영토를 지키며 살 수 있었다. 이렇게 폐쇄적인 맹해 지역의 개방은 청나라의 멸망 직전에 시작된다. 그래서 양질의 보이차를 생산하는 맹해 보이차에 대한 자료는 기록되지 않았다.

맹해 지역을 이야기할 때 빠지지 않는 것이 포랑산(布朗山)의 노반장(老班章)을 비롯한 노만아(老曼峨)이다. 자료에는 하관(下關)차창이 1941년에 세워졌다고 한다. 이후 강장(康藏)차창에서 1950년에 중국차업공사 하관차창으로 이름이 바뀐다. 1903년 대리(大理)의 하관 지역에 '영창상(永昌祥)'이라는 상점을 열었다. 이곳에서는 산지 특산품을 포함한 차를 판매하였는데 산차와 병차 형태의 차가 티베트로 팔려나갔다. 대리에서 티베트까지는 길이 너무 멀고 험했기 때문에 영창상은 차의 품질을 보증하고 효율적으로 운송하기 위해 새로운 차를 만들기로 했는데 이때 만들어진 것이 바로 버섯 모양의 긴차이다. 기록에 따르면 정성스럽게 만들어진 타차는 칠자원차보다 고급 원료를 사용했다고 한다.

청나라가 멸망하기 바로 직전인 1910년에 '항춘차창(恒春茶廠)'이 설립되고 1911년 청나라가 무너지고 중화민국이 설립된다. 그리고 1913년 청 정부

에서는 서쌍판납에서 벌어진 맹해 토사(土司)의 난을 제압하기 위해 가수훈(柯樹勛)을 보내고 그는 반란을 진압한 후 정부의 인가를 받아 〈치변십이조(治邊十二條)〉를 서쌍판납에 적용한다. 이후 보이에서 맹해에 이르는 신작로도 생기고 다원의 복원과 새로운 다원이 개간되었다. 때마침 중국차의 매력에 빠져있던 영국은 양질의 차를 확보하기 위해 서쌍판납을 노리고 있었고 고속도로와 철도의 개설로 맹해에서 생산된 보이차는 안정된 분위기에 힘입어 급격한 발전을 이룬다. 이때부터 맹해가 보이차 산업의 중추적 역할을 담당하는 지역이 된다. 그리고 1924년에 동요정(董耀廷)이라는 상인이 맹해로 진출하여 '홍기차창(洪记茶廠)'을 세운다. 또 1925년에는 운남 옥계(玉溪)에 사는 주문경(周文卿)이 '가이흥차창(可以興茶廠)'을 만들어 훗날 골동 보이차로 명성을 날린다. 그리고 주문경(周文卿)이 이불일(李拂一)과 '불해차업연합무역공사(佛海茶業聯合貿易公司)'를 설립하고 소규모 차창들과 연합하였다.

이렇게 잘 진행되던 것이 1941년 중일전쟁의 반발로 잠시 주춤하다 1950년 주문경의 사망으로 가이흥차장도 문을 닫는다. 그리고 1953년 이후 사회개혁주의의 하나로 개인 생산 차창은 모두 국가로 귀속된다. 2001년에는 가이흥 상표가 광동 사람에 의해 다시 등록된다.

1930년 백맹우(白孟愚)라는 사람이 남나산(南糯山)에 차장을 세우고 업무와 관련하여 맹해를 자주 왕래하면서 무한한 가능성을 발견한다. 이미 개인 차창만 스무 곳이 넘었고 차 산업이 발전하고 있는 추세에서 그는 밝은 미래를 보고 맹해에 차창을 세우기로 결심한다. 그는 1936년부터 1937년까지 광동, 상해, 호남, 북경, 강서 등 20여 지역의 시장을 조사하고 정보를 수집한다. 그리고 1938년에 '남나산차창'이 완공된다. 이곳에서 처음 생산한 것은 보이차가 아닌 고급 홍차였다. 보이차가 티베트에서 인기가 있었다면 고급 홍차는 다른 국외 시장에서 인기가 있었다. 하지만 1951년 남나산 실험차창과 백맹우가 개간한 천여 묘의 다원이 국가 소유로 넘어간다. 이후 남나산 실험차창은 '운남성 농림

청차엽실험장'으로 이름이 바뀐다.

지금까지 중화인민공화국 수립까지 보이와 맹해에서 있었던 보이차의 역사에 대해 살펴보았다. 이제는 보이차 생산에서 호급차(號級茶)를 탄생시킨 육대차산에 대해 고찰하고자 한다.

2013년 가덕 경매에서는 오래된 보이차 한 통이 1천만 위안에 거래되었는데 이는 한화로 약 18억이 넘는 금액이다. 이 골동 보이차의 이름은 '복원창호(福元昌號)'였다. 호급차는 개인 상호를 뜻하는데 '복원창호'는 이무(易武) 지역에 있으며 원래 이름은 '원창호(元昌號)'였다. '복원창호'는 여복생(余福生)이 이무의 '복원창'에서 만든 보이차라고 한다. 여씨 집안은 여복생이 결혼하면서 그 부인 이씨가 혼수자금으로 '원창호'를 샀다. 이것을 이무에 복원창호로 바꾸고 그러면서 보이차 사업은 호황을 누렸다. 그러나 중일전쟁으로 판로가 없어지자 차 생산이 중단되고 집안 형편도 어려워졌다. 앞에서도 언급했지만 청일전쟁이 끝날 무렵 티베트 상인들은 이무에서 긴차를 주문했는데 전쟁이 끝난 후 맹해 지역의 차로 티베트 주문량을 조달할 수 없었기 때문이다. 이를 통해 전쟁이 맹해 보이차 산업에 큰 피해를 주었다는 것을 알 수 있다. 그 당시 맹해의 '불해차창'이 가장 큰 피해를 입었다. 1946년과 1947년에 만든 긴차는 맹해가 아닌 맹납(勐腊) 지역에서 만든 첫 번째 긴차다. 복원창호는 이무, 맹해 다른 차창과 마찬가지로 1958년부터 공산체제의 영향을 받는다.

운남의 개인 차창은 1957년부터 1990년대 후반까지 국가에 귀속되었다. 시대적 상황이 이러하니 이 시기에 개인이 만든 보이차가 있다면 모조리 방품이라고 봐도 무방하다. 오래된 차라고 부르는 노차가 시장에서 거품이 가득 낀 채 엉터리로 유통되고 있는데 이

차순호 옛 차장(이무에 위치)

는 애초에 존재하지도 않던 차들이라고 할 수 있다. 방품이 본격적으로 만들어진 시기도 있기 때문에 보이차를 구매할 때는 신중을 기하는 것이 좋다. 보이차 역사를 이야기할 때 빼놓을 수 없는 이야기가 하나 있는데 그것은 마카오에서 영기(英記)차창을 운영하던 노주훈(盧鑄勳)과 1950년 동흥호(同興號)차창을 운영하던 원수산(袁壽山)의 일화이다.

> "신중국이 세워지고 개인 차창은 국가 관할이 되었다.
> 수매와 판매 모두 국가가 관할하니 차 품질이 달라졌다.
> 홍콩에 있는 손님들은 붉은 탕색이 나오던 보이차를 마
> 시던 사람들이었다. 요즘 시대에 나오는 차는 차 맛이 강
> 하다고 좋아하질 않는다. 시장에 남아있는 호급차는 가
> 격이 미친 듯이 올랐다. 그리고 물량도 그나마 없다."

원수산은 이렇게 이야기하고 노주훈에게 예전의 그 맛을 내는 보이차를 만들어줄 것을 의뢰했다. 노주훈은 1951년까지 여러 차를 만들면서 숙련된 기술을 쌓아갔다. 당시 '영기차창'은 홍차, 육안차, 보이차 생차를 판매했는데. 이때는 홍차보다 보이차 가격이 훨씬 저렴해도 잘 팔리지 않았다. 그래서 그는 생차 10근에 물 2근을 뿌려서 천으로 덮어두었다. 수분을 만난 모차는 미생물이 발생하고 호흡열로 온도가 75℃까지 올랐다. 이를 여러 번 뒤집어 모차 색이 검붉은 색이 될 때까지 발효시켰는데, 그래도 팔리지 않았다. 그래서 마지막 건조는 약한 불에 굽듯이 말리는 방법을 썼다(약 30℃). 홍차처럼 만들려고 시도했으나 색은 비슷했지만 상쾌한 맛이 없었다. 실패라 생각하며 계속해서 향료를 첨가하고 처음부터 다시 시작했다고 한다. 우리는 보통 보이차 소비 지역을 홍콩이라 하지만 그 이전에는 마카오가 중심이었다. 마카오는 도박과 관광으로 유명하지만 이곳은 1600년대부터 중국차의 중심지였다. 그 후 아편전쟁이 터졌고 홍콩과 구룡이 영국으로 넘어갔다. 이에 영국의 동인도회사는 홍콩의 항구

조건이 더 좋았기 때문에 마카오에 있을 이유가 없어졌다. 이런 이유로 중국차 무역의 중심이 마카오에서 홍콩으로 넘어갔다. 마카오의 '영기차창'에서 판매하는 육안차가 묵힌 보이차와 비슷했으며 홍차를 가장 잘 팔았다는 내용으로 보아 마카오나 홍콩 사람들은 강한 생차가 아닌 발효차를 즐겼다는 것을 알 수 있다. 실패를 거듭하던 노주훈은 발효방법을 바꾸어 '조수악퇴발효기법(潮水渥堆醱酵)'을 사용하여 색다른 차를 완성했다. 홍차가 아닌 새로운 차를 만들어 낸 것이다. 그가 만든 독특한 발효차는 훗날 숙차 가공법에서 핵심기술이 된다. 이 것을 '동흥호차창'의 장주 원수산에게 보였다. 그리고 시장의 반응은 폭발적이었다. 강한 맛을 멀리하던 소비자들은 부드러운 맛의 보이차를 선호했다. 노주훈은 마카오 '영기차창'에서 몇 년 더 보내고 홍콩으로 건너간다. 그리고 1954년 홍콩 '복화호(福華號)차창'에서 보이차를 만들었다. 그는 자기 기술로 동경호(同慶號), 송빙호(宋聘號) 등 여러 호급차의 맛을 낼 수 있었다고 한다. 이것이 홍콩의 차루(茶樓), 동남아시아의 화교 사회에게 팔려나갔고 지금도 호급 노차 중에는 노주훈이 만든 차가 많다.

보이차의 방품은 청나라 때부터 만들어졌다. 그리고 여러 지역의 찻잎으로 노주훈 선생이 만든 방품 호급차는 원료도 다르고 만든 시기나 가공 기술도 다르다. 현재 골동 보이차 시장에 풀려있는 수많은 노차들이 노주훈이 만든 방품일 가능성이 크다. 운남에서는 추병량(鄒炳良)을 숙차의 아버지라 칭하지만 홍콩에서는 노주훈을 '숙차의 아버지'라 주장한다.

운남의 모든 모차는 홍콩과 광동성으로 수출되었다. 1957년 중강이라는 사람이 노주훈에게 보이차 제조법을 듣는다. 보이차 발효 기술은 홍콩 유일의 기술이었다. 노주훈의 기술이 유출되고 1958년 광동성의 '광동성차업공사'에서 숙차를 만들어냈다. 이 차는 광동 사람들과 홍콩 사람들에게 인기가 있었다. 이때 만들어진 보이차 중에는 '광운공병(廣雲貢餅)'도 있다. 1970년대 말 일본 시장에 보이차 열풍이 불었는데 광운공병을 아주 좋아해서 한해 보이차 수입량이 2,500여 톤이 넘었다고 한다. 이러한 인기가 1980년까지 이어지고 이후부터는 운남성에서 생산되는 보이차의 시대가 열린다. 1973년 숙차의 악퇴 발효법 기술이 향상되었고 차의 원료인 찻잎 품질이 광동성에서 미얀마, 라오스의 모차를 섞어 넣은 광운공병보다 좋았으니 그랬을 것이다.

1973년 홍콩 상인은 '운남성차엽공사'에 붉은색이 나는 보이차를 주문했다. 이때 광동에서 만든 숙차를 샘플로 보냈다. 운남성차엽공사는 전담 기술자들을 광동, 마카오, 홍콩에 보내 기술을 배워오게 했다. 여러 차례의 실패를 거듭한 끝에 1973년 처음으로 숙차 만들기에 성공하고 이듬해인 1974년부터 생산과 판매를 시작했다.

보이차 역사 연표 1

시기	출처	내용
동한(東漢)		운남에서 차나무를 재배한 기록이 있음
당(唐)	육우(陸羽)『다경(茶經)』	당시 운남은 당나라가 아닌 남조국의 영토여서 운남차에 대한 기록이 없음
당(唐)	번작(樊綽)『만서(蠻書)』	남조국이 세운 운남 통치구역인 "은생성(보이차의 주요 산지)의 경계에 있는 여러 산에서 차가 나오며 이파리를 따고 차를 만드는데 별 방법은 없고 산차로 거둔다. 몽사만(당시 운남에 조성된 6개 촌락의 명칭 중 하나)은 이 차를 산초, 생강, 계피와 함께 넣어 끓여 먹는다."고 기록
원(元)	이경(李京)『운남지략(雲南志略)』	'보이차' 명칭은 나오지 않지만 지금의 5일장처럼 "5일에 한 번 모여서 교역을 하는데 주로 융단, 천, 소금과 차를 교환하였다."고 기록
명(明)	『운남통지(雲南通志)』	"운남에서 유통되고 소비되는 가장 많은 차로 '보차'가 있다."고 기록
명(明)	사조제(謝肇淛)『전략(滇略)』	"사대부와 일반 백성이 모두 '보차'를 마신다. 보차는 쪄서 둥글게 만든다."고 기록
명(明)	태족과 포랑족	그들의 차를 '라'라 불렀다. 이미 천년 넘은 역사를 가진 명차이다.
명(明)	방이지(方以智)『물리소식(物理小識)』	"보이차는 쪄서 덩어리로 만든다. 서번(西蕃)에서 이를 판매한다."고 기록(이때부터 운남에서 쪄서 만든 차를 보이차라 함)
청(淸)(1729)		사모(思茅)에 보이부(普洱府) 설치. 지금의 병차 포장법 탄생(사모는 보이차 집산지로 이때부터 나라에서 보이차를 독점하기 시작)
청(淸)(1735)	칠자병차(칠자원차)	중국에서 처음으로 차인(茶引) 도량화 도입(차인 한 장당 백 근의 차를 살 수 있으며 한 편의 무게는 7량, 일곱 편이 한 통이 됨. 당시의 한 편 7량은 지금의 357g)
청(淸)(1825)	단췌(檀萃)『전해우형지(滇海虞衡志)』	"보이차의 명성이 천하에 자자하다. 차는 보이에 속한 육대차산에서 생산된다. 유락, 혁등, 의방, 방지, 만전, 만살(지금의 이무 지역)이 그것이다. 산에 들어가서 차를 만드는 사람만 수십만 명이 넘고 길에는 차를 실어 나르는 수레도 가득하다. 과연 큰돈이 되는 양식이라 할 만하다."고 기록

1856년		대리(大理)를 중심으로 운남 전 지역으로 퍼진 두문수(杜文秀)의 봉기로 보이 쇠락 (차 산업이 막대한 타격을 받음)
1880 ~ 1920년		두문수 봉기 제압. 집산지 보이의 회복세
1910년		맹해(勐海) 최초로 외지인 장당계(张堂阶)가 '항춘차장(恒春茶庄)' 설립
1911		민국시대 시작
1913년		맹해 토사(土司)의 난 발생. 맹해의 토사가 군을 이끌고 정부의 영토를 침략. 명장 가수훈(柯樹勛)이 병마 300으로 제압. 맹해의 봉건시대가 끝나고 개방 시작. 보이부 철수
1920년		지독한 역병의 발생으로 보이의 2차 쇠락. 집산지로서의 역할이 끝남
1924년		동요정(董耀廷)이 막강한 자금력을 가지고 맹해에 진출하여 '홍기차장(洪记茶庄)' 설립
1925년		장주 주배유(周倍儒)가 '가이흥차장(可以興茶庄)'을 설립하여 훗날 맹해 발전에 큰 영향을 미침
1928년		장정파(張靜波)가 맹해에 '항성공차장(恒盛公茶庄)' 설립
1937년		국민정부와 민간이 합자하여 중국차엽공사 설립
1938년		당시 정부가 두 개의 국영 차 공장을 설립하려고 준비했는데, 불해차 외에도 펑샤오주(將宁年)가 순닝시험차공장을 펑칭에 설립했고, 이후 펑칭 차 공장은 80년 동안 성장함
1938년		베트남으로 통하는 수출로를 폐쇄하여 프랑스가 운남차의 베트남 진입을 막음. 호급 보이차를 만들던 맹납(勐臘)차장들 쇠락
1939년		중국차엽공사의 수출 독점권으로 개인 차장의 자체 수출 불가능
1940년		백맹우(白孟愚)가 운남 남나산(南糯山)에 최초의 기계화된 대형 실험차장 설립
1940년		맹해에 최초의 국영차창인 불해실험차창(佛海實驗茶庄) 설립

3. 시대적 흐름

1950년대 중국은 모택동(毛澤東)에 의해 농업 집단화가 실시되었고 개인 상점을 인정하지 않았다. 이때부터 전통 보이차는 맥이 끊어지면서 쇠퇴기를 맞이한다. 그리고 1958년부터 대약진 운동으로 야생차와 고차수를 베어내고 그 자리에 옥수수를 대량으로 심었다. 또 문화대혁명 시기에는 창고에 남아 있던 차들도 부르주아의 상징으로 여겨져 모두 불태워져 버렸다. 그러던 것이 2006년 4월 2일 보이차 조공 행렬을 재현한 '관마대도(官馬大道)' 행사가 이무고진(易武古鎭)에서 출발하여 9개 성과 3개 시, 76개 현을 거쳐 1만 2,000km의 여정으로 말과 사람이 함께 걸어 베이징에 도착했다. 이는 중국 전역에 보이차를 알리는 홍보 역할을 톡톡히 하였다. 그리고 때마침 150년 전 이무에서 청에 공차로 바친 보이차 중 금과공차(金瓜貢茶)가 북경 자금성 지하 창고에서 온전한 상태로 발견되었다. 보이차 태상황(太上皇)으로 모셔지는 만수용단의 화려한 외출이었다. 자금성에 보관되었던 다른 공차들은 모두 산화되어 버렸지만 그 형태를 유지하고 있었다. 이에 중국 언론의 조명을 받으며 노차의 신화가 만들어졌다.

죽의 장막 시절에 유일한 수출 창구이던 홍콩은 숙성된 보이차를 찾았으나 중국에는 긴 세월이 있어야 만들어지는 노차가 이미 없었다. 그래서 운남 정부는 광동 지역에서 유행하던 속성 발효법을 통해 숙성된 보이차 맛을 흉내내게 된 것이다. 그들은 여러 가지 방법을 동원하여 핵심기술을 차장에서 빼왔고 시행착오 끝에 숙성된 보이차의 맛과 탕색을 비슷하게 만든 숙차를 탄생시켰다. 그리고 전통 보이차를 대신한 숙차를 대량생산하여 홍콩에 수출하기에 이른다. 원래 숙차는 오래된 생차 노차를 가리키는데, 미생물 발효를 촉진해 생차를 인위적으로 익히기 위하여 물을 뿌려 강제로 숙성시킨 조수악퇴 발효기법을 쓴 보이차가 이때부터 숙차로 불리게 되었다.

제조에 60일이 소요되는 숙차는 1단계에서는 7일 동안에 온도, 습도를 높여 급속 발효시킨다. 이 과정에서 균이 증가하는데 이때 진드기와 같은 유해인자를 제거하기 위해 살균처리를 하게 된다. 하지만 1983년 일본에 수출한 숙차에서 10g당 1,000마리의 진드기가 나와 중국으로 반품되는 사건이 생기자 이 사건 이후 살균이 멸균처리로 바뀌게 된다. 하지만 이는 멸균처리를 한 숙차가 보이차의 특성인 발효를 계속할 수 있는지에 대한 의문이 생기게 만드는 부분이다. 이때부터 본격적으로 진품노차 구감(口感)을 흉내낸 저렴한 숙차가 출현하게 된 것이다. 2003년에는 중국 광동 지역을 중심으로 사스(SARS. 중증 급성 호흡기 증후군)가 세계적으로 확산되고 사람들은 공포에 시달렸다. 그리고 사스 면역력에 대한 보이차의 효능이 알려지기 시작하면서 이로 인해 보이차의 약리작용이 알려지는 시발점이 되었다. 이전에는 대만, 홍콩에 보이차의 주도권을 내주었다가 중국 등소평(鄧小平)의 개혁개방 정책으로 보이차가 다시 부흥을 일으켰다. 등소평의 세 번째 부인은 운남 출신으로, 그녀는 보이차 중에서도 노차 맛을 내는 숙차를 홍보하며 내국은 물론이고 외국으로 수출하는 품목으로서 보이차의 위상을 높이는 데 크게 일조했다.

현대 보이차에 대한 이해는 1900년대에 나온 '진운호(陳雲號)'에서부터 시작하는 것이 좋을 듯하다. 그 이후 1920년대에 생산된 차로는 '복원창호, 송빙호'가 있다. 1900년대부터 지금에 이르기까지 생산된 보이차는 아래와 같이 그 시기를 구분하여 살펴볼 수 있다.

1차 시기는 1900년대부터 1950년대까지로, 이때 생산된 호급(號級) 보이차에는 자운호(紫雲號), 복원창호, 송빙호, 동경호, 경창호 등이 있다.

2차 시기는 중국이 공산화되던 1950년대부터 2004년까지로, 이때 생산된 보이차에는 인급(印級) 보이차 홍인, 녹인, 남인, 황인 등이 있다. 그리고 1973년 조수악퇴 발효기술로 보이차에 숙차가 탄생하기 시작했으며 1975년에는 현대 보이차의 표준으로 삼고 있는 대익에서 생산한 7542 생차와 7572 숙차가 시작되었다.

3차 시기는 맹해차장이 민영화되었던 2004년부터 현재까지로, 이 무렵 대지차(인공 재배)와 대수차(교목)에서 딴 차엽을 병배하거나 순료익 모료로 생차와 숙차를 생산하였다. 그리고 1990년 전후로 하여 인급 보이차가 홍콩의 창고에서 나오기 시작하였다. 그 후 호급 보이차가 창고 밖으로 나오면서 독특한 맛과 약리적 효능이 입소문을 타면서부터 보급되기 시작하였다. 1996년에는 대만 진순아호(真淳雅號)의 여례진(呂禮臻) 대사가 이무 지역의 마흑채(麻黑寨)에서 순료를 모료로 '진순아호'라는 순료 병차를 만들기 시작하였고, 2000년 초부터 중소 차창(길상차창, 두기차창, 진미호, 대평보이, 서경호, 고정차창, 백운차창, 부생반일, 노반차품, 오운산 등)에서 교목 순료차를 생산하기 시작하였다. 2008년에는 '동화차엽유한책임공사(東和茶叶有限責任公司)'가 설립되어 보이차 가치의 표준을 알 수 있도록 기준을 제공하고 보이차 보관의 중요성을 알렸다. 그리고 2013년부터는 본격적인 교목 병배차 생산이 '우림고차방(雨林古茶坊)'에서 시작되어 교목 순료에서 교목 병배의 새로운 시장을 창출하였다.

보이차 역사 연표 2

시기	내용
호급차 시기(1950년 이전)	동경호, 송빙호, 차순호, 경창호, 복원창호 등 이름에 '호'를 붙인 시기
인급차 시기(1950년 이후)	홍인(紅印), 녹인(綠印), 남인(藍印), 황인(黃印) 등 이름에 '인'을 붙인 시기
칠자차 시기(1970년대)	문화혁명 영향. 숫자차가 나타나기 시작. 7542, 7572, 8582 등. 숙차 출현
개혁차 시기(1990~2000년 이전)	개방정책 시기. 차를 전략적으로 만들며 순료(純料) 병차를 만들기 시작
현대차 시기(2004년 이후~현대)	대형 차창과 중소 차창이 다양하게 차를 만들기 시작. 대지차와 순료차를 본격적으로 생산(고수차, 병배차)

4. 유통경로

1) 홍콩

홍콩은 보이차 역사에서 중요한 위치를 차지하고 있으나 현재는 차 상인들이 연도를 속여 숙차를 노차로 파는 속임수를 쓰는 곳, 습창차[4]를 판매하는 곳, 눈을 속이면서 가짜를 파는 지역으로 많이 인식되고 있다. 초창기 호급, 인급 보이차에서 중요한 위치를 차지하고 있는 홍콩은 건창, 입창, 습창의 개념이 없었던 시기 창고에서 망가진 통을 재조립하고 습기가 많은 차는 다시 포장하여 판매하였다. 지금은 보이차 가격이 워낙 비싸져서 가품을 진품으로 속여 판매되는 경우가 허다하다. 또 숙차의 출현으로 제작 연도를 속이는 것 역시 비일비재하다.

문헌에서도 알 수 있듯이 옛 중국 사람들은 지금처럼 오래 묵힌 보이차가 아닌 신선한 맛이 나는 생차를 주로 마셨다. 바로 먹을 수 있는 좋은 어린 찻잎일수록 고급 차에 속하였고 황실에 진상되었다. 여기서 알 수 있는 사실은 중국 보이차는 처음에는 발효시키지 않았으며 '발효'라는 개념 자체가 없었다는 것이다. 그러던 것이 홍콩에서 소비가 늘어나면서 발효라는 개념이 조금씩 생겨나기 시작하였다. 발효된 보이차의 탄생에 대해 이야기하자면 홍콩의 차 소비 상태, 창고 보관 기간, 기온 등을 고려하여 살펴볼 필요가 있다. 그 이유는 중국 운남성의 내부 사정과 관련이 있다.

> "1856년 두문수가 반란을 일으켜 서쪽 지역을 장악하게
> 된다. 그래서 차마고도 중 서북 교역로를 따라 티베트 지
> 역으로 가는 수출길이 막혔다. 어쩔 수 없이 운남의 보이

---

4) 습창차 : 30도 전후 온도와 상대습도 75% 이상의 환경에서 인위적으로 발효시켜 만든 차.

차 상인들은 반대쪽인 홍콩, 광동, 동남아시아 등의 새로운 교역로를 개척하기 시작하였다."

아편전쟁으로 인해 무역항으로 발전하게 된 홍콩은 자연스럽게 인구가 유입되어 늘어나게 되면서 음식을 판매하는 차루(茶樓)가 생기고 손님에게 딤섬과 보이차를 같이 팔게 되어 보이차 소비문화를 형성하게 되었다. '차루'에서 마셨던 보이차는 중국과 마찬가지로 햇차가 주로 소비되었고 1930년 이후에 홍콩 사람들은 육안차와 더불어 약간 발효된 차의 맛을 알게 된다.

"육안차의 제차법은 초제, 정제, 입창의 3단계 과정을 거친다. 오전에 시루에 넣고 물 끓이는 솥 위에 앉혀 부드러워질 때까지 살짝 찐다. 대바구니에 넣어 긴압한다. 그런 후 일정한 장소에서 2~3년 동안 방치해둔다."

홍콩에 보관 중이던 창고를 통해 오래된 보이차가 세상에 알려지기 시작하였다. 보이차는 중국 운남성에서 생산되어 내수 혹은 수출을 통해 여러 지역으로 유통되었으나 수출을 통한 오래된 보이차는 존재하지 않는다. 모택동의 문화대혁명 시대를 거치면서 대부분 사라졌기 때문이다. 홍콩은 1980년대 후반까지는 잘 발효된 오래된 보이차를 마셨던 것은 아니다. 그들은 생차의 경우 10년 전후로 발효된 정도의 차를 즐겨 마셨고 당장 마시기 부담 없는 숙차를 주로 소비하였다. 당시에는 생차와 숙차의 가격에 큰 차이가 없었다고 한다. 운남성에서 생산된 보이차는 광동이나 베트남을 통해 홍콩으로 수입되었다. '차루'라는 대중음식점에서 주로 판매되는 보이차는 가격을 낮추기 위해 호급보이차를 대량으로 구매하였지만 수요예측이 제대로 되질 않아서 남은 차는 창고 안쪽에 방치하게 되고 이 과정이 반복되면서 자연스럽게 노차가 생기게 되었을 것이다. 그들은 저장하면 발효가 되고 상품의 값어치가 올라간다는 것을 알지 못했을 것이다. 1950년대 처음에는 육안차를 유통하였다가 1960년대 본격적으로 보이차 판매를 위한 의인차장을 설립하였다. 지금 홍콩에서 유통되는 차 중에서는 보이차가 가장 많이 팔린다. 1980년대 중반 이후 보이차가 서서히 인기가 높아지자 명향차장, 형리무역공사, 영기차장, 김기원차행유한공사, 영원차행, 천성무역공사, 남천무역공사 등이 오래된 보이차로 상품을 바꾸거나 새로운 보이차 전문점들이 생겨나면서 보이차 시장이 성장하게 된다.

이러한 과정을 통해 육안차는 유통될 때 이미 어느 정도의 발효가 진행된 상태였다. 그리고 보이차를 즐겨 찾는 사람이 생기게 되자 제차법이나 창고에서 차를 빨리 발효시킬 방법이 나타났다. 그러면서 시간이 흐를수록 발효된 차를 찾기 시작하게 되었다.

2) 대만

대만 상인들은 홍콩을 통해 보이차를 들여와 동굴이나 차 창고에 보관하여 노차를 만들기 시작했다. 그들은 생차를 장기간 보관하는 한편 숙차 제조 과정에서 생기는 특유의 냄새를 순화하여 노차를 만들었다. 그리고 1980년을 전후로 보따리상을 통해 이를 보급되기 시작하였다. 초창기에 보이차를 판매한 옥호헌(玉壺軒)의 황슬금(黃瑟琴) 대표는 중국 의홍에 가기 위해 홍콩을 경유하게 되었는데, 거기서 보이차를 처음 접하게 되었다. 당시 판매된 보이차는 주로 10년 전후 발효가 진행된 생차와 숙차였으며 오래된 보이차 즉 호급·인급 보이차는 볼 수 없었다고 한다. 이때까지 대만은 전통 오룡차를 판매하는 찻집에서 예술가나 도예가들이 차를 판매하고 있었다. 차 도구를 판매하는 당성도예의 주인 대죽계도 보이차를 무척 좋아했다. 1980년대 후반에는 보이차를 판매하는 곳이 한두 군데씩 늘어나기 시작하였다. 그러나 1980년대 중후반 중국과의 관계가 악화되어 교역이 중단되자 중국이란 표기를 사용할 수 없게 되었다.

현재 차 시장에서는 7542, 7572, 7582 계열 중에 내비가 없는 차들을 드물게 볼 수 있는데 이를 무비내비라고 한다. 그리고 1980년대 즈음 호급 보이차가 아닌 인급 보이의 대명사인 홍인이 유통되기 시작한다. 홍콩과 더불어 대만에서도 1990년을 전후로 호급 보이차가 유통되기 시작했다.

3) 한국

『연원직기(1833)』에는 청나라 때 조선사절단이 남긴 보이차에 대한 글을 다음과 같이 기록하였다.

> "황차, 청차는 보편적이다. 다음으로 화차이며 보이차가
> 가장 귀하다. 그러나 가짜 또한 많다. 절강의 국화는 향
> 이 맑을 뿐 아니라 맛 또한 아주 좋다."

이 내용에서 보듯이 청나라 때 보이차가 이미 조선으로 들어왔음을 알 수가 있다. 근대 한국 보이차 시장의 발전은 크게 한중수교 이전(1949~1991), 수교 초기, 2005년부터 현재까지의 세 단계로 분류해 볼 수 있다.

한국 보이차 역사 연표 1

단계	기간	내용
1단계 (한중 수교 전)	1992년 이전	한중 수교 전, 양국 간에 이루어진 보이차 무역에 관한 공식적인 기록은 없다. 1980년대에 보이차가 홍콩, 대만, 일본 등에서 유행하며 한국에서도 보이차 열풍이 일었으나 소규모 시장에 속했다. 주 고객도 사찰의 스님과 신도들이 있었는데, 한국의 차문화를 대표하는 '차선일미' 사상과 관계가 있다.

2단계 : 태동기 (한중 수교 초기)	1992~2004년	한국과 중국이 수교를 맺으면서 보이차 무역도 형태를 갖추기 시작하였다. 이때를 한국 보이차 시장의 초기 발전 단계라 할 수 있는데, 상호간의 경제 및 문화 교류가 활발해짐에 따라 유학, 취업, 여행 등을 통해 많은 한국인들이 보이차의 효능과 가치를 이해하게 되었다. 보이차 시장도 점점 더 커지고 소비계층도 불교계에서 중산층으로 확대되었다. 한국 소비자들은 홍콩과 대만처럼 오래된 보이차 노차를 즐겨마셨다. 또 보이차 애호가 외에도 보이차를 금융상품으로 여겨 투자하는 소비층이 나타났다.
3단계 : 규모화 발 전 시기	2005년~현재	2005년부터 현재까지는 보이차가 한국에서 규모도 커지고 발전하는 단계라 할 수 있다. 2005년은 한국에서 '보이차붐'이 일어난 해로, 한경주(2014)의 연구에 따르면 2005년 수입된 보이차는 278톤으로 2004년의 약 5배라고 한다. 2006년은 368톤으로 2005년에 비해 32% 증가하였다. 이 시기에는 대형 브랜드 총판의 보이차 판매에서 개인이 별도로 구매하여 판매하는 방식으로 변화가 있었고, 이후 고수차를 원료로 하는 중고급 차 시장이 성장하였다. 한국 보이차 업체는 보이차 완제품을 국내에 유통하는 것에 만족하지 않고 직접 운남을 방문해 보이차 산지에서 모차를 수매하였다. 중국 세관의 통계에 따르면 2019년 한국에 수출한 보이차는 약 15만 8,418톤으로 수출액은 약 22.5만 달러였다. 수출량이 최고였던 2006년에 비해 57% 감소했으나 수출단가가 상승하여 수출금액은 2006년보다 10% 증가하였다(식약청 허가를 받지 못한 함량미달 보이차들이 정식 통관을 거치지 않고 밀수입으로 들어 오는 경우도 허다하다).

1988년 부산의 '녹백다장'은 보이차 전문점으로서는 한국에 처음 생긴 찻집이다. 대구의 '연암찻집'은 대만차와 보이차를 함께 취급하는 중국 차 전문점이었다. 그리고 1992년 서울의 '끽다거' 오픈을 시작으로 한국에 보이차가 유통되기 시작하였다. '녹백다장' 최윤석 대표는 다도를 일본에서 공부하였고 홍콩을 여러 차례 방문하면서 보이차의 상품성에 눈을 뜨기 시작했다. 한국은 보이차가 유통되던 초기에는 사찰을 중심으로 보급되기 시작하였다. 스님에게 차 대접을 받은 사람들이 서서히 보이차 맛을 알게 되고 그 매력에 빠지기 시작한 것이다. 그 후 보이차의 약리적인 효능이 입소문을 타게 되면서 1900년대 후반 들어 보이차를 찾는 수요가 늘게 된다. '끽다거'를 중심으로 조금씩 유통되

기 시작한 보이차는 1990년대 후반 분점이 더 오픈되면서 그 시장이 더욱 확대되었다. 1999년 세워진 '명가원'은 지금까지 노차를 판매하는 차관으로 활발하게 활동하고 있다. 그리고 2005년 한국에 '보이차 붐'이 일면서 보이차의 완제품에 만족하지 않고 한국인들이 모차를 직접 수매하고 고수차를 만들어 판매하기 시작하였다(오운산의 '석가명차'와 임창 지역의 '좋은 보이차 쾌활' 등).

현대 보이차를 취급하는 상점 가운데 '대익보이차'는 세계에서 처음으로 한국에 입성한 후 현재 20여 개의 점포가 운영 중이다. 그리고 2016년에는 우림고차방의 고수차와 보이차도 한국에 유통되기 시작하였다. 그리고 2000년대 초부터 한국에 처음으로 비영리 온라인 카페인 '차맛어때', '중사모', '차연구소', '차닉골' 등의 온라인 차 카페들이 성행하였다. 2003년에는 한국 최초로 차이나넷(현 공부차 대표 박성채)에서 온라인 판매가 시작되었으며, 같은 해 한국에서 처음으로 차 박람회인 서울국제차문화대전(김정순 위원장)이 코엑스에서 개최되었다. 이를 계기로 현재까지 여러 도시에서 국제 차 박람회가 개최되고 있다. 그 이후로 북경도사, 맑은차 대장정, 자운오색, 차마을 등 온라인을 통해 중국에서 한국으로 보이차를 유통하는 상인들이 나타났고 2010년 전후로 보이차 상인들이 대거 나타났다. 또 홈쇼핑에서 보이숙차 분말이 체중 감소에 효능이 있다고 광고하면서 보이차가 대중적으로 크게 알려졌다. 보이차는 건강에 좋은 음료라는 인식과 함께 재산으로서 소장 가치를 함께 가지고 있어 최근에는 젊은 층을 중심으로 보이차를 즐기는 사람들이 늘고 있는 추세이다. 그리하여 현재 보이차 공간도 복합문화공간으로 역할을 하고 있다.

요즘 한국에서는 보이차의 종류에 따라 그 시장도 세 부류로 나뉘어 있다. 90년대 이전 차인 노차를 즐겨 마시는 사람들, 2000년 이후 고수차만을 주로 마시는 사람들, 그리고 현대 보이차라 하여 젊은 층을 중심으로 병배차를 마시는 사람들이 그것이다. 최근에는 보이차를 마시는 연령대가 다양해지고 있다. 모든 차가 기본적으로 음차법을 익혀야 하지만 특히 보이차는 차를 마시는 방법을 숙지할 필요가 있다. 보이차는 시작을 어디에서 하느냐에 따라 방향이 많이 달라지기 때문이다. 한국의 보이차 애호가들은 내 것만을 고집하기보다는 서로 다른 것을 포용하고 배려하는 것이 차성에 더 가까워지는 길이라 생각한다.

지금까지 홍콩, 대만, 한국에서 보이차가 어떠한 경로를 통해 유통되었는지 살펴보았는데 홍콩과 대만은 상인들을 통해서 보이차가 보급되고 유통된 것으로 보인다. 다시 얘기하면 중국 광주(廣州) 차 시장에서 2000년대 이전 차를 찾는다는 것은 진년보이차를 잘 알지 못하는 것이다. 있다고 해도 많이 소유하고 있지 않으며 가짜 진위 논쟁에 있는 차들이 대부분이라고 보아야 한다. 한국도 차 상인을 중심으로 보이차가 보급되기는 하였으나 주 소비층은 사찰의 스님들이었다. 스님들에게 차 대접을 받은 사람들이 그 차의 매력에 빠지면서 보이차의 가치와 품격이 높아졌고 과장된 부분도 있는 것으로 생각된다. 보이차도 중국의 다른 차들처럼 처음에는 생차를 마셨다. 문화대혁명을 겪으면서 오래된 보이차는 대부분 소멸되었고 1970년대 숙차의 출현으로 인하여 보이차는 논란의 중심에 서게 된다. 보이생차는 후발효차다. 숙차는 조수악퇴를 거치면서 오래된 노차 맛을 흉내낼 수 있게 되었다. 한국에서는 특히 노차를 선호하여 가격에 거품이 생기고 부풀려져서 유통되고 있는 게 현실이다. 부족하고 거의 없는 노차를 찾는 수요가 많고 그것을 부추기는 상인들이 맞물려 연도를 속이는 가품이 유통되고 있다. 그러면서 서서히 고차수에 대한 관심과 매니아 층이 생기고 있으며 젊은 층을 중심으로 순료차와 병배차들을 즐기고 있다.

한국 보이차 역사 연표 2[5]

년도	지역	내용
1988	부산	녹백다장(최윤석) : 통도사, 법이사 등 불교사찰에 퍼져 일반인에게 전파
1992	서울	끽다거
1994	서울	별소방
1996	서울	일광
1998	서울	소슬다원
1999	서울	명가원(김 경우) : 골동 보이차, 노차 중심 판매
2000	담양	다연(백양사, 김미경)
2001	울산	석남사가는길(울산, 최대철)
2002	광주 경주	다반사(심상만) 아사가(김이정)
2003	서울	온라인 차이나넷 공부차(박성채), 차맛어때, 중사모, 차연구소, 차닉골 코엑스 한국차박람회, 서울국제차문화대전(김정순) 각 도시 국제차박람회 개최
2004	서울	한국에서 처음 개최된 골동차 전시 및 포럼. 한국인이 최초로 골동 보이차를 마시게 된 효시이다(대만, 홍콩, 말레이시아, 싱가포르 및 중국, 한국 유명 차인들이 한 자리에 모임).
2005	울산	석가명차(최대철) : 2009~2011년 진승차창, 진미호. 혜만차창, 노동지 한국 대리상
2005	경주	아사가(김이정) : 가짜 보이차 파동 이후 대만, 중국을 다니며 직접 매입
2005	수원	쾌활보이차(정경원) : 2019년까지 운남성 생활. 2020년 고차수 직접 제조. 주로 차왕수 제조. 2013년 보이차고 제조 및 조형물 특허 제조. 2015년 죽순 개별포장 특허(미국 특허 출원 중)
2008	광주	천연산방(류해숙)
2010 전후	청주	백비헌(박규용) : 여명차창, 2014년 대익 대리점
2010 전후		보이 생차 애호가 대거 등장 보이차 숙차 분말, 다이어트 효능에 젊은이들 관심 보임
2011		명해차장이 '대익'차로 입성
2014	중국	중국 운남성 맹해 석가명차 유한회사 설립(최대철)
2016		우림고차방 입성. 보이차 상인들이 온라인 밴드 활동 겸함 보이차 밴드(초보를 위한 정품 보이차, 정읍)
2017	무안	한국 보이차고 개발. 보이차 판매 밴드들이 생김(보이차 이야기, 대전)
2017	나주	갤러리 조이 차관(차문화 복합공간. 나주, 이양숙)
2018	부산	홍반장의 보이차 생활(진향당) 밴드(부산)
2020		보이차 대리점과는 다른 티룸이 생기기 시작(서울, 부산)
2021	서울	티 오마카세에 보이차 교육 및 시음 룸이 생김(청담)
2022	양산	보이차와 커피룸을 함께 오픈(통도사) 대익 대리점 카페 '산문'

---

5) 한국 보이차 역사 연표는 잘 알려진 보이차 상점을 중심으로 인터뷰한 내용을 정리하였다.

5. 우수한 보이차의 3대 조건

앞에서도 언급했지만 한국에서는 노차를 선호하여 상인들이 제조 연도를 속여 판매하는 경우가 많으며 보이차 가격에도 거품이 많다. 이러한 문제들을 해결하기 위해 소비자는 품질이 뛰어난 보이차를 선별하는 안목을 갖추고 있어야 한다. 우수한 보이차가 되기 위해서는 여러 가지 조건들이 있겠지만 그중에서 가장 기본이 되는 3가지를 가지고 정리해보고자 한다.

1) 좋은 원료

운남성은 중국 서남부에 위치하며 북회귀선이 남쪽의 낮은 위도 지역에 있다. 운남은 차나무가 자라는 데 적합한 생태조건, 즉 충분한 열량, 강렬한 일조량, 고온다습, 풍부한 강우량, 산성토양을 갖추고 있어 차나무가 자라는 데 좋은 환경이다.

[운남의 5대 차 산지]
- 전서 차산지 : 임창(臨滄), 보산(保山), 덕굉(德宏) 등 운남 주산지 구역
- 전남 차산지 : 보이(普洱), 서쌍판납(西雙辦納), 홍하(紅河), 문산(文山) 등 보이차 원산지
- 전중 차산지 : 곤명(昆明), 대리(大理), 초웅(楚雄), 옥계(玉溪), 하관(下關) 등 운남 타차(沱茶)의 주산지
- 전동북 차산지 : 소통(昭通), 곡정(曲靖) 등
- 전서북 차산지 : 여강(麗江), 노강(怒江), 적경(迪慶) 등

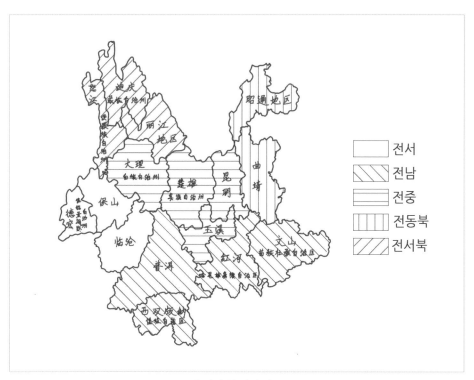

운남의 차 산지 지도

보이차는 운남성 특유의 국가지리표지 제품으로 국가품질검사총국의 규정에 다음과 같이 정한다. 운남성 지리표지 보호 범위 내의 보이차 산지는 운남성 서남변경, 란창강 야안, 미얀마와 라오스 등의 국가와 연접한 11개 주, 75개 현, 639개 향의 현재 담당 행정구역이다.

이 가운데 널리 알려진 6대 차산이 있는데, 고(古) 6대 차산과 신(新) 6대 차산이 있다.

• 고 육대차산 : 유락(攸樂), 만전(蠻磚), 혁등(革登), 망지

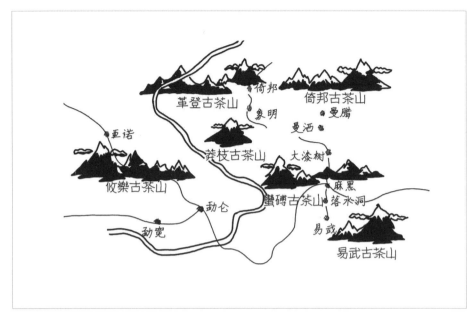

운남의 고6대 차 산지

(莽枝), 의방(倚邦), 만살(曼撒)

- 신 육대차산 : 남나(南糯), 남교(南嶠), 맹송(勐宋), 포랑 (布朗), 파달(巴達), 경매(景邁)

이들 차산은 다시 아래와 같이 세부적으로 나누기도 한다.

[운남성 보이차 지구(곤명을 중심으로)]

- 서부 : 보산 차구(보산시, 창녕, 등층, 용릉, 시전 등)
- 서남부 : 임창 차구(임창, 봉경, 운현, 영덕, 진강, 쌍강, 경 마. 창원 등)
- 남부 : 사모 보이차구(사모시, 경동, 경곡, 란창, 감성 등)
- 최남부 : 서쌍판납 차구(경흥시, 맹해현, 맹석현)

[란창강 동서의 보이차 원산지(서쌍판납 지구)]

- 고 육대산(맹석련) : 유락, 혁등, 의방, 망지, 만전, 만살
  (이무)
- 신 육대산(맹해현) :남나, 남교, 맹송, 경매, 파달, 포랑
  [대지차(인공재배)와 대수차(교목) 차창]
- 맹해 차장 : 대지차, 병배차, 생차, 숙차, 약구만톨의 모차

좋은 원료는 보이차의 기본이라고 할 수 있다. 보통 소엽종의 차나무들은 녹차, 중엽종은 홍차, 대엽종은 보이차를 만들기에 적절하다. "아미노산의 감칠맛을 내는 성분이 많이 들어있는 소엽종"은 떫고 쓴 맛을 구성하는 폴리페놀 성분이 적어 강한 맛을 내기 어렵다. 그래서 시간이 지난 후 다른 맛을 가지는 보이차는 반드시 운남에서 나는 대엽종 차나무 잎으로 만들어야 한다고 되어 있다. 찻잎은 따는 시기에 따라 춘차, 하차, 추차, 동차로 구분할 수 있다. 춘차는 2~4월에 채취하고 청명절이 지난 뒤 15일 안에 따는 것이 상품(上品)이다. 이때는 대개 1아1엽을 따는데 싹 꽃술이 여리고 희다. 하차는 5~7월에 따며 '우수차'라고 부르기도 한다. 추차는 8~10월에 따고 '곡화차'라고 부르기도 하는데 그 품질은 춘차 다음이다. 동차는 농민들이 먹으려고 조금 채취하는 정도이다. 지금은 계절에 관계없이 무분별하게 찻잎을 채취하여 차나무들이 몸살을 앓는 경우도 허다하다. 또한 차나무 품종은 찻잎의 여린 정도에 따라 생엽의 질량을 판단하는 중요한 기준이 된다.

2) 가공 기술

(1) 모차 가공 과정

찻잎을 따서 바로 만드는 모차(毛茶)는 싱싱한 차의 기운이 살아있어 싱그

러운 향을 맛볼 수 있다. 이것을 초제 과정이라고도 하며 보이차를 만들기 위한 기본작업이라고 할 수 있다.

선엽(鮮葉)-탄량(攤晾)-살청(殺青)-유념(揉捻)-악황(渥黃)[5]-해괴(解塊)-쇄건(晒乾)

선엽 : 찻잎을 막 따놓은 상태를 선엽이라 한다.

탄량 : 채엽을 마친 찻잎을 널어놓은 과정, 즉 '시들리기'를 말한다. 탄방이라고도 하며 잎의 비릿함을 없애고 찻잎에 남아있는 수분도 어느 정도 증발시켜서 살청하기 좋은 상태로 만드는 것이다. 선반에 넓은 광주리를 얹고 습기를 방지하기 위해 찻잎을 널어놓는 방식으로 진행한다. 탄량을 거치면 잎은 맑은 녹색에서 좀 더 어두운 색으로 변한다.

살청 : 폴리페놀옥시다아제를 불활성화하기 위해 잎 표면의 온도를 올린다. 대형 초제소에서는 살청기를 주로 사용하고 보통은 수공 살청을 많이 한다.

유념 : 찻잎을 비벼 표면의 보호막을 파괴해서 공기 중에 떠 있는 여러 미생물과 접촉하게 하는 과정이다.

악황 : 일종의 '뜸 들이기' 작업이다. 유념이 끝난 후 찻잎을 쌓아두는 과정을 악황이라고 한다. 맹해 지역의 독특한 재차 과정이다. 찻잎을 유념한 후 남아있는 잔열을 이용하여 발효를 진행하는 것으로, 살청을 마친 찻잎을 3~12㎝ 두께로 널어놓고 6시간 이상 둔다.

해괴 : '흩트리기'라는 의미로 유념과 악황 과정을 거치면서 서로 달라붙어 있는 찻잎을 흩트리는 과정이다.

---

5) 악황 : 미리 발효시키면 처음 맛은 좋을 수 있으나 자연 발효에 좋은 영향을 줄 수 없다고 보아 최근에는 악황을 하지 않는다. 고수차를 만들 때는 '선엽-탄량-살청-유념-쇄청'만을 거친다.

보이차 문화와 공간

쇄건 : 모차의 건조 방법을 의미한다. 모차를 건조할 때는 햇볕에 자연 건
　　　조하는 방법인 쇄건을 사용한다. 햇살 좋은 날 2㎝를 넘지 않도록
　　　널고 수분함량이 10% 이하로 떨어질 때까지 건조한다.

(2) 생차 가공 과정

여러 가지 과정을 걸쳐 완성된 모차를 이용하여 보이차를 만드는데 보이
차의 제조과정은 생차와 숙차가 조금 다르게 진행된다.

원료(原料)-사분(篩分)-간척(揀剔)-병배(拼配)-칭차(称茶)-
증차(蒸茶)-압차(壓茶)-퇴압(堆壓)-건조(乾燥)-포장(包裝)

쇄청모차 : 보이차는 쇄청모차를 원료로 매입해, 구매한 표준 견본을 따서
　　　　　다시 검수하고, 검수한 등급에 따라서 한데 모아 창고에 넣는다.
사분 : 보이차를 만들고자 하는 모차 원료가 선정되면 첫 번째로 사분한다.
　　　이것은 '체 치기'와 비슷한 개념으로, 체처럼 구멍이 뚫려있는 틀에
　　　넣고 찻잎을 흔들어 길이, 크기, 굵기, 무게에 따라 구분하는 것이다.
간척 : 차의 섬유질, 줄기, 기타 이물질 등을 없애는 단계로 보이차의 품질
　　　을 결정하는 기초 과정이다.
병배 : 여러 종류 다른 찻잎을 섞는 방법을 말한다. 차의 종류에 따라 다른
　　　생산지, 다른 연수, 다양한 원료 등급, 사분 후의 등급 등으로 다양
　　　한 조건의 찻잎을 잘 배합하여 섞는다. 이것은 단점을 감추고 전체
　　　적인 모양, 색, 향기, 맛을 좋게 하여 품질을 높이려는 일종의 블랜
　　　딩 작업이다. 성질이 같은 원료끼리 병배해야 한다는 원칙을 지켜야
　　　한다. 기본적으로 차 성질 자체를 변화시키지 않으면서 차의 품질을
　　　좋게 만들어야 한다.
칭차 : 차의 무게를 측정하는 것이다. 무게를 정확하게 측정하기 위해 병배

하려는 각 원료의 수분함량과 가공 과정에서의 손실률, 무게의 변화를 정확하게 계산해야 한다. 보이차 수분량은 각 모차별로 차이가 있지만 일반적으로 10%로 계산한다.

증차 : 찻잎을 100도 이상의 뜨거운 증기에 쐬어 다양한 모양(병차, 전차, 타차, 공예차 등)으로 만드는 것을 증차라고 한다. 높은 온도에서 증기를 쏘이면 찻잎이 부드러워지면서 부피가 작아진다. 만약 찻잎에 증기를 쏘이지 않은 상태에서 차의 형태를 만들기 위해 압력을 가하면 건조한 상태의 찻잎들이 서로 달라붙지 않고 찻잎이 다 부서져버린다.

압차 : 증차 과정에서 부피가 작아지면 열기가 식기 전 모양에 맞춰 제작된 천으로 만든 자루에 옮겨 담은 후 기계나 양제식으로 강하게 눌러 형태를 만든다. 이 과정을 증압 성형이라 하며 압차라고도 한다.

퇴압 : 자루에 있는 상태로 압력을 가해 모양을 만든 후 차를 자루에서 꺼내는 과정을 퇴압이라고 한다. 모양을 만든 후 나무로 만든 선반 등에 얹어 열기가 빠질 수 있도록 5분 정도 방치한다.

건조 : 일반적으로 생차는 실내 자연건조 방법으로 3~5일 정도 기간이 소요되며, 숙차는 7~10일 정도 건조한다. 보통 대형 차창에서는 실내 홍건 방법을 주로 사용하는데 홍방을 따로 마련한다. 보이차 포장지에 사용되는 면지는 일반 종이와 달리 한지와 비슷한 성질의 종이로 섬유질이 다량 포함되어 있어 차의 포장과 후발효에 적합하다. 차 표면에 직접 접촉하는 포장지이므로 잉크 역시 식품 포장에 사용할 수 있는 천연 소재의 잉크를 사용한다.

(3) 숙차 가공 과정

숙차의 전체적인 생산 과정은 생차와 거의 비슷하다. 차이점은 발효와 조수악퇴의 과정이 포함되어 있다는 것이다. 숙차의 발효는 실제로 미생물의 고체 발효이다. 미생물 고체 발효란 (숙차) 가공기술의 중요한 공정으로 숙차의 독특한 품질을 형성 짓는 과정이다.

숙차의 현대 인공 악퇴 진화 공예는 1973년 맹해차창에서 연구 개발된 보이차 가공 방법으로 차의 습도와 온도를 인공적으로 조절하여 빠른 속도로 발효를 촉진하는 방법이다. 발효 과정에서 차에 들어있는 단당, 아미노산, 페놀, 수화패턴, 휘발성 향기 성분과 각종 발향물질 등을 증가시켜 보이차 특유의 부드럽고 두터운 맛을 내게 된다. 그 과정은 다음과 같이 요약된다.

발수(泼水)-조수악퇴(潮水渥堆)-번퇴(翻堆)-탄량(攤晾)-
기퇴(起堆)

발수 : 보이차를 발효시키기 위해서는 잡냄새가 나지 않으며 직사광선이 들지 않는 깨끗한 공간이어야 한다. 발효실 온도는 25℃ 이상 상대 습도는 85% 정도로 유지한다.

조수악퇴 : 후발효는 보이차 가공기술의 중요한 공정이며 숙차의 품질을 형성하는 데 중요한 역할을 한다. 후발효 전 보이차 원료 중에 일정한 양의 맑은 물을 넣고서 골고루 잘 뒤섞은 뒤 악퇴를 진행하면 곧 후발효 단계가 시작된다. 악퇴는 물을 뿌려 찻잎을 모아 쌓아두고 발효를 진행하는 것으로 찻잎 더미의 크기는 조건에 따라 달라질 수 있다. 일반적으로 찻잎을 쌓아두며 발효가 고르게 진행될 수 있도록 찻잎 더미의 높이는 90㎝를 넘지 않게 한다.

번퇴 : 차의 악퇴 과정에서는 찻잎이 발효해 온도가 점점 올라가는데 찻잎 온도가 65℃ 이상으로 올라가지 않도록 주의한다. 그러므로 찻잎 더미를 한 번씩 흩트렸다가 다시 쌓아서 온도를 조절하는 번퇴 과정이 필요하다.

탄량 : 찻잎이 약 40일간의 악퇴 발효를 거쳐 적절하게 발효되면 찻잎 더

미에 골을 내고 찻잎을 넣어 바람이 통해 건조될 수 있게 하는 것을
탄량이라 한다.

기퇴 : 수분이 10% 정도가 되도록 자연 건조하면 찻잎의 발효 과정이 끝나
게 된다. 발효를 마친 차는 통기성이 좋은 천연 재질 용기에 넣어 보
관하는데 이를 기퇴라고 한다.

(4) 보이차 긴압차(숙차) 가공 과정

보이숙차(산차)-사분-병배-윤차-증압-건조-포장 순서로 진행한다.

수분 표준 10% 이내를 유지해야 하며 건조하고 잡냄새가 없는 청결한 곳
에 쌓아 차가 습기 차거나 변질되는 것을 방지해야 한다. 특히 하얀 곰팡이가
피지 않게 해야 한다.

(5) 병배차와 순료차의 가공 과정

병배차는 산지와 등급, 연도 수가 다른 여러 가지 차를 섞어서 만든다. 그
와 다른 개념인 순료차(중국어로는 일구료차)는 두 가지로 정리할 수 있다. 첫째,
특정 지역이나 특정 차산의 원료를 사용해 만든 차다. 예를 들어 천가채(千家寨)
순료차라고 하면 천가채 지역의 찻잎으로만 만든 차를 의미한다. 둘째, 개차(蓋
茶)와 심차(心茶) 구분 없이 모두 같은 원료를 사용한 것이다. 즉 맛과 형태를 좋
게 하려고 차의 겉과 속이 다른 차를 쓰는 병배차와 달리 차를 긴압할 때 표면
이나 속의 구분 없이 모두 같은 원료를 사용한다. 사실 두 가지 차 모두 나름의
장점이 있다. 병배차는 다양한 특성을 가진 원료들을 배합함으로써 차의 장점
을 최대한으로 끌어올리고 단점을 감출 수 있다. 서로 다른 두 원료를 섞어 맛
도 진하면서 향기도 좋은 차를 만들 수 있다. 예를 들어 반장 지역의 원료만으
로 만든 순료차는 반장차의 강하고 진한 맛을 정확하게 느낄 수 있다. 그러나
순료차의 단점은 원료의 상태에 따라 차 품질의 기복이 큰 것인데, 순료차 원료
자체의 향이 약하든가 맛이 무덤덤하면 그 점 역시 그대로 드러날 수밖에 없다.

현대에는 기술의 혁신이 보이차의 가공기술에도 영향을 미치고 있어 전통 가공기술과 1, 2세대에 이어 3세대 가공기술까지 점점 발전되어 오고 있다.

3) 과학적 보관 방법

창고저장이란 창고에 상품 및 물건을 보관하고 모아두는 것이다. 창고저장의 역할은 생엽부터 시작해 상품으로서 차를 가공하는 과정 중 중요한 단계이다. 종류가 서로 다른 차의 경우 창고저장 목적도 각기 다르다. 보이차의 경우 진화(陳化)를 위해 창고저장을 하는데, 여기서 묵힌다는 뜻의 '진(陳)'자는 보이차 보관법의 핵심으로 오래된 보이차에서는 진향이 난다고 한다. 하지만 대부분의 차에 있어서 창고저장의 기본 목적은 단지 차엽의 상품 가치를 보호 유지하기 위함이다.

보이차의 창고저장에서 '진화'는 보이차 향기의 발전과 품질 수준이 완벽하게 높아지는 것을 추구하는 것으로, 보이차의 저장과 동시에 시작된다고 보아야 한다. 진화는 환경의 습도와 차엽의 수분함량 및 시간에 따라서 건창진화(幹倉陳化)와 습창진화(濕倉陳化)로 구분한다.

(1) 건창진화

건창으로 보관된 보이차는 건조하고 통풍이 잘되며 습도가 낮은 환경에서 저장하는 것이다. 운남 특유의 지리적 조건과 기후를 이용해 적당한 온도와 상대습도 75% 이하이며 바람이 잘 통해 환기가 잘 되고 냄새가 없는 곳이어야 한다. 이것이 보이차가 발효 및 진화하는 자연적인 과정을 가지는 조건이다. 그래야 보이차의 성질을 잘 보존하고 또 품명의 가치를 높일 수 있다.

외관은 가닥이 잘 맺어져 있고 빛깔이 윤기 나며 선명하다. 표면은 광택이 나고 차엽이 활력이 있어야 한다. 그리고 내질은 오래 묵힌 향이 진하게 난다.

탕색은 짙은 갈색이나 진한 밤색으로 투명하다. 자미는 여전히 쓰고 떫은맛이 난다. 엽저(葉底)는 누런 밤색이나 짙은 갈색을 띤다. 속성은 활성이 유연하고 차엽의 탄력이 좋다. 또 차병은 습기로 인해 비교적 느슨해지나 습기와 압력 때문에 속으로 갈수록 더욱 단단해진다.

(2) 습창진화

습창에서 보관된 보이차는 인위적으로 보이차 저장 환경의 온도와 습도를 급하게 올려 찻잎이 짧은 시간 안에 속성으로 진화하게 하는 것이다. 다만 습도가 75%를 넘는 환경에서는 보이차의 '매변'으로 곰팡이가 피므로 시음할 수 없게 된다(흰색 곰팡이). 습창진화는 진균이 침투해 작용하는 현상으로 진화 속도를 더 빠르게 한다. 습창 처리를 거친 차는 '습창미'가 나는데, 일부는 탕색의 빛깔이 짙은 색을 띠지만 모방차일 뿐이다. 대만이나 홍콩의 경우 창고의 특성에 의해 창미가 나는 보이차가 꽤 있다. 이것이 한국에 들어오면서 거풍을 통해 옅어지기는 하지만 그래도 여전히 맛에서는 창미가 느껴지게 된다. 겉보기에는 흡사 '노차' 같아 보이지만 단지 '모방한 차'일 뿐이다.

외관은 포장지에 물이 닿은 흔적이 있고 차병 가닥은 느슨하다. 빛깔은 어둡고 검푸른 빛깔에 푸른곰팡이가 표면에 있기도 하다. 탕색은 어두운 갈색이지만 맑아서 건창으로 착각하기도 한다. 그러나 보통은 탕색이 혼탁하여 마치 시커먼 흙탕물 같다. 가끔은 진홍색을 띠기도 한다. 진한 창고 냄새가 나며 심지어는 곰팡내가 나기도 한다. 구감은 싱거워서 깊은 맛이 없다. 향을 맡아 보면 곰팡이 냄새가 나기도 한다.

(3) 건창차와 습창차의 비교

건창 진년 보이차는 보통 연대가 오래되었으며, 습창 보이차는 대부분 연대가 짧다. 습창차는 탕색이 짙은 것 외에도 찻물의 자미가 조화롭지 않아 진하지 않고 거부감이 있으며 침착감이 부족하다. 곰팡내가 나는 습창차는 대다수

탁한 곰팡이가 찻잎에서 육안으로도 보이며, 지녀야 할 윤기가 없고 순수함이 부족한 데다 자연스럽지 않다. 어떤 차는 짙은 색을 내지만 혼탁하다. 어떤 습창차는 몇 년간 '퇴창' 등의 처리를 거쳐서 곰팡이가 줄지만 목이 타는 듯한 느낌이 난다. 곰팡내가 나는 습창차는 건창차와 차이가 커서 마시면 바로 차이를 느낄 수 있다. 또 이런 차들은 목이 따끔거리고 입이 바짝 탄다. 그리고 혓바닥을 긁으며 심지어 찌르는 듯하기도 하다.

좋은 보이 생차는 진화 과정이 천천히 일어나고 환경 조건이 좋더라도 보통 10~15년은 묵혀야 한다. 일정한 시간 동안 오래 진화하면 할수록 더욱 더 향기가 풍부해진다. 이것을 진향미라고 한다. 보이 숙차는 진화 과정이 비교적 빨라서 3~5년만 묵힌다. 그 묵힌 후의 향기가 독특한 진년향에 자미가 순수하고 단맛이 입 안 가득하다. 그러므로 꼭 좋은 원료와 뛰어난 가공기술로 만들어져야 한다.

창고저장 시 주의할 점은 신제품과 노차 제품, 생차와 숙차를 분류해서 쌓아 놓아야 하며 정기적으로 뒤집어서 진화가 고루 잘 되도록 해야 한다는 것이다. 잘 보관된 보이차의 단계적인 품질 특징은 다음과 같다.

- 6년 : 덜 익어 떫고 쓴맛이 있다(고삽미가 강하다).
- 12년 : 깨끗하고 단맛이 나며 입 안에 향이 가득하다.
- 18년 : 순수한 맛이 매끄럽고 부드러워 차운이 느껴진다.
- 24년 : 깨끗하고 진운이 나며 침샘을 자극하여 입 안에 단맛이 돈다. 해맑고 투명한 탕색을 보이며 진운이 강하고 부드러워 목 넘김이 좋다.

현재 보이차는 시장에서 많은 오해와 불신을 사고 있는데, 보이차의 연도와 가치를 과장하거나 무조건 오래되고 묵은 노차가 좋다는 잘못된 정보를 주입해왔기 때문이다. 보이차의 진화는 시간, 온도, 습도, 햇빛, 공기 등 주변 조건에 의해 결정되며, 이런 저장 환경의 차이가 차의 품질에 큰 영향을 끼친다. 저장 연도가 오래되었다고 해서 꼭 품질이 좋은 것이라 할 수는 없다. 30년 이상 보관해 둔 보이차는 많지 않다. 40~50년 이상 된 보이차는 더욱 흔치 않다. 현재 시중에서 비싼 가격에 '진년병차'라고 유통되는 차들은 연도를 속이거나 모조품일 가능성이 높다고 보면 된다. 어떤 보이차는 연도가 너무 오래 지나 찻잎이 이미 과도하게 '진화'되어 차 맛을 느낄 수 없었다. 또 저장 기간이 길다는 것만으로 정품이라고 할 수 없다. 많은 사람들이 보이차에 대해 가지고 있는 오해 중 하나는 노차는 저장 기간이 길고 연대가 모연하며 차병에 곰팡이가 피어 있다고 생각하는 것이다. 그리고 노차는 자연스럽게 습기를 많이 먹었다고 하는 것이다. 그러나 곰팡이가 생긴다는 것은 대개 비과학적인 저장법으로 인해 찻잎에 좋지 않은 변화가 생긴 결과일 뿐이다. 또 현재 시중에서 판매되는 보이차 중에는 품질이 나쁜 것과 좋은 것이 섞여 있는 경우가 많다. 소비자는 구매 시 보이차의 기본적 특징을 잘 살펴서 좋고 나쁨을 가릴 수 있는 분별력이 있어야 할 것이다. 우량 보이차는 맛이 깔끔하고 자미가 부드러우며 탕색이 맑고 투명하다. 하급 보이차는 입 안이 얼얼하고 목을 쏘인 듯하고 혀를 찌르고, 긁어내며, 입 안이 텁텁하고, 시고, 쓰고, 떫고, 입이 마르고 건조하고, 잡냄새와 곰팡내가 코를 찌르고, 맵고 메스꺼운 냄새 등의 특징을 보인다.

우수한 보이차를 소장하기 위해 차 소장가들은 환경이 좋은 운남 지역에 개인 창고를 지어 보관하거나 차를 보관하는 위탁업체에 맡기기도 한다. 그러나 일반 소비자들은 그러기가 어렵다. 한국인은 아파트에 많이 거주하므로 건조한 편이라 직사광선을 피하고 바람이 잘 통하는 곳에 보관하여야 한다. 보이차는 주변 냄새를 흡수하는 성질이 있으므로 주방이나 흡연 장소 또는 습기가 있는 베란다는 피하고 향기가 짙은 가구나 인쇄물이 많은 책장도 좋지 않다. 실내가 건조하면 가습기를 사용해야 하는데 물이 직접 차에 닿지 말아야 하며 자사 항아리나 옹기 같은 것에 보관해야 한다. 그리고 보관할 때 차를 1년에 3~4

회는 위치를 바꿔주어야 한다. 차를 수시로 살피면서 색과 향이 변화되는 것을 즐기는 것도 삶의 작은 행복이 될 수 있다.

앞에서 살펴보았듯이 우수한 품질의 보이차는 다음의 세 가지 조건을 만족시켜야 한다.

① 좋은 원료 : 운남 지역에서 생산되는 대엽종.
② 좋은 가공기술 : 보이차는 가공기술에 따라 생차와 숙차로 구분한다. 1973년 '조수악퇴발효' 과정을 거친 숙차가 출현하면서 다양한 보이차의 맛을 볼 수 있게 되었다.
③ 과학적 보관 방법 : 습도는 75% 이하, 온도는 25℃ 정도로 청결한 환경에 통풍이 잘되며 잡냄새가 없어야 한다. 또 생차와 숙차는 분리하여 보관하며 바닥과 벽면에서 떨어져 있어야 한다.

이런 조건과 더불어 보이차는 후발효차이므로 세월을 견디는 시간과 인내를 필요로 한다. 그래야 비로소 맛이 더욱 풍부한 진향의 노차를 맛볼 수 있게 된다. 그런데 숙차의 출현이 보이차에 논란과 편견을 일으켰다. 문화대혁명 이후 노차는 찾아보기 어렵고, 오래된 차 맛을 흉내 낸 숙차로 인하여 모조품이 생겨났다. 생차인 양 연도를 속이고 가격을 속이는 일이 자주 발생하고 있다. 또 숙차가 '조수악퇴' 과정을 거치면서 유익균과 더불어 유해균이 발생하는데 이것을 멸균 처리하면 과연 세월이 지난 후에 유익균이 살아 있을 수 있는지에 대한 의문이 생겼다. 그렇지만 현대에는 과학의 발전으로 숙차 효능에 다른 성분들을 가미하여 더 발전되고 있다.

제2장

보이차의 과학

보이차는 6대차류 중 후발효차에 속하는 차이다. 찻잎은 주로 대엽종으로 이루어져 있어 오랜 시간이 지나야 품질이 완성되고 최고의 차로 거듭난다. 보이차는 생차일 때부터 녹차처럼 마시기 시작하여 세월이 가면서 백차, 청차, 황차, 홍차, 흑차로 변화되는 흥미로운 차이다. 중국 운남성에서 만들어진 보이차는 독특한 맛과 향이 있으며 건강에도 좋다고 한다. 시간이 흐를수록 미생물의 발효로 성분과 효능이 좋아진다는 특징도 있다. 이러한 보이차는 오랜 역사를 지닌 차이다. 800년대부터 보이차에 대한 기록이 있으니 최소 1,300여 년 이상의 역사가 있다. 그러나 우리나라에 알려지기 시작한 것은 1970년대 즈음으로 대만이나 홍콩에 다녀온 사람들에 의해 조금씩 들여온 것으로 추정한다. 1980년대에 이르러 스님들과 상인들에 의해 본격적으로 알려지기 시작하였다.

보이차는 최소 30년 이상 되어야 진정한 보이차로서의 맛의 변화에 대한 평가가 가능해진다. 또 기호음료일 뿐인 보이차는 투자 대상이 되기도 하는데, 이 또한 보이차만의 매력이라 할 수 있다. 이러한 보이차가 대중들에게 알려지기 시작한 것은 우리 몸에 이로운 성분을 함유하고 있다고 밝혀지면서부터이다. 그러면서 점점 차를 즐기려는 사람들이 늘어나고 있다. 이에 옛 문헌에는 어떠한 기록들이 있는지를 조사해보고 보이차의 성분에는 어떠한 효능과 효과가 있는지 알아보고자 한다.

1. 옛 문헌 속 보이차의 효능

오랜 역사를 지닌 보이차는 옛 문헌에도 여러 기록이 남아있다. 특히 청나라 때는 황실에 진상될 만큼 유명하였기 때문에 기록들도 이 시대의 것이 꽤 있다. 청나라 조학민(趙學敏)이 편찬한 『본초강목습유(本草綱目拾遺)』는 전체 10권으로 구성된 의학서로, 보이차의 효능에 대해 이렇게 설명하고 있다.

> 보이차고는 마치 칠과 같이 까맣고 술이 깨는 데 제일이
> 다. 소화에 도움이 되며 담을 없애주고 위를 깨끗하게 하
> 며 침이 생기게 한다. 보이차 맛은 강하고 쓰며, 기름기
> 와 소·양의 독을 제거한다.

『본초강목습유(本草綱目拾遺)』 6권 '목부(木部)'에는 이런 기록도 있다.

> 보이차고는 백 가지 병을 고칠 수 있다. 배가 부풀어올라
> 한기가 들 때는 생강을 넣고 끓여 마시면 땀이 나고 낫는
> 다. 입이 붓고 목에서 열이 나며 아플 때는 오푼을 입에
> 넣어두고 하룻밤이 지나고 나면 낫는다.

청나라 왕사웅(王士雄)이 1861년에 편찬한 『수식거음식보(隨息居飲食譜)』에는 보이차 효능에 대해 다음과 같이 언급되어 있다.

> 보이에서 난 차는 맛이 세고 기운이 강하다. 풍과 구토로
> 생긴 가래에 좋고 고기 소화에 도움을 준다. 여름에 사기
> 로 생긴 콜레라, 복통, 이질 등의 초기 증상이 나타날 때
> 마시면 빨리 나을 수 있다.

그 밖에도 왕창(王昶)의 『전행목록(滇行目錄)』에는 아래와 같이 기록되어
있다.

보이차는 맛이 매우 진하고 병을 고칠 수 있다.

또 청나라 완복(阮福)의 『보이차기(普洱茶記)』에는 "소화를 돕고 한기를 없
애준다[消食散寒]."고 기록되어 있다.

문헌에 남아있는 이상의 기록들을 통해 보자면 보이차는 몸의 기름기를
없애주고 소화를 촉진시키며 복통과 한기에 효과가 있다고 볼 수 있다. 특히 항
균효과가 탁월하여 병을 치료할 수 있는 자연 치유제였던 것으로 보인다.

2. 보이차의 성분과 효능

보이차의 원료가 되는 찻잎는 운남대엽종으로 싹이 길고 튼튼하며 백호가 특별히 많다. 엽편이 크고 연하며 단백질, 폴리페놀, 알칼로이드, 아미노산, 탄수화물, 광물질, 색소, 비타민, 지방 및 방향물질을 포함한다. 과학적 연구에 의하면 보이차는 질병을 예방하고 치료하는 차이다. 보이차를 마시면 머리가 맑아져 정신이 집중되고 심리적 안정을 꾀할 수 있으며 제때에 각종 영양소를 보충할 수 있어 인체에 매우 유익하다. 7대 영양소가 모두 보이차에 존재한다.

보이차의 영양성분 및 함량

영양성분	함량(%)	구성 성분
단백질	20~30	곡단백, 구단백, 정단백, 청단백 등
아미노산	1~5	차아미노산, 아스파라긴산, 아르기닌, 글루타민산, 알라닌, 페닐알라닌(30종)
알칼로이드	3~5	카페인, 데오필린, 데오브로민 등
폴리페놀	20~35	카테킨, 플라보노이드, 플라보놀, 페놀산 등
탄수화물	35~40	포도당, 과당, 저당, 맥아당, 전분, 섬유소, 펙틴 등
지방류화합물	4~7	레시틴, 다이오에스터, 글리코리피드
유기산	⟨3	호박산, 사과산, 구연산, 리놀레산, 팔미트산
광물질	4~7	칼륨, 인, 칼슘, 마그네슘, 철, 망간, 셀레늄, 알루미늄, 구리 유황, 불소 등(30여 종)
천연색소	⟨1	엽록소, 카로티노이드, 루테인 등
비타민	0.6~1.0	비타민 A, B1, B2, E, C, K, P, U, 판톤텐산, 엽산, 니코틴아마이드 등

1) 보이 생차의 성분

보이 생차에 많은 핵심 3가지 성분은 폴리페놀, 카페인, 아미노산이다.

(1) 폴리페놀

티탄닌(tea tannin)이라고도 하는 티폴레페놀(tea polyphenol)은 폴리페놀 화합물질로 차나무에 함유되어 있다. 이는 쓰고 떫은맛과 상쾌한 맛을 구현하는 페놀산 물질이다. 카테킨의 함량이 제일 많이 함유된 것이 티폴리페놀이다. 폴리페놀은 특히 새로운 가지와 성장이 풍부한 부분에 많이 함유되어 있다. 성장하면서 EGCG와 ECG는 낮아지고 EGC는 더 많이 증가한다. 운남 소엽종보다 대엽종에서 카테킨 성분이 높게 나타났다. 이러한 폴리페놀은 자유기[6]가 제거되면서 항균, 항암, 소염, 항방사능 등에 효과가 좋으며 높은 항산화작용을 한다.

(2) 카페인

카페인의 함량은 차나무의 품종 또 생산되는 지역에 따라 많은 차이를 보인다. 일반적으로 어리고 여린 잎에 많이 들어 있으며 새싹은 잔털에 카페인 성분이 가장 많다. 그러나 차나무의 뿌리나 씨앗에는 함유되어 있지 않다.

차를 처음 마셨을 때 각성도 되고 흥분이 되는 것은 카페인이 중추신경을 자극하는 작용을 하기 때문이다. 그래서 진통효과도 볼 수 있다. 보이차에서 쓴맛을 구성하는 카페인은 전체 구성성분의 2.5~5%를 차지한다. 차를 처음 만들었을 때는 고삽미(쓰고 떫은 맛)가 강하다가 발효가 진행되면서 쓴맛이 점차 사라진다.

뜨거운 물에 잘 용해되므로 카페인은 차를 우리면 곧바로 용출된다. 그러

---

6) 자유기 : 활성산소라고도 불리며 동물과 식물의 산소화합물로 체내 세포 대사과정에서 노화나 암, 동맥경화를 일으키는 원인물질로 인식되고 있다.

므로 카페인에 예민한 사람이라면 첫 번째와 두 번째 탕은 버리고 그 다음 잔부터 마시는 것이 좋다.

(3) 테아닌

아미노산(amino acid)의 일종인 테아닌은 정서 안정, 혈압, 진통, 신경계통의 보호 등에 효과가 있다. 유리 아미노산이 40%를 차지하며 아미노산의 많은 양을 차지한다. 차에서는 상쾌하며 신선하고 단맛을 낸다.

2) 보이 생차의 효과

(1) 항산화

운남 지역의 대엽종을 원료로 사용하는 보이차는 중소엽종보다 폴리페놀이 더 많이 함유되어 있다. 폴리페놀은 세포의 항산화작용을 돕고 효소로서 중요한 역할을 한다. 차나무가 성장할 때 셀레늄을 흡수하여 이것을 잎들에 쌓아 둔다. 보이생차는 미생물 발효를 거치면서 미량 원소들과 체내에 빠르게 흡수되어 세포 자신이 황산화능력을 갖추게 된다고 볼 수 있다.

(2) 항방사능

보이생차는 체내 자유기를 제거하며 폴리페놀 및 차단백, 차다당, 비타민 성분들이 방사능 효과를 보인다. 또한 폴리페놀은 면역세포의 손상을 완화시키고 방사능을 막아준다. 백혈구의 회복을 촉진하며 파괴된 면역세포의 손상을 완화하고 골수세포를 방사능으로부터 보호하고 예방한다. 또 차다당은 조혈기능을 보호하며 방사능으로부터의 피해를 막아준다.

(3) 항암

보이차는 크게 4가지로 항암작용을 한다.

첫째, 다당류와 폴리페놀이 방사능 손상을 받지 않게 해준다.

둘째, 폴리페놀 및 다당류는 식도의 중금속과 결부하여 몸으로 흡수되기 어렵게 하여 아질산염을 질산염으로 바꿔놓아 체내에 미치는 나쁜 영향을 최소화해준다.

셋째, 암세포 증식과 전이를 EGCG가 차단해준다.

넷째, 암은 몸속 조직과 관들의 세포막이 손상되면서 생기며 암세포가 늘어나면서 세포 또한 변이를 일으킨다. 보이차는 많은 양의 항산화 물질이 세포 산화를 막고 암 발생률을 현저하게 떨어뜨린다.

(4) 기억력 증진과 신경 안정

보이차는 심신을 편안하게 하고 신경을 안정시키는데 이것은 아미노산 때문이다. 테아닌은 불안증세, 우울증을 예방 치료하는 데 효과가 있다고 알려져 있다. 그리고 신체의 기억력 회복과 학습능력을 키우며 뇌 활성화에 필요헌 위해 도파민의 생리활성과 분비를 촉진한다. 뇌 신경세포 중추신경 전달물질의 일종인 도파민은 사람들의 감정 상태와 생리활성에 관여한다. 오랜 기간 차를 마시는 사람들은 신경 자극 기능이 발달하고 심신의 안정을 유지할 수 있으며, 외부 자극에 반응하는 역량이 강화되고 기억력도 좋아지게 한다.

(5) 항바이러스와 항균

보이생차의 성분 중 폴리페놀은 A형간염, 위장염, 감기 등에 치료 및 예방 효과가 있다. 특히 살모넬라균, 황색포도상구균, 말라리아균, 디프테리아균, 탄저균, 녹농균, 변형간균 등과 위장염에 대한 항균작용을 한다. 그리고 유익한 미생물은 유산균, 비피더스균 등에 항균작용을 발생시키지 않고 몸속의 미생물을 개선시킨다. 또한 무좀균에도 좋다. 그리고 차에 함유된 사포닌은 피부병을 발생시키는 진균류와 대장균 억제를 돕는다.

3) 보이 숙차의 성분

문화대혁명(1966~1976) 시기에 보이차는 부르주아 품목으로 지정되어 고차수들은 베어지고 이미 만들어진 보이차는 불태워져 버렸다. 그러나 시간이 지나면서 노차[7]를 찾는 수요가 많아졌고, 마침내 1973년 숙차가 출현하게 되었다. 숙차는 조수악퇴 과정[8]을 거치는데, 그 결과 생차와는 다른 성분들이 만들어진다.

(1) 갈산

몰식자산이라고도 하는 갈산(gallic acid)은 탄닌을 가수분해하며 차의 상쾌한 맛을 만든다. 이것은 장 안에서 콜레스테롤을 조절하며 항바이러스, 항종양의 효과가 있다. 특히 장티푸스를 치료하는 성분이 많이 들어 있다.

(2) 테아루비긴

테아플라빈이 산화 및 종합해서 만들어진 대분자 물질이 테아루비긴(thearubigin)이다. 테아루비긴은 보이 숙차와 홍차에 다량 함유되어 있다. 이 성분은 신선하고 순수한 차 맛을 내며 자유기가 효과적으로 제거될 수 있게 하

---

7) 노차 : 주홍걸 교수에 따르면 숙차는 8년 이상, 생차는 적어도 15년 이상 되어야 노차라고 할 수 있다. 그러나 수십 년의 음차 경험으로 비추어보아 노차라 함은 최소 30년은 지나야 노차 반열에 오를 수 있다고 본다. 노차는 보관 기간과 더불어 그 맛에서 느낄 수 있다. 생차에서 느껴지는 고삽미(떫고 쓴맛)가 사라지고 묵힌 향이 진해지며 자미가 전향(진하고 깊은 맛)으로 변하면서 진년보이의 명성을 얻는다.

8) 조수악퇴 과정 : 재차 과정에서 깨끗한 물을 부은 찻잎을 1미터 높이로 쌓은 후 발효를 시키는 것이다. 이때 찻잎을 흩트렸다가 다시 모으기를 하여 온도가 65℃ 이상 올라가지 않도록 조절해주어야 한다. 이런 과정을 40일간 거쳐 숙차가 만들어진다.

며 노화를 늦춘다.

(3) 테아브로닌

테아루비긴이 산화를 하여 만들어진 대분자 물질이 테아브로닌(theabrownin)이다. 홍차의 테아브로닌과는 다른 보이차 테아브로닌은 그 구조가 복잡하면서 단백질, 핵산 그리고 다당류 등이 포함되어 있다. 테아브로닌은 무겁고 두터운 맛과 맑은 보이차 맛을 낸다. 비만형 당뇨의 치료와 예방, 제2형 당뇨의 치료와 예방, 장 속의 독소 제거에 큰 효과가 있다.

(4) 펙틴

세포에 붙어있는 펙틴(petin)은 찻잎의 세포층을 만드는 주요 물질이다. 차를 만드는 제조과정 중에 유념(揉捻)을 거치면서 세포들이 파괴되고 펙틴이라는 성분이 흘러나오게 된다. 프로토펙틴과 수화펙틴이 주요 구성 물질이다. 보편적으로 쇄청모차에서 펙터나아제의 작용으로 진화과정이 이루어지고 부드러운 차 맛이 난다. 펙틴에서 분해된 환원당이 차를 우릴 때 차탕으로 녹아들어가 차 맛을 더 좋게 한다. 일반적으로 식품들의 유화제와 응고제로 주로 쓰이는 펙틴은 방사능물질과 자외선 차단 및 예방 효과가 있다. 또 피부의 흉터를 없애주며 피부를 보호하는 성질이 있다. 그래서 다양한 화장품에 많이 쓰이고 있다. 더불어 위 속에 보호막을 만들어 자극적인 음식에 따르는 자극을 완화시켜 준다.

(5) 차다당

산성 단백질로 많은 광물질의 원소와 결합하여 차다당(tea poly sacharide)이라고 부른다. 20여 종의 아미노산으로 만들어진 차다당의 단백질은 어린 잎보다는 노쇠한 찻잎에 많이 함유되어 있으며 생차일 때보다 숙차로 만들었을 때 더 많다. 차다당은 혈중지방 농도를 묽게 하고 혈압이나 혈당을 낮춘다. 또 관상동맥의 혈류량을 올리며 면역력을 키우고 혈전을 녹이는 데 효과가 있다.

최근에는 당뇨병 치료 효과에 다당류가 관여한다고 알려져 많은 관심을 끌고
있다.

(6) 로바스타틴

1980년대에 개발되었고 이에 의해 만들어진 항고지혈제로 지금까지 심
혈관계통 질환에 탁월한 효과가 있는 의약품으로 평가된다. 로바스타틴은 홍
국균과 토곡균의 효소 작용으로 만들어지며 보이 숙차가 오랜 시간에 걸쳐 진
화될수록 함량이 점점 더 늘어난다. 로바스타틴은 고지혈증을 예방하고 콜레
스테롤의 합성 등을 막아주면서 관상동맥, 심장의 질환에 탁월한 효과를 보여
준다.

(7) 감마아미노뷰티르산

동물과 식물의 체내에 들어있는 성분으로 감마아미노뷰티르산(y-aminob
utypic aicd)을 줄여 가바라 불린다. 동물들의 뇌 조직 속에는 0.1~06㎎/g 들어
있고 식물(콩, 한약재, 삼)의 뿌리, 줄기와 씨앗 등에 많이 내포되어 있다. 억제성
신경전달물질인 가바는 기억력 향상에 도움이 되고 신경을 안정시킨다. 우울증
치료 및 완화의 효과가 있다. 또 뇌 혈류를 개선하고 혈액 속의 암모니아를 감
소시키며 지질대사 개선에 도움이 되고 알코올 분해를 촉진하여 숙취를 해소
하는 등 다양한 의학적 효과를 나타낸다. 이 물질 역시 오래된 보이 숙차일수록
함량이 높다.

4) 보이 숙차의 효과

보이 숙차는 제차 과정에서 '조수악퇴' 과정을 거치면서 보이 생차와는 다
른 다양한 효과를 지닌다.

(1) 혈압조절

식사 후 보이 숙차를 마시면 대분자 물질들이 식이섬유와 더불어 음식에 있는 지방과 콜레스테롤 성분이 장내에 흡수되는 것을 막아준다. 또 혈액 속에 있는 외원성 콜레스테롤과 지방들의 증가를 억제시키면서 혈관 점조도를 낮추어서 혈압을 조절해준다. 또한 간에서 만들어지고 담낭에서 분비되는 담즙산은 콜레스테롤을 분해하는데 보이 숙차는 담즙산과 결합하여 콜레스테롤과 지방이 흡수되지 않게 한다. 그리고 차다당은 담즙산과 반응하여 담염을 생산하고 담염은 작용 후 잉여량과 더불어 변과 함께 몸 밖으로 배출된다.

(2) 혈중 지질농도 조절

보이 숙차에 함유된 펙틴과 폴리페놀은 지질과 결속되어 장 속에 흡수되는 것을 막고 담즙산의 함량을 낮추어준다. 특히 보이 숙차의 차다당은 체내에서의 고밀도지단백콜레스테롤의 함량은 높이고 혈액 중의 저밀도지단백콜레스테롤과 초저밀도지단백콜레스테롤의 함량은 낮추어줌으로써 혈액 지질농도를 균형 있게 유지시켜 준다. 또한 보이 숙차의 스타틴은 콜레스테롤을 합성하는 과정에서 주요 효소들의 활동성을 감소시켜 콜레스테롤이 체내에서 합성되는 것을 억제하여 준다.

(3) 혈당 조절

보이 숙차의 차다당은 혈당을 낮추는 데 큰 효과가 있다. 이것은 포도당의 흡수율을 낮추어 혈당이 빠른 속도로 상승하지 못하게 조절한다. 또 차다당이 인슐린에 대한 민감도를 높여 혈당이 상승하게 되면 신속하게 채내에서 혈당을 낮추기 위한 신체 반응이 나타날 수 있게 한다. 차다당은 간당원의 함량을 올리는 역할을 하는데 이것은 혈당이 전화되어 생성되는 물질로 간당원이 높아지면 혈액 속 혈당이 감소되면서 전체적으로는 혈당을 낮추어 준다.

(4) 위장 보호

보이차는 발효 과정을 거치면서 차의 성질이 따뜻하게 변화하여 위장을 보호해준다. 또한 폴리페놀과 카페인 등은 소화기관의 연동 운동을 촉진시킨다. 보이차에 많이 들어있는 미생물 효소들은 펩신(pepsin)을 분비하여 소화에 도움이 되고 위장에 보호막을 만들어준다. 또 차다당과 올리고당은 비피더스균과 유산균 등의 흡수를 도와 튼튼한 장을 만들어준다.

(5) 미용

대분자 물질 및 아미노산과 불포화지방산은 보이 숙차에 많이 함유되어 있는데 이것은 미용에 탁월한 효과가 있다. 보이 숙차 성분 중에 테아루비긴은 자유기를 제거하여 항산화 작용으로 노화를 늦추고 테오브로마인(theobromine)은 장 속 독소를 밖으로 내보내며 많은 피지가 만들어지는 것을 막아준다. 보이 숙차의 폴리페놀은 피부의 유분을 제거하여 모공이 넓어지는 것을 막아주며 멸균과 소염 효과를 가진다. 특히 아미노산은 세포의 활력을 더하여 주고 피부의 탄력을 올려준다.

5) 보이차의 효능과 효과

우리나라 성인의 1일 카페인 섭취량은 평균 400㎎이다. 그런데 1.000㎎ 이상을 오래 섭취하면 중독이 될 가능성이 높다. 식품안전청의 조사에 따르면 녹차 티백 한 개에는 15㎎의 카페인이 들어 있고 믹스 커피에는 50~70㎎의 카페인이 들어 있다고 한다. 요즘은 원두커피를 많이 마시는데 원두커피 한 잔에는 140~160㎎의 카페인이 들어 있다. 이를 바탕으로 본다면 보이차는 하루 8잔 정도까지 마셔도 괜찮을 듯 보인다. 하지만 찻잎에 들어 있는 카페인은 약 60~70% 정도만 용해되어 물에 나오며 차에 있는 다른 성분이 카페인의 작용을 둔화시킨다고 하니 더 마셔도 괜찮다고 할 수 있다.

한편 차를 마시면 속이 쓰리다고 말하는 사람들이 있다. 차에도 카페인이 함유되어 있으니 과다한 양을 마셨을 때 위산 역류를 유발하거나 식도에 직접 자극을 주어 속 쓰림을 유발할 수 있다. 그러나 차를 연하게 마시면 식도산의 분비나 식도의 역류 현상이 나타나지 않는다. 차를 진하게 우려 마시면 식도산의 양이 늘어나니 속 쓰림을 예방하기 위해서는 빈속에 차를 마시지 않는 것이 좋다.

차에 대해 가지고 있는 일반인의 오해 중 하나가 차에 남아있는 농약의 잔류량에 관한 것인데, 연구자들은 차를 우려 마실 때 인체에 흡수되는 농약의 잔류량은 미미하다고 보고 있다. 식음료로서뿐 아니라 약효가 있는 것으로 알려진 보이차는 식약청 검사기준에 맞춰 납, 주석, 색소, 잔류농약에 대한 검사를 거쳐 수입한다. 그래서 정식 통관 절차를 걸쳐 수입되지 않은 차에 대해서는 주의를 기울일 필요가 있다. 모든 농산물이 그렇듯이 보이차 역시 무농약, 유기농 등 친환경 여부에 대한 확인이 필요하다.

보이차의 효능·효과 비교

	보이 생차	보이 숙차
성분	· 폴리페놀(카테킨) : 차의 쓴맛, 떫은맛 · 카페인 : 차의 쓴맛 · 아미노산(테아닌) : 차의 단맛, 신선하고 상쾌한 맛. 카페인을 중화시킴	· 갈산 : 상쾌한 맛 · 테아루비긴 : 순수하고 깨끗한 맛 · 테아브로닌 : 무겁고 맑은 맛 · 펙틴 · 차다당 : 차의 단맛 · 감마아미노산
효과	· 항산화, 항방사능, 항암, 기억력 증진, 신경계 보호, 진통제 역할	혈압 조절, 혈중 지질농도 조절, 혈당 조절, 위장 보호, 숙취 해소, 피부 미용, 우울증 치료, 기억력 향상, 신경 안정

모든 것에는 양면성이 있다. 보이차도 발효기술이 떨어져서 습도가 지나치게 높거나 공기 순환이 안 되면 쉽게 유해균이 번식되어 변질이 된다. 산소량

이 부족한 보이차는 효모균이 무산소 대사를 진행하여 쉽게 산이나 곰팡이 냄새가 나고 그대로 두면 맵고 짜고 쓰고 얼얼하고 걸리고 잠기고 신맛이 나서 보이차 품질을 떨어뜨린다. 세균은 따뜻하고 습하며 유기질이 많은 곳에서 특수한 냄새나 산패미를 유발하지만 아직까지 보이차에서 병원균은 발견되지 않았다. 발효 중 차 무더기가 수분에 장시간 방치되면 습기를 먹거나 세균이 대량으로 번식할 위험이 있다. 미생물의 수량과 종류를 통제하여 외부조건을 맞추어 우세균의 생장대사를 촉진하고 유해 미생물은 억제하여야 한다.

중의학에서는 보이차가 해열, 더위를 식혀줌, 해독, 소화 촉진, 지방 제거, 변비 해소, 이뇨작용, 가래·풍 제거, 기침 치료, 침샘 자극, 기력 회복, 노화 지연과 장수의 효과가 있다고 한다. 현대 의학에서는 위를 따뜻하게 하고, 체중 감소, 지방 저하, 동맥경화 방지, 관성동맥경화 및 심장병 예방, 혈압 저하, 항암, 항노쇠, 혈당 치료, 항소염, 니코틴 해독, 중금속 경감, 충치 예방, 눈을 밝게 함, 소화 촉진, 항독, 변비 예방, 숙취 해소 등 20여 가지 효능이 있다고 본다.

운남농업대학교 보이차연구소는 주로 유효 기능성 성분 증가와 신체에서의 작용, 면역체계 개선 체내 유익 미생물 성장 촉진, 유해 미생물 억제 효과가 있다고 한다.

좋은 보이차는 일정 시간이 지나면 품질이 좋아진다. 폴리페놀류의 산화, 강해, 중합 작용으로 카테킨과 폴리페놀 함량이 감소하여 떫은 맛이 줄어들어 깊고 부드러운 맛이 난다. 또 당량이 증가하면서 단맛이 난다. 이 외에 가용성 단백질, 방향물질 등의 원래 유익한 성분을 유지하고 전체적으로 물질감이 향상된다.

연구에 따르면 저장할 때 좋은 시기가 따로 있다. 오래 보관하였다고 무조건 좋은 보이차가 되는 것은 아니다. 보이차 탕색이 붉고 진하며 잔향이 있어 맛이 진하고 엽저가 흑갈색이 되면 이후로는 계속 저장해도 찻잎에 유익한 성분은 점차 분해되고 산화되어 결국 사라진다.

제3장

운남 소수민족의
차와 종교

중국은 다민족국가로서 55개 소수민족과 다수의 한족으로 구성되어 있다. 그중에서 차의 원산지인 운남성에는 25개 소수민족이 있으며, 이들은 주로 차와 관련된 일에 종사하며 살고 있다. 운남성에는 다양한 민족이 각각의 문화와 풍습을 가지고 그들만의 독특한 차생활을 하고 있다. 이들은 운남 현지의 차 산지에서 직접 차 농사를 하므로 주로 신선한 생 찻잎을 따서 즐겨 마신다. 생 찻잎을 바로 불에 굽거나 쪄서, 혹은 며칠이 지난 뒤에 씹어서 먹기도 한다. 이들 소수민족은 차를 다양하게 마시지만 현재 보이차는 가벼운 느낌을 중시하며 마신다고 한다.

오늘날 우리는 한족의 음차 풍습처럼 보이차를 작은 호에 우려서 먹는 포차법(泡茶法)을 이용하여 마신다. 그러나 대부분의 소수민족은 차를 차탕에 넣고 일정 시간 끓이거나 달여서 먹는 전차법(煎茶法)을 주로 이용한다. 또한 불에 굽거나 찐 차를 다양한 식재료와 함께 식사 때 술과 함께 먹기도 한다.

1. 운남 소수민족의 차문화

역사를 거슬러 올라가면 서쌍판납을 비롯한 운남 지역은 중국에서는 변방이었다. 따라서 교통이 불편하고 소수민족이 많아 언어도 복잡하며 상대적으로 문화도 낙후되었다. 하지만 그들은 이러한 지리적 특성을 바탕으로 민족적 특색을 지닌 다채로운 차문화를 형성하였으며 풍성하고 깊이 있는 그들의 음차 문화는 오늘날까지 이어지고 있다. 차는 위로는 하늘에 통하고 아래로는 신에게 통한다는 말이 있으며, 영적인 물건, 인간의 정치·경제·문화·종교·철학·의약 등 다방면에 걸쳐 사람들의 관혼상제·애경사·일상생활에 다반사로 쓰이고 있다.

소수민족들은 아주 오랫동안 차를 마셔왔고 그 과정에서 그들만의 독특한 음차 풍습을 형성하였다. 예를 들어 태족(傣族)의 죽통차(竹筒茶), 묘족(苗族)의 채포차(采包茶), 하니족(哈尼族)의 보이차(普洱茶) 및 외엄차(煨釅茶) 등이 있다. 서쌍판납주는 보이차의 고향이라는 타이틀에 걸맞게 차문화를 연구 발전시키고 더 나아가 레저, 휴양, 관광, 고차산 유랑 등 문화산업을 육성시키고 있으며 민족관광특화주거지구, 차문화상업지구, 차산경관지구, 우림경관지구 등을 지정하였다. 이외에도 서쌍판납 보이차 문화 엑스포 및 포랑산 언덕, 천연 고차산이 문화 관광의 핵심지로 떠오르고 있다.

1) 태족(傣族)의 차 풍습

태족은 중국과 미얀마의 소수민족 중 하나이다. 고대에 태국인들의 조상은 한족에게 밀려서 흡수되거나 현재의 태국으로 이주했다. 태족은 태국에 이주하지 않고 잔존한 민족이다. 태족은 태문자를 가지고 있으며 대다수 소수민족과는 달리 역사 기록을 가지고 있다. 남자들은 몸과 얼굴에 문신을 새기는 풍습이 있다.

서쌍판납에서 '맹'은 '평지'라는 뜻이고, 이곳의 원주민은 태족을 말하며, 왕은 태족의 세습 족장을 가리킨다. 맹해토사가의 또우누이가 맹해토사 왕의 품격을 계승하고 태족의 전통적 제차 공예를 고수하며 포랑산 노만아의 고차수를 원료로 제작한 보이차가 '맹륵왕'이라는 차이다. 이 차는 맛이 맑고 순수하고 향기로우며 감칠맛이 있어 확실히 풍미가 다르다. 맹해 태족 봉건영주 토사 중 차업 역사책에 이름을 올리며 맹해 찻잎의 외부 판로 개척에 큰 공헌을 한 사람이 있는데 그가 바로 또우중한(양신 103년 출생)이다. 그는 어려서부터 불교를 전하고 선을 숭배하였으며 덕을 쌓으며 품성의 기초를 닦았다. 그는 태족 토사로는 처음으로 차창을 설립하고 경영했다. 그는 모범적인 통치자로서 차창을 경영하여 경제적 이익과 사회적 이익을 거두었다. 그리고 적극적으로 태족 백성들을 동원하여 포랑산 등지의 신선한 찻잎을 수매한 뒤 정밀하고 심오한 전통공예로 산차, 긴차, 원차를 가공하여 미얀마, 태국, 티베트, 인도 등지로 판매하였다.

이러한 태족은 죽통차를 즐겨 마신다. 가공된 대나무에 소엽종 찻잎을 넣고 대돗자리에 손으로 여러 번 비벼서 다시 대통에 집어넣고 청죽 잎으로 대나무 통 입구를 막아 찻잎을 굽는다. 마지막으로 대나무를 쪼개면 죽통차가 나온다. 이 차를 적당히 덜어내고 끓인 물을 부어 3~5분 정도 지나면 바로 마실 수 있다.

다른 죽통차도 있는데, 신선한 대나무 한 토막에 찻잎을 넣은 후 나무 막대로 압착하면 한 통의 죽통차가 된다. 이렇게 하면 독특한 향이 대나무에 저장되어 원래 품질이 변함없이 유지된다.

또 그들은 찻물에 밥을 말아 먹는 풍습이 있다. 그리고 차를 대접하여 소녀의 감정을 떠보는 풍습을 가지고 있다. 아가씨가 마음에 드는 남자를 발견하면 찻잎 조금을 넣은 그릇을 그에게 가져다준다. 남자가 이 찻물에 밥을 말아 먹으면 아가씨의 마음을 받아들이는 것이 된다.

태족이 주로 마시는 차는 직접 만든 대엽종 잎을 말린 차이다. 그들은 손님을 대접할 때 큰 그릇에 차를 담는 것을 좋아한다. 차가 끓으면 다시 손님에게 차를 따른다. 서너 번 물에 타서 차 맛이 옅어진 후에는 찻잎을 건져내고 대청과로 만든 표미차를 섞어 먹는다. 찻잎이 잔잔하고 쓴맛이 대청주스의 감미로운 맛과 함께 어우러져 깊은 맛을 느끼게 한다. '맑은 맛의 차'를 먹는 방법이기도 하다.

그리고 또우중한의 아들 또우유랭은 경룡불사에 입문하였다가 1937년 환속하고 1949년 7월 중 남경에서 해방군에 입대하여 부대를 따라 운남으로 들어왔다. 그는 다년간의 정치 생애에서 줄곧 지방경제 발전을 중시하고 손수 농촌에서 각 민족 대중들을 동원하여 황야를 개간하고 차나무를 심었다. 또우중한과 또우유랭의 정신은 영원히 남아 살아 숨을 쉬고 있다. 그들의 후예들은 상서롭고 행복한 산과 물의 대자연에 맹해의 성스럽고 깨끗한 찻잎의 차를 융합시켜 상등의 차병을 만들어내고 있다. 그리고 남좌상좌부(소승불교)의 윤리도덕은 장기적으로 태족인들의 행위 준칙을 규범화하였다. 이들의 차는 어느 차보다 더 신선하고 풍부한 명성을 갖고 있음이 분명하다.

2) 하니족(哈尼族)의 차 풍습

유구한 역사를 자랑하는 하니족은 이족(彝族) 및 납호족(拉祜族)과 함께 강족(羌族)에게서 기원한다. 보이현의 맹선향과 동심향에는 아주 많은 하니족 산채(山寨)들이 있으며 이곳에는 대대로 전수되어 계승되고 있는 하니족들 고유의 차문화가 있다. 운남 맹해에 대대로 거주하고 있는 하니족은 서북방 강인들의 후예이다. 그들은 역사의 변화에 따라 남쪽으로 이주하여 오다가 홍하(紅河)와 난창강(瀾滄江) 중간, 애뢰산(哀牢山), 무량산(無量山) 사이 광대한 지역에 정착하게 되었다. 그들에게 차는 길상의 물건이며 애경사를 포함한 모든 일에 쌀, 달걀, 차가 없어서는 안 된다고 믿는다. 또 차 없이는 제사를 못 지냈다고 한다. 그들은 차로 화를 면하고 복을 받으며 길하고 평안해지길 기원한다. 즉 차는 그들에게 있어서 숭배와 사회 교류의 증표이다.

하니족은 찻잎과 불가분의 연을 맺어 왔다. 고증에 따르면 하니족은 천년의 차나무 재배 역사를 가지고 있고 일찍 찻잎을 재배한 민족 중의 하나라고 한다. 하니족은 대대로 깊은 산 속의 원시림 마을에서 살아 왔다. 전설에 따르면 아주 먼 옛날 하니족 선조들이 산속 마을에서 흙가마에 물을 끓이고 있을 때 불어온 산바람에 나뭇잎이 가마 안에 떨어지자 향기가 사방으로 넘쳐났고 차 맛은 쓴맛 속에 달콤함이 감돌았다고 한다. 이렇게 차나무가 발견되었고 찻잎이 '납백' 및 '하절'로 불리우며 대대로 전해오면서 차 재배와 음차는 하니족 사람들 삶의 일부가 되었다. 하니족은 납백만은 남겨 건강을 보존해야 한다고 생각하고 있다. 또한 그들은 모든 만물에는 영성이 있다고 믿는다. 그래서 하나님을 대하듯 차나무를 경건하게 대하며 생명처럼 소중히 여기고 있다.

하니족은 손님을 좋아하는 민족이다. 그들은 손님이 산채에 올 때마다 연한 찻잎을 채집하여 손님들과 맑은 차를 만들어 목마름을 해소했다. 하니족이 가장 좋아하는 차나무로는 '멧대추 차나무'라는 것이다. 이 차는 고귀한 향기가 나기로 유명하다. 마신 후에는 심신이 위로받고 편안해진다고 하여 이 차에 '하니 공주차'라는 이름을 붙였다. 이 '하니 공주차'는 탕색이 호박과도 같이 진하고 향긋한 난향이 있으며 좋은 보건 효능을 가지고 있다. 이 차나무는 수령이 일반적으로 200여 년 정도이다.

하니족은 운남의 소수민족 중 두 번째로 인구가 많은 민족으로, 오래전부터 차를 재배하고 만든 역사를 가지고 있다. 그들은 진한 차와 향기로운 차를 마시기 좋아하며 차를 아름답고 신성하다고 여긴다. 그들은 또 차를 '노보'라고 부르며 제사, 봉사, 아름다운 축원으로 나타낸다. 하니족 사람들은 손님을 따뜻하게 대하는 표현으로 양손에 진한 찻잔을 한 잔씩 들어 올려 환영한다. 이때 연장자부터 차반을 드린다. 차를 받아 든 손님은 반드시 한 모금이라도 마셔서 고마움을 표시해야 한다. 그리고 주인은 손님이 차를 마시는 도중에 차를 자주 부어주며 차가 바닥이 나지 않도록 한다. 손님과 작별할 때는 가장 좋은 찻잎을 한 보따리 싸서 보내야 예의가 있다고 생각한다.

뚝배기 차를 마시는 것은 하니족의 기호로, 차를 간편하게 마시는 그들만의 오랜 방식이다. 차를 끓이는 방법은 '산수'가 담긴 흙솥을 화당의 세 발 쇠틀에 넣고 끓이다가 물이 끓으면 직접 청모차를 넣고 5~6분간 끓인 후 대나무로 만든 차반에 넣고 마신다. 찻물이 노랗게 되면 향기가 좋고 맛이 진하며 마시기에 적당하다. 신선한 찻잎을 뚝배기에 넣고 끓이면 뚝배기에 물이 끓어오르기를 기다렸다가 적당히 물을 넣어 끓인 후 마신다. 차를 끓이고 마시는 방법이 독특한데 이것은 하니족의 풍속이고 어른들은 아주 잘한다. 이들은 밥을 마시며 차를 같이 먹는다. 차가 끓어오르면 밥을 먹는데 어른들은 뚝배기에 직접 넣어 먹기도 한다. 노인들은 밥을 먹을 때 뜨거운 차를 마시지 않으면 입맛이 없다고 한다. 또 청죽차는 하니족이 야외나 산지에서 노동할 때 현장에서 끓여서 먹는 차 방식이다. 큰 사발만한 푸른 대나무를 하나 베고 마디 진 대나무통을 만들어 적당량의 신선한 찻잎을 숯불 위에서 구워서 노르스름해질 때 대나무통에 넣어 끓이면 상쾌하고 달콤하다. 청죽차의 탕색은 황색을 띠고 대나무 향기가 있어서 천천히 마시면 상쾌하고 달다.

하니족의 차 끓이는 방법은 대동소이한데 작은 흙 항아리에 차를 넣고 천천히 구워 찻잎에 뜨거운 향기가 스밀 때 다시 끓는 물을 부어 마시는 차를 부항차 또는 토향차라고 한다. 찻물은 노랗고 맛이 진하며 탄향이 오래 지속되고 고삽미에 감칠맛이 있다.

죽통차는 가장 전통적인 압착차이다. 하니족과 포랑족 모두 비슷한 방법으로 죽통차를 만드는데 이렇게 하면 찻잎이 잘 변질되지 않을 뿐 아니라 찻잎에 대나무의 맑은 향이 더해져서 저장, 운반 및 취식용으로도 편리하다. 죽통차의 가공 공정은 먼저 갓 베어낸 대나무로 만든 차통을 준비한다. 그리고 찻잎을 가마솥 속에 넣고 찻잎이 부드러워지고 짙어지면 돗자리에서 유념(비비기)을 반복한다. 마지막으로 찻잎을 대통에 담는다. 나무 막대로 꼭꼭 누르고 청죽 잎으로 대나무 입구를 막는다. 화덕에 15~30분 고르게 구운 후 입구를 열어 넣어놓고 식은 후에 대나무통을 쪼개면 죽통차가 완성된다.

하니족은 노래와 춤에 능한 민족으로 불을 지펴 차를 끓여 사람들과 함께 모여 앉아 찻노래를 자주 부르는데, '차 심는 노래', '차 따는 노래', '차가' '사랑 차가' 등이 있다.

또 하니족은 일상생활에서 차를 자주 이용하며 관리한다. 눈이 피곤할 때 차를 끓이고 찐 차의 열기로 눈에 훈증을 한다. 여러 번 반복하면 눈의 피로와 통증이 줄어들고 치료 효과가 좋다. 만일 아이가 자주 배앓이를 하면 찻잎, 생강, 파 등을 넣은 뜨거운 물에 목욕을 시켜주거나 뜨거운 열탕 등으로 치료한다. 이들은 술을 깨고 가래를 삭이며 소화를 위해 보이차를 마시기도 하는데 보이차는 위장을 좋게도 한다. 동해 남교산에 사는 하니족은 보이차를 마시며 세균성 이질을 치료하는 습관이 있다.

3) 포랑족(布朗族)의 차 풍습

포랑산은 운남의 남쪽 국경지대인 맹해현에 위치한다. 이들은 남부운남 고대 복인(□人)의 후예 중 하나이다. 이들은 수렵 생활을 하며 최초로 차나무에 대하여 인식하고 재배하였다. 그들이 재배한 차는 '라'라고 불렸다. 포랑족 사람들이 차를 양념으로 사용한 것은 초보적 인식 단계로, 이후 차를 재배하면서 '라'라는 고유명사를

붙인 것은 점차 차를 인공 재배하여 이용하는 단계로 진입하였다는 증거이다. 포랑족은 문자가 없이 태족(傣族)문자를 빌어 사용하고 있다. 포랑족은 포랑산의 다수민족이며, 이곳은 포랑족 최대 거주지로 태족, 하니족, 납호족 등이 서로 교차하며 거주하는 운남 최고의 고차구역 중 하나다.

노만아(老曼峨)의 찻잎은 고차와 점차로 나뉜다. 점차는 소수차이고 고차는 대수차이다. 노반장의 차는 쓰다고 하고 차탕이 목구멍을 지나는 즉시 사라져가면서 회감과 생진이 빠르면서도 맹렬하게 들고 기운이 오래 지속된다. 그리고 노만아의 고차는 고운이 다분하고 목 넘김이 지나도 사라지지 않으며 생진과 회감도 느끼고 쓴맛이 깊으면서 떫은맛이 없다. 선명한 양후감이 있어 오히려 담배 독을 해독할 수 있고 목 안을 깨끗하게 한다. 목소리를 좋게 하니 생태양약이라 할 수 있다. 노만아에서는 차밭에서 찻잎을 따는 일도, 다른 여러 밭일도, 밥하고 아이를 돌보고 차를 굽는 것도 모두 여인들의 몫이다. 포랑족 상좌부불교(소승불교) 교리에 따르면 여인들은 부처가 될 수 없다. 다음 생에 남자로 태어나기 위해 현생에서 수행을 쌓아야 한다고 가르친다.

노반장(老班章)은 쇄기 있는 차와 왕자 계열 차로, 다소 약한 것은 공주 계열 차와 구분한다. 이들은 동해현 포랑산향 및 경홍산구에 모여 산다. 고대 '농인'의 후예이며 차를 심는 민족 중 하나로 오래된 차농이다. 수천 년 동안 포랑족은 차를 소중히 여기고 보존했다. 이들은 도읍을 옮기면 일반적으로 차나무를 심고 새로운 생활을 시작한다. 그래서 포랑족이 살다가 지나간 곳이나 그 부

근에는 모두 고차수가 있다. 포랑산 언덕, 바다 옆 토지 등 여러 장소에서 가장 먼저 차를 심는 사람은 모두 포랑족이다. 그들은 신차, 청죽차, 토종차를 마시는 풍습이 있다. 이들도 찻잎을 재물, 선물로 삼으며 심지어 처녀들이 시집갈 때 보내는 물건으로 삼는다. 속불, 새집 짓기, 입체식, 이불, 약혼, 결혼 등 그들에게 있어 차와 신차[酸茶]는 마음을 표현하고 감정을 전달하는 선물이다.

'신차'도 포랑족의 차이다. 독특한 차 종류로 여름과 가을에 연한 잎을 따서 쪄내거나 익힌 후 통풍구에서 7~10일간 건조시켜 자연 발효시키고 굵고 긴 대나무통에 담아 입구를 막고 지하 건조 장소에 흙으로 덮어 튼튼하게 하고 2~3개월 지나면 찻잎이 변색되어 대나무통을 가르고 꺼낸다. 이것을 그릇에 담아 참기름을 넣고 절여 마늘에 볶아 아침저녁으로 먹는다. 이 신차는 갈증 해소, 정신 맑음, 헬스, 피로 회복 등의 효능이 있다. 향미차, 황미차는 아무 때나 먹는 차며 요리의 일종으로 먹는다. 새싹 찻잎을 따서 끓는 물에 담가 끓여서 쓴맛을 줄이고 이를 먹는다. 어느 때는 직접 신선한 찻잎을 밥에 곁들여 먹기도 한다.

이들은 청죽차도 마신다. 노동이 간헐적으로 있을 때 포랑족 사람들은 땅 속에 불더미를 피워 대나무통으로 차를 끓이고 차 마시는 기구를 만들고 대나무 마디를 쪼개서 땅에 꽂아 잔을 만든다.

포랑족도 하니족처럼 뚝배기차를 마시는데 이 차는 그 맛이 진하고 순수하며 차의 향기가 높고 오래 지속되며 깊은 맛이 오래도록 잊을 수 없다. 이들은 또 구운 차를 만드는데 솥에 볶고 손으로 비비고 말린 후 작은 찻통에 넣고 땔나무 향으로 찌고 그 찻물을 마신다. 눈, 머리가 맑아져 통증이 없어진다고 전해져 구운 상비약으로 사용한다.

4) 납호족(拉祜族)의 차 풍습

운남 고유 소수민족 중 하나이며 주로 란찬강 유역의 란창 및 맹련, 쌍강 등지의 해발 1,000~1,800m의 산간과 반산간 지역에 거주한다. 납호족은 명 초부터 지금까지 약 400~500년의 역사를 가지고 있는데 서쌍판납으로 이주하여 현지 태족 족장들의 통치를 받으면서 찻잎을 재배하고 차로 생계를 이어갔다. 맹해현 맹송과 하개 고차산의 고수차들이 납호족이 재배한 차이다.

하개 고차산에 가장 먼저 차를 재배한 민족은 포랑족인데 어느 시기에 다른 지역으로 이주해 갔는지는 알 수 없다고 한다. 그들은 포랑족이 심어놓은 차나무 기초 위에 부단히 보충, 보완하여 차나무 재배를 확대해갔다. 그러므로 납호족은 하개 고차산을 조성한 최후의 민족이며 산 증인이라 할 수 있다. 이들은 차밭을 조성하고 높은 경제적 이익과 사회적 효익을 거두었다. 이로 인해서 납호족 마을에서는 과학적인 차 재배의 열풍이 불게 되었다. 지금까지도 500여 년간 '차가 곧 삶'이었던 납호족들은 자신들이 대대로 가꾸어온 고차산과 새롭게 만들어진 신차원을 소중히 지켜나가고 있다. 그들과 오랜 세월을 같이해온 차가 그들의 삶에 생기를 불어넣어 주고 변경 지역의 안정과 발전을 보장해 주고 있다.

서쌍판납의 납호족이 사는 곳은 찻잎이 많이 생산되는 차의 고향이다. 이들은 차나무를 잘 심으며 차 마시는 것을 좋아한다. 차는 이들의 생필품으로 차를 마시는 것은 그들에게 일상다반사이자 큰 즐거움이다. 납호족은 "차를 마시지 않으면 머리가 아플 수 있다."고 말한다.

이들은 '구운차' 혹은 '폭주차'라고 하여 차를 불에 굽는데, 차를 마시기 전에 작은 도자기 항아리를 화덕 위에 놓고 달구어 새순의 찻잎을 한 움큼 떠서 항아리에 톡톡 구우면 잎이 노랗게 구워지고 다 구워지면 직접 맛을 보고 적당하게 간을 맞추어 마신다. 구운 차는 빛깔이 좋고 향기가 좋으며 맛이 강하고 마신 후에 정신이 맑아진다.

현지 주민들은 지금까지도 진한 차로 병을 치료하는 전통 방식을 유지하고 있다. 이 차는 납호족이 아주 고풍스럽고 간편하게 차를 마시는 방법으로, 싱싱한 찻잎을 따서 솥에서 반쯤 익힌 것을 가져다 대나무 통에 넣어 두었다가 마실 때는 끓은 물에 조금 덜어 다시 익혀 티접시에 덜어 마신다. 또 약간 쓰고 떫은 신맛이 나며 식후에 마시며 식욕을 돋궈주는 기능이 있다.

납호족은 혼사를 이야기할 때 남자가 여자 집에 담배 한두 근, 술 두세 근, 또 차 한 자루를 선물로 가지고 간다. 서로 얘기를 나눈 후 중매 측이 직접 화덕에 차 한 주전자를 끓여 딸 부모, 신랑 부모에게 술잔을 드리는데 여자 측의 부모가 차를 마시면 혼사가 확정되고 마시지 않으면 거절로 받아들인다.

5) 기낙족(基諾族)의 차 풍습

경홍시 기낙족향에 모여 사는 기낙족은 1979년 중국에서 최후로 확립된 56번째 소수민족이다. 기낙족이 사는 마을은 보이차의 고대 6대 차산 중의 하나로 차나무 재배 역사가 1,700여 년이나 되며 고풍스럽고 원시적인 음차 풍습이 남아 있다. 이들은 차를 부셔 먹는다. '생수포생차'라고 하는데 야외에서 일하고 쉴 때 굵은 대나무통을 반으로 잘라 용기를 만들고 신선한 찻잎을 따서 적당하게 부순 후 용기에 넣어 샘물을 넣고 소금, 고추, 마늘 및 장뇌첨 등을 함께 넣어 마신다.

'차무침'은 냉채로 먹는 것이 보통이다. 대나무 뿌리로 만든 숟가락으로 차를 씹고 국을 마신다. 바비, 바야 야노 등의 모임에서는 여전히 차무침을 먹는 풍습이 남아있다. 기낙족은 '라카'를 마시는 풍습도 있다.

'포소차'는 차나무의 오래된 잎을 파초 잎으로 싸서 화로 안 숯불 재에 묻어두고 10여 분 만에 달군 찻잎을 꺼내 찻주전자에 넣고 끓여 마시거나 찻잔에 넣고 끓인 물을 직접 부어 마셔도 된다. 찻잎을 싸서 바로 끓일 때는 찻물색이 황록색으로 향긋하고 상큼하다. 구운 후에 말리고 며칠 후에 다시 삶아서 마시면 암홍색의 탕색이 되고 향이 덜 나고 맛이 순수해진다. 오래된 차를 볶다가 잎을 뜨거운 가마솥에 넣고 볶고 잎이 반쯤 마르면 노릇노릇해질 때까지 기다린 후 바구니에 넣어 준비한다. 솥에서 볶은 차는 보통 끓여서 마신다. 탕색은 붉고 진하며 약한 향기가 나고 맛이 순하다. 식은 후에도 맛이 변하지 않는다.

기낙족은 오랫동안 차를 즐겨 마시는데 특히 명절 피로연 때에는 화덕 위에 큰 솥을 걸어두고 물을 끓여서 준비된 노차를 넣고 10여 분 더 끓인 후에 바로 마신다. 기낙족이 묵은 차를 마실 때 쓰는 차기도 특별한데 그중 하나는 찻물을 담는 대죽간이다. 이것은 죽통 양 끝에 마디가 달려있고 상단에 빗장 하나를 깎고 마디에 짧은 가지 하나를 남겨 손으로 잡고 지름 1~3㎝ 정도의 구멍을 뚫는다. 또 차를 마시는 작은 죽통은 빗장 하나를 깎는다. 솥에서 차가 다 끓으면 먼저 찻물을 큰 대나무통에 붓고 그것을 다시 손님 앞에 있는 작은 통에 부어준다. 기낙족은 차를 제물로 바치는 풍습이 있다.

찻잎 요리는 차문화의 연장이다. 기낙산에는 양반차 제조 방법이 13가지나 있다고 한다. 양반차는 찻잎에 고기 말린 것들이나 취나물, 죽순, 백삼, 버섯 등을 넣고 무쳐서 만드는데 모두 마을의 산에서 얻는다. 대나무통에 넣고 절굿공이로 빻아 즙을 낸 후 생물, 고추, 소금 등을 넣고 각자 취향에 따라 채소와 육류를 곁들어 먹는다. 식사와 곁들어 마시면 차향이 입술과 이 사이에 가득하고 시원하며 매운맛이 온 입 안에 넘쳐난다. 이러한 양반차는 식욕을 돋우고 느끼함을 제거하며 열을 내려주고 해갈시켜준다.

6) 장족(藏族)의 차 풍습

장족은 정열적이고 손님 접대를 좋아하는 풍습이 있고 손님이 올 때마다 주인은 차를 대접하고 담배를 권하며 따뜻하고 친절하게 접대한다. 그들은 일상생활에서 신맛과 매운맛을 즐겨 먹고 진한 차와 소주를 마신다. 매년 6월 24일 횃불축제가 지나면 논에 가서 오곡으로 제를 지낸다. 이들은 혼담을 나눌 때 남자 쪽에서 담배 및 술, 서영차, 고기, 옷 등을 선물로 준비하여 여자 쪽 집으로 가서 약혼식을 한다. 혼인 때 각종 예물과 꼭 차가 함께 등장하며, 상례에도 차와 술, 밥이 놓인다.

독특한 풍미를 자랑하는 장족의 '수유차'는 이곳 사람들에게 없어서는 안될 주요 음료이다. 이들은 높은 해발고도 지역에 거주하면서 주로 육류와 유제품을 먹기 때문에 영양 균형상 차가 없으면 안 된다고 한다. 하루 세 끼 한사발의 수유차를 마셔야 힘이 난다고 한다. 이들에게 있어 합달(백황청황의 비단 수건)및 단향목, 장향은 수유차와 함께 손님 접대에 없어서는 안 되는 4가지 보물이다. 차를 만드는 방법은 진한 즙을 만든 후 큰 통에 붓고 야크젖에서 얻은 수유와 소금 그리고 각종 향료를 넣은 후 통을 위아래로 돌려가며 섞는다. 수유차를 먹으면 열을 발산시켜 고산을 넘고 초원을 가는 데 좋은 에너지원이 된다.

7) 요족(瑤族)의 차 풍습

요족 사람들은 서로 놀며 수다 떨기를 좋아한다. 그들은 친구들과 어울리는 것을 좋아하고 같은 마을의 동네에서 같이 놀며 초대해서 모이기를 좋아한다. 주인은 모두 따뜻하게 손님을 먼저 앉히고 가능한 시간을 내어 함께한다. 손님이 10~20분 정도를 기다리면 주인이 불을 지피고 손님 대접할 준비를 한다. 보통 주인이 유차(油茶)를 끓이면 손님은 사양치 않고 아궁이에 앉아 주인과 이야기를 나누며 유차 타는 솜씨를 감상한다.

또 주인을 도와 불을 지피고 물을 떠서 차를 나누고 주인과 손님 간의 우정을 나눈다. 이들이 유차를 마실 때는 각자의 습관과 입맛에 따라 마실 수 있다. 소금으로 간을 하고 땅콩, 볶은 쌀, 유과자, 파, 고수 등을 차에 첨가한다. 그릇에 이런 재료들을 여러 개 담아 놓으면 손님은 자유롭게 선택한다. 많이 먹든 적게 먹든 어떤 것을 먹든 주인은 개의치 않는다. 손님이 작별인사를 할 때도 주인은 "훗날 우리 집 유차를 마시러 올 때를 기다리겠다."라고 인사를 한다. 만약 새 손님이 오거나 귀한 손님이 온다면 주인은 손님을 맞이하고 대화를 한 다음 다시 불을 지펴서 유차를 끓인다. 보통 손님에게 유차를 세 번 끓여 내는데 쓴맛, 중간 맛, 담백한 유차를 종합하여 중성적인 차의 맛을 표준으로 삼기 위한 것이다. 차를 마실 때는 먼저 노인이나 나이 많은 분에 더 주의해서 차를 대접한다. 손님들에게 세 그릇의 차를 마시도록 하는데 첫 번째, 두 번째 차를 다 마시지 못하면 더 권하지 않는다. 손님은 세 그릇을 다 마신 후 "맛있습니다."라고 말하고 주인은 기뻐하며 충분히 마실 때까지 계속 따라준다. 요족은 "한 그릇은 안 된다, 두 그릇은 무의미하다, 세 그릇은 할 만하다, 다섯 그릇, 여섯 그릇이면 정이 든다."고 생각하며 첫 손님이 대여섯 그릇을 마시면 자신의 솜씨가 좋아 손님이 만족한다고 여긴다.

요족은 맞선을 볼 때도 유차를 대접한다. 여성이 유차를 가져와 첫 그릇은 중매인에게 주고 그 다음으로 노인 및 연장자 순으로 준다. 두 번째 그릇은 맞선을 보는 남자가 마시고 그다음으로 동료들이 마신다. 처음 맞선을 볼 때 본인들은 이야기를 나누지 않고 중매만 서로의 의중을 듣는다. 두 번째 방문이 성사되면 이번에는 식구들이 유차 끓일 준비하는 것을 보고 자발적으로 아궁이에 둘러앉아 서로에 대해 알게 되고 정을 나누게 된다.

혼사가 성립되면 남자 집에서도 여자를 손님으로 초대한다. 이때 남자 쪽 집에서는 최상급 차(청명차 또는 곡우차)로 유차를 만들어 가장 좋은 차를 여자에게 대접하며 여자 쪽의 기쁨과 만족을 구한다. 아래는 유차를 매개로 남녀 간의 그리움에 대해 묘사한 요족의 노래이다.

> 오빠는 차도 마시고 싶고 누이동생도 보고 싶어
> 유차 잔에 마음을 담아 전하니
> 유차 잔이 누이의 마음을 보내오네
> 이에 오빠의 마음은 더욱 깊어지네
> 여동생이 오빠를 보러 집에 찾아 왔네
> 따뜻한 유차를 솥에 끓이며 마음 따뜻해지고
> 유차 마시며 여동생의 마음을 보고
> 함께 살기를 바랄 뿐

8) 한족(漢族)의 차 풍습

이들은 차를 마시는 것을 매우 중요하게 여긴다. 그들은 차품(茶品)을 의식하여 차향과 차 맛을 감별하고 차탕, 차색, 차형을 관찰하는 것을 목적으로 한다. 또 그들은 정신적 향유를 중시한다. 차는 일반적으로 청량, 더위 식히기, 갈증 해소 등 생리적 필요를 목적으로 한다. 그들은 찻물에 설탕, 소금, 감초나 과일 등을 넣지 않고 순수한 차 본연의 맛을 즐긴다.

한족은 보이차에 대한 품평을 중시하고 감각(시각, 청각, 후각, 촉각)을 통해 찻잎의 외형과 내질을 판정한다. 그들은 탕의 시간을 단계별로 파악하고 먼저 찻잎을 거름망에 거른 후 잔에 골고루 나누어 마시기 단계를 거친다. 보이차를 감별할 때는 먼저 눈, 코, 손을 통해 직접 찻잎의 품질 고하를 감별하는데 여기에는 모양 및 규격, 색·향·맛 등이 포함된다. 그리고 보이차를 높은 온도(95℃)에서 우려내서 여러 번의 시음을 통해 묵직함, 순함, 부드러움, 달콤함, 활발함, 깨끗함, 밝음, 걸쭉한 특성을 갖추었는지 본다. 그리고 차를 우릴 때는 물이 맑고 깨끗해야 한다. 산천수는 상, 강물은 중, 우물물은 하로 여긴다.

9) 덕앙족(德昂族)의 차 풍습

덕앙족은 오로지 운남에만 있는 소수민족으로 고복인이라 부르기도 한다. 그들은 서남 변방에서 가장 오래된 민족 중 하나이며 차농이기도 하다. 덕앙족에는 그들의 선조가 아직 인류가 있기 전 하늘에서 102편의 찻잎이 흩날리며 내려왔다는 전설이 있다. 홀수는 51명의 용감한 총각들로 변하고 짝수는 51명의 처녀로 변하여 51쌍의 부부가 되었다. 그들은 1,001번의 시련을 거친 후 50쌍은 천계로 돌아가고 가장 작은 한 쌍이 지상에 남겨지게 되었다. 그들이 바로 덕앙족의 선조라 한다. 덕앙족은 진한 차를 즐겨 마시고 차 재배에 능하며 가가호호 차나무를 재배하였다. 차는 인류 세계의 개척자이며 인류의 공동 선조라는 숭배적 사상을 갖고 있다. 남자와 중년 여인들은 하루라도 차를 마시지 않으면 안 된다고 생각한다. 그들에게 있어서 차는 중요한 자리에서 절대 빠질 수 없는 것이며 정감을 표시하는 특별한 선물이자 우호적인 뜻을 표시하는 상징이다.

10) 백족(白族)의 차 풍습

1980년대 초기 대리(大理)가
대외 개방도시가 되고 중국의 관광
명승지 중 하나가 되면서 백족의
차 풍습은 관광상품이 되었다. 가
무 공연과 곁들인 그들의 차회는
주정부 외교부의 대외접대용 차회
였으나 많은 사람의 환영을 받으면
서 상업 관광상품으로 변화 발전하였다.

백족의 '삼도차(三道茶)'는 당송 남조대리국 시기에 등장한 음차법이다. 당
시 남조대리의 상류사회는 이 삼도차를 음용하며 다과회를 열었다. 경축 의식
이나 주연을 베풀 때 가장 먼저 삼도차로 귀빈을 정성껏 대접하였는데 이것이
이후 백족 민가에까지 퍼졌다. 지금도 그들은 경사스러운 날 혹은 귀한 손님이
오셨을 때 '삼도차'를 최고의 음품(飮品)으로 여기며 애용하고 있다.

삼도차는 운남의 생차에 호도, 치즈, 꿀, 생강 등의 재료를 배합하고 특별
가공하여 완성한다. 먼저 차와 재료들을 작은 항아리에 넣어 불 위에 올려놓고
굽다가 황색으로 변할 때쯤 소량의 끓인 물을 붓는다. 이어 찻잔에 따른 다음
다시 소량의 끓인 물을 부은 후 바로 마신다. 이때 한 번씩 더 붓는 것을 일도라
하고 세 번까지 붓는 것을 삼도라 한다.

차 맛은 1도는 쓰고 2도는 달고 3도는 뒷맛이 감미롭다. 삼도차 맛은 청향
이 상쾌하고 뛰어나며 심미적 정취를 갖고 있다. 백족들은 삼도차로 인생의 이
치를 구현한 것이다.

운남 소수민족의 차

소수민족	차명	내용
백족 (白族)	향뢰차 (響雷茶)	손님이 오면 신선한 찻잎을 단지에 넣고 굽는데, 온도가 높아 순식간에 구워진다. 끓은 물을 단지 안에 부으면 크고 작은 소리로 소란함이 가득찬다. 이 지역 사람들은 웃음소리와 함께 나는 이 소리를 길상이라 여긴다. 잠깐 다시 끓인 다음 손님에게 공손히 대접한다. 차 맛은 다소 쓰지만 누구나 반하게 된다.
	삼도차 (三道茶)	손님이나 친한 벗에게 대접하는 차로 첫 번째는 토관에 구운 녹차를 달인다. 이 차는 쓴맛이 있다. 두 번째는 붉은 설탕과 우유를 넣고 끓이는데 맛이 달다. 세 번째는 꿀을 넣어 끓이는데 단맛이 난다. 첫 번째 차의 쓴 맛이 두 번째와 세 번째 차의 단맛과 어우러져 독특한 향취를 낸다.
기낙족 (基諾族)	량반차 (凉拌茶)	이 차는 식탁에 오르는 반찬이 되는 차이다. 기낙족이 사는 지역은 강우량이 충분하고 토지가 비옥하며 기후가 온난하여 차가 잘 자란다. 이 차는 노란 빛이 도는 새싹으로 만드는데 여기에 고추, 소금, 마늘 등의 조미료를 넣는다. 신선한 차 싹을 부수어 큰 그릇에 담고 고춧가루에 빻은 마늘과 소금을 넣고 산천수를 넣어서 골고루 섞으면 된다. 이 차는 짜고 매워 입 안을 개운하게 해주는데 그 맛이 아주 독특하며 정신이 맑아지고 영양가가 풍부하다.
동족 (侗族)	타유차 (打油茶)	손님에게 접대하는 차로 해외에서도 이름난 차이다. 찻잎을 시루나 솥에 넣고 찌다가 잎이 황색으로 변하면 꺼내서 말린다. 숭늉을 조금 넣고 문질러서 다시 불에 구워 대광주리에 넣고 화로 위의 시렁에 걸어둔다. 그 후 연기를 쐬었다가 다시 말리면 타유차의 원료가 된다. 타유차를 끓일 때는 알맹이를 솥에 넣어 강한 불에 노란색이 될 때까지 볶다가 조금씩 덜어서 찻잔에 넣어둔다. 같은 방법으로 찻잎을 기름에 살짝 볶다가 물을 넣어 끓이고 다시 생강, 소금, 양파 등 양념을 넣은 뒤 찻잎을 건져낸다.
태족 (傣族)	죽통차 (竹筒茶)	이 차는 반찬으로 애용되고 있다. 막 따온 찻잎을 솥에서 비비고 마디가 하나인 대나무통에 넣는다. 석류나무 잎이나 대나무 잎으로 입구를 막아서 땅 위에 놓아두면 대나무통 속에 들어 있는 찻잎에 남아있는 찻물이 흘러나온다. 찻물이 빠지면 다시 진흙으로 입구를 밀봉하고 차가 천천히 발효되도록 기다린다. 2~3개월이 지나면 통을 꺼내 도기 안에 넣고 향료를 부어 찻잎 사이로 스며들게 한다. 이것은 반찬으로 손님이 왔을 때 다른 조미료와 함께 내어 놓으면 색다른 풍미를 낸다.
	나미향차 (糯米香茶)	식물의 잎을 말렸다가 차를 마실 때 찻잔 안에 몇 개 집어넣어 뜨거운 물에 우려서 먹는다. 차 색깔은 황갈색이고 향이 좋다. 이 차는 심신이 상쾌해지고 향이 오랫동안 입 안에 남는다.
포랑족 (布朗族)	산차 (酸茶)	포랑족은 운남성에서 차를 제일 먼저 심은 민족이다. 5~6월경에 찻잎을 따다가 삶아서 그늘진 곳에 10여 일 동안 두어 곰팡이가 피게 하고, 대나무통 안에 넣어서 땅에 묻어두어 몇 개월이 지나면 꺼내 먹을 수 있다. 산차를 입에 넣어 씹으면 소화를 돕고 갈증을 해소해준다.

납호족 (拉祜族)	고차 (烤茶)	이 차는 이족의 고차와 유사하다. 고차를 주전자에 넣고 화로에 앉히어 달구었다가 신선한 찻잎을 넣고 갈색이 될 때까지 굽는다. 다시 물을 부어 표면에 떠오르는 거품을 걷어낸 후 다시 끓는 물을 붓는다. 주인이 차 맛을 보고 진하면 물을 더 부어 손님에게 대접한다. 향기가 좋으며 진한 맛이 난다.
	죽통향차 (竹筒香茶)	이 차는 만드는 방법과 마시는 방법이 태족의 죽통차와 다르다. 대나무통은 마디를 한쪽만 남기고 통 속을 깨끗하게 한 뒤 신선한 찻잎을 넣고 화로에 굽는다. 이때 막대기로 눌러가며 찻잎을 더 채워 넣는다. 통 안에 찻잎이 가득하면 나무로 입구를 막고 다시 화로 위에서 굽는다. 대나무 통의 겉면이 구워지면 황색으로 변한 대나무를 쪼개고 차를 꺼낸다. 찻잎이 대나무와 같이 구워질 때 냄새가 스며들어 독특한 향이 나서 죽통차라고 부른다. 소량을 덜어 찻잔에 넣고 뜨거운 물을 부은 후 3~5분 정도 지나면 마실 수 있다. 차색은 황록색이며 차향과 대나무향을 동시에 맛볼 수 있다. 속을 시원하게 하고 정신을 맑게 한다. 이 차는 오랫동안 보관해도 맛이 변질되지 않아 휴대와 보관이 편하다.
납서족 (納西族)	용호두 (龍虎斗)	찻잎을 작은 도자기 통에 넣고 구워서 찻잎이 노래지면 뜨거운 물을 부어 끓인다. 찻잔에 백주(술)를 반 정도 따라 놓고 막 끓인 뜨거운 차를 이 잔에 따른다. 차가운 술과 뜨거운 차가 만나서 소리를 내는데 소리가 멈추면 바로 마실 수 있다. 감기 치료에 효과적이다.
	유차 (油茶)	먼저 후라이팬을 달군 후 돼지기름을 넣고 볶다가 소량의 소금, 복숭아씨, 쌀을 넣고 노릇하게 볶는다. 그 다음 찻잎을 넣어 볶다가 바싹해지면 끓는 물을 넣는다. 납서족의 유차와 동족의 타유차는 만드는 법이 다르고 맛에도 차이가 있다. 납서족의 유차는 탄맛과 짠맛이 나는 것이 특색이다.
와족 (佤族)	소차 (燒茶)	한족이 마시는 전차와는 다르다. 도기나 동제 주전자로 물을 끓이고 동시에 화로 위에 철판을 걸어서 차를 철판 위에서 굽는다. 그 다음 노릇하게 구워진 차를 주전자에 넣고 몇 분간 끓이면 소차가 된다. 이 차는 구운향이 난다.
이족 (彝族)	고차 (烤茶)	운남 애뢰산(哀牢山)에 살고 있는 이족은 고차를 마시는데. 특히 어르신들이 좋아한다. 고차의 재료는 이 지역에서 나는 녹차이다. 흙으로 만든 주전자를 화로에 얹어 달구다가 찻잎을 주전자에 넣고 뜨거운 물을 부어 잠깐 끓이다가 마신다. 다른 사람들과 함께 마시지 않고 혼자 마신다. 손님이 오면 주전자와 찻잔을 하나씩 내어주고 직접 끓여 마시게 한다. 차 맛을 스스로 조절하게 하기 위해서이다. 그런 까닭에 다른 사람이 끓인 차는 차 맛이 없다고 한다.
	전차 (煎茶)	이족의 한 갈래인 토족(土族), 라족(倮族) 등의 소수민족은 옛날에는 '포만인(浦滿人)'이라고 불렸다. 이들이 차를 가장 먼저 발견하고 이용한 차의 선조라 할 수 있다. 이들은 삼림으로 가서 야생차를 따다가 신과 조상께 제사를 지냈다. 그들에게는 곰팡이가 된 묵은 차가 병을 고칠 수 있다는 전설이 남아있다.

율속족 (傈僳族)	유염차 (油鹽茶)	도자기에 차를 넣고 화로 위에 올려놓은 다음 가열한다. 이때 계속 통을 흔들어 찻잎이 열을 고르게 받게 하고, 잎이 노란빛으로 변하면 차유와 소금을 넣고 끓인 물을 부어 몇 분 간 끓이면 유염차가 된다.
하니족 (哈尼族)	외엄차 (煨釅茶)	동으로 만든 주전자나 항아리를 화로에 올려놓고 물을 펄펄 끓인다. 찻잎을 한 웅큼 끓는 물 속에 집어넣고 불을 줄여 다시 끓이면 바로 외엄차가 된다. 연장자부터 차를 내며, 한 번에 한 잔씩 달이는데 보통 세 잔을 드리는 것이 예의이다.
	보이차 (普洱茶)	청대 월학민(越學敏)이 지은 『초목강목습유』에 "보이차는 향이 뛰어나고 숙취에 뛰어난 효과를 발휘한다."고 했다. 소화를 돕고 담(痰)을 제거한다. 위를 깨끗하게 하고 힘을 좋게 한다는 내용도 있다. 하니족은 보이차를 짙게 끓여 마시는데 특히 세균성 이질을 고치는 데 탁월한 효과가 있다고 한다.
묘족 (苗族)	채포차 (采包茶)	배추나 야채를 씻은 뒤 찻잎을 그 위에 올려놓고 단단히 싼다. 이것을 화덕에 올려서 석탄을 덮는다. 5~6분 정도 지나 찻잎이 바짝 마르면 겉을 싸고 있던 배추를 벗겨내고 뜨거운 찻잎을 찻잔에 담아 끓는 물을 붓는다. 차 맛이 매우 독특하며, 갈증을 해소하고 피로를 풀어준다.
애니족 (僾尼族)	토과차 (土鍋茶)	흙으로 만든 솥에 산천수를 끓이고 남나산 특산인 남나 백호차를 넣고 5~6분 끓인 다음 찻물을 대나무로 만든 잔에 부어 손님께 한 잔씩 드린다. 이 차는 향이 뛰어나고 맛이 깊다. 차에 대한 전설과 함께 역사가 오래된 차이다.
덕앙족 (德昻族)	사관차 (砂罐茶)	동주전자에 산천수를 끓이고 작은 사관에 찻잎을 넣어 위에서 굽는다. 찻잎이 노릇하게 구워지면 동주전자에 물을 넣고 다시 끓인다. 찻물이 진한 황색이 되면 찻잔에 따른다. 이 차는 맛이 매우 진해서 갈증이 해소되고 피로를 푸는 데 뛰어난 효능을 발휘한다.
경파족 (景頗族)	선죽통차 (鮮竹筒茶)	산천수를 대나무통 안에 채우고 화덕 위에 삼발이를 얹어 끓인다. 차가 다 끓으면 대나무통을 잘 받쳐서 찻잔에 차를 따른다. 경파족은 바나나 잎을 깐 대나무 쟁반에 차를 올려 대접하는 것을 좋아한다.

운남 소수민족의 주요 거주지역

소수민족	주요 거주지역	특징
백족(바이주)	대리(따리), 무량산, (난지에)	
기낙족(지누오주)	진흥 동쪽, 유락산 일대	
동족(뚱주)	운남성과 귀주성 접경, 취징 일대	
태족(따이주)	시솽반나 - 수태족(수따이) : 진흥 - 한태족(한따이) : 경매(징마이), 맹해(멍하이) - 화조족(화노타이) : 애뢰산 동편, 신평	
포랑족(뿌랑주)	포랑산 서편 변두리, 란창, 노빙도(라오빙다오)	
납호족(라후주)	포랑산 하개, 애뢰산, 난창지역, 경매	
납서족	리장	
와족	린창지역(껑마, 찬위엔, 쌍창 일대)	
이족(이주)	곤명, 추쑹, 대리 - 고산이족 : 초웅(추슝), 백앵(바이잉)차산, 임창(린창) - 향판이족 : 만좐, 상명 일대	
율속족(리수주)	노강, 란창강	기독교, 천주교 신화와 유사
하니족(합니주)	애뢰산 남단, 원양(웬양), 보이지역, 묵강(모쨩)	
애니족(아이니주)	포랑(뿌랑)산, 남나, 파샤, 맹송, 반편, 노반장, 신반장, 노만아	란창강을 넘으면 하니족을 애니족으로 부름
묘족(묘주)	귀주성 접경, 싱간지역	원래는 운남 소수민족이 아님
덕앙족	린창 서북단	
경파족(징포주)	린창 북서부	태족과 유사 옥공예 발전

* 표 안의 ( )는 중국식 발음

2. 보이차와 선의 연기

　　중국의 불교는 넓고도 깊다. 이와 함께 불차(佛茶) 문화의 역사도 유구하다. 이 불교도 하나의 문화로서 차마고도(茶馬古道)를 통해 전파되고 왕래되던 것이다. 차의 가치로 인해 차마고도를 통한 찻잎 교역은 고수익을 가져다주었다. 불교 또한 상업의 발달과 함께 사찰을 흥성시켰다. 이는 곧 운남으로 하여금 '문화수역'이라는 이름을 얻게 하였다.

　　이 길을 따라 유동하는 중심에 운남이 있었다. 원(元)의 곽송년(郭松年)은 『대리행기(大理行記)』에 "이 나라 사람들은 서쪽으로 천축(天竺)과 가까이 있어 부처를 숭상하는 풍습이 있다. 빈부와 관계없이 집집마다 모두 불상을 갖추고 있고 노년 장년은 손에서 염주를 놓지 않았다. 1년에 거의 반을 재계하는데 이 기간에는 일하지 않고 음주도 하지 않는다."고 기록하였다.

　　『신찬운남통지(新纂雲南通志)』에는 "운남에 불교가 전해진 시기는 한(漢)·진(秦) 시기였고 당(唐)·송(宋) 시기에 가장 융성하였다."라고 기록되어 있다. 운남 지역의 차마고도는 한(漢)·진(秦) 시기에 흥하였으며. 불교의 합류점인 대리를 중심으로 한 차마고도는 려강(麗江)·중전(中甸)·복공(福貢)을 거쳐 금사강(金沙江)·란창강(瀾滄江)·노강(怒江)을 건너서 티베트·네팔·인도로 이어졌다.

　　이 길은 천민들이 사는 차 산지의 말들이 걸어갔고 마귀토의 우렁한 목소리도 메아리쳐지면서 생명과 마음속 영혼의 교향곡이 연주되었다. 당나라와 토번(오늘의 티베트)이 왕래하던 시기에 쓰인 중국 티베트 사적인 『한장사집(漢藏史集)』의 기록에 따르면 당나라 때 차를 마시는 기풍의 형성은 불교 선종의 유행과 밀접한 관계가 있다고 한다. 스님들은 좌선할 때 '안 자고, 안 먹고 차만 마실 수 있었으며, 사람마다 차를 가지고 있고 여기저기서 끓여서 마셨다.'고 한다. 이를 모방하여 차를 마시는 것이 세상의 풍속이 되었다고도 한다. 당나라 때 토번에 가장 큰 영향을 미친 것은 바로 선종이었다. 그러므로 여러 차와 보이차가 최초로 유입된 것은 선종이 토번에 유입된 것과 관련이 있다고 볼 수 있다. 스님들이 토번으로 법을 전파하는 동시에 차를 마시는 습관도 함께 가르쳐 준 것이다. 토번에서 그 당시 차는 고급스럽고 사치스러운 것이어서 마시는 사람들이 주로 불교 고승과 귀족들이었다.

사모(思茅), 보이 지역에는 한전불교(漢傳佛敎)와 남전상좌부불교(南傳上座部佛敎)가 있고 운남 서북쪽의 접경지역인 티베트자치구에는 장전불교(藏傳佛敎) 등이 있다. 한전불교의 승려는 경우에 따라 다른 차들을 마셨다. 중국 사람들은 경의를 표하는 수단으로써 손님이 오면 그들에게 차를 권하는 습관이 있다. 또 스님들은 '수계차(受戒茶)'를 마신다. 운남 한전불교는 사모 보이에 유입된 지 수백 년이 되었는데, 사원에서 종교 활동을 하고 오신 손님을 접대할 때는 모두 차를 쓴다. 스님뿐 아니라 일반 중생들은 사원에서 계율을 지키고 불경을 들으며 좌선할 때도 모두 차를 마신다. 운남 남서쪽 보이차 주요 산지의 모든 사람은 대부분 불교를 믿으며 종교와 일상다반사로 보이차를 마신다.

불교(대승불교) 전파로의 많은 노선이 차마고도와 겹치는 경우가 많다. 예를 들어 대리의 승선사, 검천의 석굴, 번천의 계족산, 덕흥의 동죽림사, 중천의 귀화사, 서장의 벽토사·좌공사·전안사, 창도의 향파랑사 등은 차마고도를 따라 건축된 사찰들이다. 운남 서북부의 광활한 지역에서 자유로운 원시 종교와 인도에서 전파된 대승불교가 합쳐진 것이다. 그렇지만 이 대승불교는 중국에서 한전불교와 장전불교를 형성하고 이것들은 차마고도에서 다시 또 교차되었다. 대승(大乘)은 '큰 수레'라는 의미로 누구나 수레에 오를 수 있다고 말한다. 대중을 포용하고 대중 안에서 널리 중생을 계도하는 것에 목표를 두고 있다. 이것은 또 인격을 뛰어넘는 초세간적 존재를 지향한다. 또 석가의 신격과 정신을 구체화하여 동사, 대일, 아미타 등 일련의 부처들을 탄생시켰다. 대승불교는 석가가 성불할 수 있었던 각종의 방법을 이야기한다. 사람은 누구나 안에 다 불성이 있으며 모두가 다 성불할 수 있음을 설법하였다. 그리고 차마고도를 따라 불교가 전파되어 나아가면서 장족자치구(티베트)에서는 장족 고유 종교와 결합하여 라마교를 만들었다.

장전불교(티베트불교)와 보이차의 관계도 매우 밀접하다. 장전불교의 사원에서 쓰는 차는 대부분 사모에서 운송된 보이차다. 장전불교에서는 스님들이 차를 즐겼을 뿐 아니라 손님을 접대하는 데도 차를 사용하였고 이것을 부처님께 바쳤을 뿐 아니라 차회도 자주 거행하였다. 순례하는 스님들이 차로써 전체 라마를 초대하면 전 사원의 4.000여 명이 차를 마신다고 한다. 한 사람이 두 잔을 마시면 8.000잔이 필요했고 그때는 50량을 썼다고 한다. 수천 명의 라마가 장엄한 법의를 걸치고 종으로 배열해 방석에 앉으면, 젊은 라마들이 따끈따끈한 주전자를 들었고 시주는 바닥에 절을 했으며 차는 스님들에게 나누어 주었다.

운남으로 들어온 대승불교는 차마고도의 번영 시기와 맞물려 운남의 려강·대리·촉응 일대까지 전파되었다. 납서족의 종교서적 『동파경(東巴經)』에는 대승불교의 차 용어들이 많이 기록되어 있다. 장족어의 흔적도 많이 볼 수 있다. 이것은 한전불교, 장전라마교, 납서동파교가 차마고도를 통해 만들어진 융합의 경우라 할 수 있다. 『전석기』에는 전장(滇藏, 운남-티베트) 차마고도를 따라 대리 일대로 포교를 한 석리달다(釋裏達多)라는 승려에 대한 기록이 있다.

운남 지역의 장족 문화는 귀화사(歸化寺)에서 그 흔적을 찾아볼 수 있다. 귀화사는 적경장족 조형문화예술을 집대성한 장족 문화 박물관으로서 청조 강희(康熙) 황제와 달라이 5세의 칙령으로 건축한 십삼림(十三林) 중의 하나인 갈단송찬림(噶丹松贊林)이다. 전형적인 장족 망루식 건축물인 귀화사는 산이 병풍같이 둘러진 곳에 우뚝 서 있어 기개가 매우 비범하여 그냥 사원에 길들어진 사람들이 볼 때는 웅장하게 보였을 것이다. 전해오는 이야기에 따르면 지도자 구시리칸(Gushiri Khan)과 달라이 5세 시기 간구에 흉년이 들어 백성들이 도탄에 빠져 법을 지키지 않고 승려들도 계율을 무시한 채 떠돌아다녔다고 한다. 민심이 흉흉해진 이러한 시기 구시리칸과 달라이 5세는 점괘를 통해 13좌 사원을 건축하였다. 그의 점괘는 '깊은 수림 속에 맑은 샘물이 있고 하늘에서 금색 오리가 내려와 기쁨을 나누리라.'는 것이었다. 오늘날까지도 귀화사에는 맑은 샘물이 사시사철 마르지 않고 샘솟는다. 귀화사는 달라이 5세로부터 '갈단송찬림(噶丹松贊林)' 이름을 하사받았다. '갈단'은 라마교 시조 총카파(Tsong-kha-pa)가 처음 세웠던 '갈단사'를 계승한 사원임을 의미하고 송찬림은 천계의 삼신이 유희하는 곳을 의미한다. 귀화사 완공 후 달라이 5세는 8척의 금불상 및 오색과 금으로 불상을 그린 탕카(唐卡) 16축, 그리고 『패업경(貝業經)』 등을 하사하여 사원의 보물로 전시·보관하게 하였다.

긴 역사 속에서 장족에게 전파된 불교는 다양한 문화 요소를 융합시키고 다원화된 집합체를 형성하며 넓고 크고 정교하면서도 심오한 경지에 이르게 되었다. 장족의 장차(藏茶)는 당나라 말기에 격미왕(格米王)이 한족에게 전수 받은 다예로 사찰에 전해지게 되었고 그 후 장족들이 생산하게 되었다. 장차는 부처님께 바치는 최고의 공양물이자 장족의 생활 필수품이 되었다. 적선보차에 복을 기원하는 차사는 격동의 주된 행사로 절의 큰 행사 중 하나이다. 이렇듯 사회의 발전과 더불어 장족 불교 속에 담겨 있는 차문화와 장족들의 생활 전통은 조금씩 변화되어 갔지만 오직 차만은 종교와 생활에서 조금의 변화도 허락하지 않고 있다.

이렇듯 운남은 차의 고향이자 불교의 정토이다. 운남의 불교는 사원에 참선 품다(品茶)의 기풍을 발전시키고 많은 고승을 배출시켰다. 그리고 다예, 선시, 선화 등 불교예술`의 정화를 꽃피웠다. 무정 사자산(獅子山)의 정속선사(正續禪寺)는 1311년에 촉승 조종화상에 의해 창건되었고 훗날 '중국 8대 불교 명사찰'의 하나가 되었다. 이곳은 기이한 꽃들이 넘쳐나는 곳이다. 촉나라 승 조종은 이곳에 장착하여 유마, 문수보살의 불당을 짓고 인도에서 온 고승과 함께 '정속선사'를 창건하였다. 차의 맛을 모르면 참선의 뜻 역시 깨닫지 못하게 된다. 선자가 불립문자를 모르고 차의 맛을 모른다 하더라도 순수한 선차일미는 스스로 깨닫게 한다. 참선의 차는 그 심오한 진의를 깨닫게 하고 정심의 차는 그 묘미가 무궁무진하며 정선의 참선은 마치 달콤한 이슬을 마시는 것 같다. 또 인도의 승려 지공은 부처님의 108번째 제자로서 어려서부터 총명하고 지혜로워 문체를 품은 듯했고 중국에 불교를 전하기 위해 중원에 와서 참 깨달음의 길을 열어주었다. 불화를 그리며 정속(正續)이란 법명을 얻었다.

제4장
보이차 차석(茶席) 설계의 기본원칙

현대에 이르러 세계인의 음식 습관이 비슷해져서 체질도 비슷해졌고 냉난방 기구의 발달로 세계인의 생활온도도 비슷해졌다. 현대인은 이렇게 일상생활에서는 끝없이 편리를 추구하면서도 가슴으로는 한없이 자연을 그리워한다. 이러한 모순은 현대인의 면역력이 그만큼 약해졌다는 것을 의미하는데 차는 면역력을 기르는 데도 탁월한 효과가 있는 것으로 알려져 있다. 또 최근 들어 "20대와 30대가 차 맛을 알았다."는 말도 유행하고 있다. 실제로 찻집을 찾는 젊은이들이 점차 많아지고 깔끔한 찻집들도 우후죽순 늘어나고 있다. 이를 계기로 차에 대한 관심이 더욱 많아져 차문화와 차산업이 발전하는 기회가 되었으면 하는 마음이 간절하다.

"문화라고 하는 것은 한 사회의 주요한 행동 양식이나 상징구조를 말한다. 차의 세계는 정신세계와 물질세계가 조화를 이루고 전승문화를 보전하며 현대 과학의 적극적인 접근이 있어야 한다. 차문화는 사회과학과 자연과학이 상호 의존적으로 연구 발전되어야 할 소우주다."

보이차 문화, 보이차 문화공간도 차문화의 범주 안에 들어간다. 차문화의 꽃이라 할 수 있는 보이차 문화공간은 차문화의 종합예술 공간이기도 하다. 보이차 문화는 행동양식을 포함한 도구 및 주변 환경을 포함한다. 보이차를 진정으로 이해하고 즐기기 위해서는 보이차 차석이 필요하다.

1. 차석의 정의

차석이란 무엇인가? 차석의 개념을 어떻게 설정할 것인가? 이에 대해서는 다양한 견해가 있다. 색다른 견해들을 귀납해 보면 '품명환경(品茗環境)의 배치', '차기(茶器)로 조성된 예술장치', '다도(茶道) 연출의 장소', '독립된 주제가 있는 다도 예술 조합의 총체' 등 네 가지 관점들이 있다.

중국에서 맨 처음 차석이란 용어를 사용한 것은 동계경(童啓慶)이 편찬한 『영상중국다도(影像中國茶道)』인데 여기에서는 차석을 '품다(品茶)를 위한 제반 환경의 배치'라고 정의했다. 주문당(周文棠)도 그의 저서 『다도(茶道)』에서 동계경의 정의를 계승했는데 여기에 다도를 시연하는 장소를 포함했다.

2012년 10월에 중국비물질문화유산보호기금회 산하에서 주관한 전람회 '다미도미(茶未茶靡) - 다사와 생활방식(茶事與生活方式)'이 상해에서 열렸다. 전람회가 끝난 후 주최측이 전람회의 내용을 엮어 『다미도미(茶未茶靡) - 다사와 생활방식』이란 책을 출판했는데 이 책에서 차석이 무엇인가에 대해서 '차석의 배치는 곧 품명환경의 배치'라는 견해를 밝혔다.

대만의 지종헌(池宗憲)은 『차석-만도라(茶席-曼荼羅)』에서 차석에 관해 색다른 정의를 내렸다. 이 책의 서문인 '즐겁고 유쾌한 만족은 모두 차석에 있다[歡愉滿足盡在茶席]'에서 그는 이렇게 기술했다.

"품명을 이해한다는 것은 일종의 품위이다. 차기의 선별로부터 차석의 배치까지 성취한 것은 고아한 정서(분위기)이다. 차향과 차기(茶器) 모두 표묘(縹緲, 멀고 어렴풋하다, 가물가물하고 희미하다)하기 짝이 없는 향기로움을 지니고 있고 사람들을 도취하게 하는 시적인 의취(意趣)를 지니고 있다. 그들은 공동으로 차석의 정경과 분위기를 조성한다. 차석은 바로 반야(般若) 만도라(曼荼羅)의 경지를 따라서 만족감을 준다."

만도라는 불교 용어로 만다라(曼陀羅)라고도 하는데 '우주 법계의 온갖 덕을 망라한 것'이라는 뜻으로 부처가 증험한 것을 그린 일종의 불화이다. 흔히

원륜구족(圓輪具足)이란 의미로 풀이되는 만도라라는 용어를 빌어 차와 차기를 한데 모아 차석을 일종의 미학적 경지에까지 도달하게 한다는 견해로 볼 수 있다. 지종헌의 견해는 주요 착안점이 역시나 차기에 있음을 알 수 있는데 그가 이해하는 차석이란 '차기로 조성된 예술적 장치'인 셈이다.

정이수(丁以壽)는 『중화다예(中華茶藝)』 제5장 '차석 설계'에서 차석을 '다예(茶藝) 공연[表演]의 장소'라고 정의하고 차석을 협의와 광의로 나누어 설명했다. 협의의 차석은 차를 내어 권하기 위해 설계한 탁자와 의자 및 지면을 지칭하고, 광의의 차석은 협의의 차석에 차실과 정원은 물론 꽃꽂이와 분향 등 차석을 돋보이게 하기 위한 보조적 항목까지도 포함한다. 대만의 채영장(蔡榮章)도 그의 저서 『차석(茶席)·차회(茶會)』에서 차석을 협의와 광의로 나누고 정이수와 비슷한 견해를 밝혔다.

교목삼(喬木森)은 그의 저서 『차석설계(茶席設計)』에서 우선 차석의 연원을 고찰한 후에 차석 설계에 관해 다음과 같은 독특한 견해를 피력했다.

"이른바 차석 설계란 곧 차를 영혼으로 삼고 차구를 주체로 삼아 특정한 공간에서 기타의 예술형식과 서로 결합해 공동으로 완성한 독립주제가 있는 다도 예술 조합의 총체이다."

이것은 구상적인 예술화의 각도에서 차석을 바라본 관점인데, 처음으로 독립주제를 제시했다는 점에서 탁월한 견해라고 할 수 있다.

지금까지 중국에서 차석이란 용어를 사용하기 시작한 이래 제기된 차석에 대한 정의들을 살펴보았다. 차석이란 용어를 사용하기 시작한 것은 2002년의 일이다. 하지만 차석이란 용어 이전에도 차석과 유사한 개념의 용어들이 오랫동안 사용되었다. 이 때문에 차석에 대한 연구 성과도 자못 적지 않았다.

최근에 한국에서도 차석에 관한 논문이 한 편 나왔는데 차석에 대한 기존의 정의에 철학을 포함한 차석에 관한 변승기의 논문이 그것이다. 주목할 만한 내용이기에 여기에 소개하기로 한다.

"이것을 근거로 찻자리를 정의 내린다면 '찻자리란 차(茶)를 영혼으로 차구를 체(體)로 하여 주어진 공간에 맞게 주제를 가지고. 여러 예술적인 형식과 철학적 이론을 조합한 다도 예술'이라고 정의 내리고자 한다."

지금까지 차석의 정의에 대해 중국 학계의 네 가지 견해와 한국 학계의 한 가지 견해를 살펴보았다. 중국 학계에는 품명 환경의 배치 또는 다예 연출의 장소라는 견해도 있고 차기로 조성된 예술장치 또는 독립된 주제가 있는 다도 예술 조합의 총체라는 견해도 있다. 차석의 개념이 배치나 공간에 국한되었다가 차츰 예술장치와 예술 조합으로 확대되고 여기에 마지막으로 독립된 주제가 추가되었음을 알 수 있다. 또 하나 주목할 점은 차석의 정의를 협의와 광의로 나누었다는 점이다. 이로써 차석에 대한 정의는 어느 정도 분명하게 내려졌다고 볼 수 있다.

최근 한국에서 발표된 논문에서 기존의 차석에 대한 정의에 철학을 포함한 사실을 위에서 소개했다. 논문의 제목도 『동양철학 기반의 '인의예지(仁義禮智)' 차석 설계』이다. 동양철학의 인의예지를 차석의 주제로 삼았기에 철학적 이론이 포함되었다고 볼 수 있다. 흔히 차를 정신 음료라고 하듯이 차는 정신세계와도 매우 밀접한 관계가 있다. 이하에서 살펴볼 차석의 종류에도 '사상을 전달하는 차석'이 있고 '수신(修身)하고 천성을 함양하는 차석'도 있다. 모든 차석은 아니더라도 적어도 주제가 정신세계와 관련된 이러한 차석에서는 철학적 이론도 개입될 소지가 분명히 있다. 이런 관점에서 차석의 정의에 예술뿐만 아니라 철학적 이론을 포함하는 것은 탁월한 견해라고 할 수 있다.

2. 차석의 종류

차석은 연구자에 따라 다양한 분류가 가능하다. 어떤 사람은 차석에 참여하는 인원수와 계절 등에 근거해서 분류하기도 하고, 어떤 사람은 차석의 용도나 사용 목표 등에 따라 분류하기도 한다. 또 어떤 사람은 표현 방법과 표현 내용에 따라 차석을 분류하기도 한다. 이제 이들 4인의 분류기준에 따라 차석의 종류를 소개하기로 한다.

정청화(靜淸和)는 『차석규미(茶席窺美)』에서 우선 인원수에 근거해 차석을 5종으로 구분하고 각 차석에 해당하는 역대 시인들의 시를 소개했다. 일인지석(一人之席)은 독품득신(獨品得神)하다고 하고, 양인대작(兩人對酌)은 득취언환(得趣言歡)하고, 진선복렬(珍鮮馥烈)한 것은 삼인득미(三人得味)요, 오인지석(五人之席)은 엄근방정(嚴謹方正)하고, 칠인지요(七人之邀)는 품배분구(品杯分區)라고 했다. 차석에 참석하는 인원수에 근거해 차석을 5종으로 분류하고 각 차석의 특징을 위와 같이 각각 4자로 표현했는데, 『만보전서(萬寶全書)』 중의 「다경채요(茶經採要)」에서는 각각 1자로 표현했다.

정청화는 또한 계절에 근거해서 차석을 4가지로 구분했는데 춘지취석(春之翠席)은 생기앙연(生機盎然)하고, 하지서석(夏之暑席)은 무상청량(無上淸涼)하며, 추지미석(秋之美席)은 현란지극(絢爛之極)하고, 동지소석(冬之素席)은 내렴양장(內斂養藏)하다고 표현했다. 각 계절에 어울리는 차석의 특징을 역시 4자로써 표현했다.

이어서 기타 분류로 주제차회(主題茶會)와 야외차석(野外茶席)을 들었는데, 주제차회는 돌출석의(突出席意)라고 표현하고 야외차석은 감천임간(瞰泉臨澗)이라 표현했다.

하묘(何苗)는 그의 논문에서 용도에 근거해 차석을 일상적인 품음(品飮) 차석과 공연(表演) 차석 및 장식 차석 등 3종으로 구분했다. 또 사용하는 목표에 근거해 손님을 접대하고 벗을 만나는 차석, 분위기를 조성하는 차석, 사상을 전달하는 차석, 수신(修身)하고 천성을 함양하는 차석 등 4가지로 구분했다. 아울러 차석을 크게 실내 차석과 실외 차석으로 구분할 수 있다고 했다.

변승기(卞升琪)는 그의 논문에서 먼저 표현 방법에 따라 차석을 전시용 차석, 경연용 차석, 시연용 차석, 음차용 차석 등 4가지로 구분했다. 또 표현 내용에 따라 차석을 풍류 차석, 이상향을 표현하는 차석, 상징적 차석, 교훈적 차석, 의례·헌다 차석, 차류 중심 차석, 세시와 계절 차석, 미의 공간으로서의 차석 등 8가지로 구분했다. 이는 바로 위에서 살펴본 하묘의 구분과 대동소이한데, 구분의 기준은 용어만 다를 뿐 실은 같은 내용이고 구분한 개수는 하묘보다 많다는 점이 다르다.

지금까지 차석의 종류에 대해 4인의 견해를 살펴보았는데 4인4색으로 드러났다. 인원수에 근거해서 차석을 구분할 수도 있고 때와 장소에 따라 구분할 수도 있으며 용도와 목표에 따라 구분할 수도 있고 표현 방법과 표현 내용에 따라 구분할 수도 있다. 바꾸어 말하면 앞에서 언급한 연구자에 따라 다양한 분류가 가능하다는 것을 다시 확인한 셈이다.

3. 차석의 구성요소

차석은 서로 다른 요소들이 결합해서 이루어지기에 흔히 차석 설계라고 한다. 차석을 설계하는 경우 차석을 설계하는 사람의 생활환경과 문화적 배경은 물론 사상과 성격 및 정감 등의 차이로 인해 서로 다른 구성요소를 선택할 수 있다. 차석의 구성요소는 연구자마다 개수나 명칭 및 구분방식 등이 조금씩 다르다. 예컨대 교목삼은 차석의 구성요소로 총 9개를 들었고 양효화(楊曉華)는 크게 4개를 들고 4개 중 1개를 다시 6개로 세분해서 결국은 9개를 들어 교목삼과 완전히 일치한다. 나의사(羅依斯)는 7개를 들었는데, 장식물을 괘화와 공예품 및 청공(淸供)으로 세분해서 결국은 9개로 구분하여 역시 교목삼과 일치한다. 서건(徐健)은 7개를 들었는데 교목삼의 9개보다 괘화와 배경 등 2개가 적다.

여기서는 교목삼이 지은 『차석설계』의 내용이 가장 자세하기에 이를 중심으로 차석의 구성요소를 살펴보기로 한다. 다만 차석에서 차지하는 구성요소의 중요도가 다르기에 총 9개의 구성요소를 중요도에 따라 필수요소와 부가요소 및 기타요소로 구분했다.

1) 필수요소

(1) 차품(茶品)[9]

차품은 차석 설계의 영혼으로 차석 설계의 기초가 된다. 차품이 있어서 차석이 있고 차석 설계도 있는 것이다. 차품은 차문화와 관련된 모든 예술적 표현의 형식 중에서 곧 바탕이자 목표이다. 차석을 설계할 때는 차품을 우선으로 선택해야 하는데 차품으로 인해 생기는 설계의 이념이 왕왕 설계의 중요한 단서

---

[9] 그냥 차라고 하면 너무 많은 것을 지칭하기 때문에 여러 혼란이 따른다. 여기서 차품이란 매입해서 이용이 가능한 상품화된 차라는 뜻이다.

가 될 수 있기 때문이다.

당대 중기 이후 차문화가 발전함에 따라 차라는 글자의 사용빈도도 갈수록 높아졌다. 특히 당시(唐詩)와 송사(宋詞)의 흥성에 따라 역대의 문인들은 차를 읊을 때 이전에 없었던 차의 미칭(美稱)과 아칭(雅稱) 등의 별칭(別稱)을 많이 창조해서 사용했다. 이러한 수많은 별칭은 수사(修辭)를 많이 따진 언어예술의 결과물이라고 할 수 있다. 중국의 고대 문헌과 여러 문학작품을 통해서 차의 별칭을 수집·정리한 결과 차의 두 글자 별칭은 35개, 세 글자 별칭은 26개, 네 글자 별칭은 4개로 조사되었다. 이러한 차의 다양한 별칭을 잘 활용하면 차석의 주제를 훨씬 다채롭게 선정할 수 있다.

차는 색채와 맛은 물론이고 향과 모양도 다양해서 차를 접하는 사람들이 차의 매력에 빠질 수밖에 없다. 이런 매력은 대개 차의 명칭을 보면 알 수 있는데, 차의 명명(命名) 유형(類型)은 모양, 산지의 산천과 명소, 색택(色澤)과 탕색, 향기나 맛, 채엽 시기와 계절, 가공공정, 포장 형식, 판로, 품종, 산지, 첨가물과 효과 등이다.

차의 종류만큼이나 차석의 설계도 다양할 수 있기에 차의 명명 유형은 물론 차의 분류 기준에 대한 이해도 차품 선정에 중요한 단서가 된다. 세상 사람들이 명품을 선호하듯이 차인들 또한 명차에 관심이 지대하다. 이는 그 많은 차를 모두 마셔볼 수 없는 상황에서 몇몇 명차를 마셔보고 이를 대신하려고 하기 때문이다. 명차에 대한 인기가 증대되면 될수록 명차를 활용한 차석도 따라서 차인들의 관심을 끌 수밖에 없다. 그래서 명차에 대한 폭넓은 이해도 차품 선정에 중요한 단서가 된다. 중국의 명차는 우선 역사명차, 현대명차, 지방명차, 전국명차, 국제명차로 구분되고 역사명차는 다시 당대 이전 명차, 당대 명차, 송대 명차, 원대 명차, 명대 명차, 청대 명차로 세분되며 현대명차도 다시 전통 명차, 회복 역사 명차, 신창 명차로 세분된다.

(2) 차구조합(茶具組合)

차구조합은 차석 설계의 기초로 차석 구성요소의 주체이다. 차구조합의 기본적인 특징은 실용성과 예술성의 상호 융합이라고 할 수 있다. 실용성이 예술성을 결정하고 예술성도 실용성에 이바지한다. 이 때문에 차구조합의 재질·조형·체적·색채·내포 등은 차석 설계에서 고려해야 할 중요한 부분이다. 아울러 차구조합을 전체 차석 가운데 가장 두드러진 위치에 배치해 동태적 시연을 진행하기 편리하게 한다.

중국의 차구조합은 당대에 시작되었다. 다성(茶聖) 육우(陸羽)는 차구조합을 최초로 창립한 차인(茶人)이라고 할 수 있다. 이후 역대 차인들은 차구의 형식과 내용은 물론 기능성에 대해 부단한 창조와 발전을 시도했다. 아울러 인문정신과 융합해서 차구조합이라는 독특한 예술 표현 형식이 인류의 물질과 정신세계 가운데에서 적극적인 작용을 발휘하게 하였다.

차구는 재질에 따라 일반적으로 금속류·자기류·자사류·유리류·죽목류 등으로 나눈다. 플라스틱 차구는 물자가 부족했던 60~70년대에 일시적으로 유행했으나 쉽게 망가지고 독특한 냄새 때문에 점차 도태되었다. 차구조합은 우선 필수적 사용으로 대체가 불가능한 차구가 있고, 대체가 불가능한 것과 대체가 가능한 것을 포함하는 완비조합으로 구분한다.

차구조합은 다시 전통양식 배치, 창의 배치, 기본 배치, 완비 배치 등으로 구분하는데 전통양식 배치는 고정적이고 여타의 배치는 차구의 선택에서 임의성과 변화성이 큰 배치이다.

여기서는 대표적인 전통양식 배치를 소개하기로 한다. 전통양식 배치는 다시 고대 전통양식 배치, 근대 전통양식 배치, 소수민족 전통양식 배치 등으로 세분된다.

고대 전통양식 배치에는 도가의 신선다도, 불가의 불다도, 유가의 문인다도, 당대의 궁정다도, 송대의 분다도(分茶道), 청대의 궁정다도 등이 있다. 근대 전통양식 배치에는 조주(潮州)의 공부차(工夫茶), 대만식 공부차, 강남(江南)의 농가차(農家茶), 사천식 개완차(蓋椀茶) 등이 있다. 소수민족 전통양식 배치에는 와족(佤族)의 고차(烤茶), 태족(傣族)의 죽통차(竹筒茶), 장족(藏族)의 소유차(酥油茶), 몽고족의 내차(奶茶), 위구르족(維吾爾族)의 향차(香茶), 백족(白族)의 삼도차(三道茶), 동족(侗族)의 타유차(打油茶) 등이 있다.

(3) 받침(鋪墊)

받침(또는 깔개)은 차석의 전체 또는 국부적인 차구 아래에 놓아두는 포예류(布藝類)와 기타 재질로 된 물건의 총칭이다. 받침의 직접적인 작용은 첫째가 차석 중의 기물이 직접 탁자나 지면에 닿지 않도록 해서 기물의 청결을 유지하는 것이다. 둘째는 자신만의 특징이 있는 보조적인 기물로써 주요한 기물과 함께 차석 설계의 주제를 완성하는 것이다.

받침의 재질, 디자인, 크기, 색채, 무늬 등은 응당 차석 설계의 주제와 구상에 근거해서 대칭·비대칭·부각·대조·과장 등과 같은 수단을 선택한다. 차석에서 받침과 기물의 관계는 사람과 집의 관계와 같다. 마치 사람이 집 안에 들어서면 곧장 자유자재로 방 안에서 마음대로 앉고 눕는 것과 같이 차석 중의 기물 또한 이와 같아야 한다는 것이다. 즉 받침이 기물에 일정 정도 귀속감이 들도록 해야 한다.

받침의 유형은 크게 직물류와 비직물류로 나눌 수 있다. 직물류에는 면포·마포·화학섬유·납염(臘染)·날염[印花]·모직·공단·주단·수공편직 등이 있다. 비직물류에는 대자리·돗자리·나뭇잎 깔개·종이 깔개·돌 받침·타일 받침 등이 있다. 받침의 모양으로는 정방형·장방형·삼각형·원형·타원형·기하형·불확정형 등이 있다.

받침의 색채를 파악하는 기본적인 원칙은 단색이 으뜸이고 작은 무늬는 중간이며 복잡한 무늬는 꼴찌이다. 색상과 명도와 채도가 색채의 3대 기본요소인데 색채도 정감을 표현하는 중요한 수단의 하나이다. 그래서 차석의 받침 또한 무의식적으로 사람들의 정신과 정서와 행위에 영향을 준다. 받침을 받치는 방법에는 평받침, 대각받침, 삼각받침, 중첩받침, 입체받침, 발받침 등이 있다.

2) 부가요소

(1) 꽃꽂이(揷花)

꽃꽂이의 기원은 중국의 경우 약 1,500년 전인 육조시대에 이미 부처님께 꽃을 바쳤다는 기록이 보인다. 차석에 사용된 꽃꽂이의 역사도 오래되었는데 송대 사람들은 점다(點茶)·괘화(掛畵)·꽃꽂이[揷花]·분향(焚香)을 사예(四藝)로 삼았다. 그리고 이들은 모두 품명(品茗) 환경에 동시에 출현했다. 명대에 이르러서 차석에 꽃을 꽂는 것은 매우 보편적인 일이 되었다.

차석에서의 꽃꽂이는 일반적인 궁정 꽃꽂이, 종교 꽃꽂이, 문인 꽃꽂이, 민간 꽃꽂이 등과 달리 우선 차의 정신을 구현하고 자연을 숭상하며 소박하고 수려하고 우아한 풍격을 추구한다. 차석 꽃꽂이의 기본적인 특징은 아담함과 깜찍함과 정교함이다. 생화는 번다함을 추구해서는 안 되며 다만 한두 가지를 꽂아서 화룡점정의 효과를 낼 수 있어야 한다. 윤곽의 선과 구도의 아름다움과 변화를 중시해서 소박하고 시원하며 청아하고 범속을 초월한 예술 효과를 달성해야 한다.

차석에 흔히 쓰이는 꽃꽂이의 형식으로는 직립식, 경사식, 현애식(懸崖式), 평와식(平臥式) 등이 있다. 차석 꽃꽂이에서 화재(花材)의 선택은 매우 중요한데 화재는 꽃꽂이의 주체로서 꽃·잎·줄기·덩굴로 구성된다. 자연계에 화재의 품종과 수량은 매우 많으며 호칭도 지역에 따라 다르다. 차석 꽃꽂이에 쓰이는 화재는 제한이 비교적 적어서 산천과 들판 등에서 구할 수도 있고 꽃가게에서 매입할 수도 있다. 교목삼은 차석 꽃꽂이에 자주 사용되는 화재로 186종을 들었다.

차석 꽃꽂이에서 정취를 창조하는 표현 방식에는 구상표현(具象表現)과 추

상표현(抽象表現)이 있다. 차석 꽃꽂이에서는 화재 못지 않게 화기(花器)의 선택
도 매우 중요하다. 화기의 재질로는 대와 나무 등을 사용해 원시적이고 자연적
이며 소박한 아름다움을 구현해야 한다. 화기의 형태는 죽제품, 목제품, 자사제
품 모두 소형을 사용하는 것이 좋으며 반드시 조형미를 갖추어야 한다. 화기의
색채로는 원색이 좋은데 도기는 무색, 자기는 청색과 백색, 자사는 짙은 색이
좋다.

(2) 분향(焚香)

분향은 동물과 식물에서 얻은 천연향료를 여러 형태의 향으로 가공한 후
여러 장소에서 향을 피워 후각의 행복한 향락을 추구하는 것이다. 중국에서는
송당(宋唐) 시기에 고관·귀인·문인 등이 모임을 할 때 다투어 향을 피웠는데, 이
러한 분향이 각종 예술은 물론 차문화와 함께 발전하게 되었다. 송대에 이르러
분향 예술은 점다·괘화·꽃꽂이와 함께 사예(四藝)가 되어 일상생활 가운데에 출
현했다.

차석에서 분향의 지위는 줄곧 높았는데 그것은 분향 예술이 차석과 어우
러지고 그윽한 향기가 차석의 사방 공간에 가득해서 후각적으로 매우 편안한
느낌이 들기 때문이다. 향기는 때로 인간의 의식 가운데 모종의 기억을 불러일
으킬 수도 있어서 품차의 내용을 더욱 풍부하고 다채롭게 한다.

화학공업의 발달로 인해 일상생활에서는 화학적인 향을 대량으로 사용한
다. 하지만 차석에서는 여전히 천연향의 사용을 고집하고 있다. 이는 자연으로
회귀하려는 현대인의 정신에 천연향의 사용이 더욱 적합하기 때문이다. 자연향
료는 향기를 풍부하게 함유한 식물과 동물로부터 얻는다. 향기를 함유한 수목·
수피·수지·수엽·꽃·과일 등이 모두 향료이고 동물의 분비물이 형성하는 향인
용연향과 사향도 향료가 된다.

차석의 내용과 품격에 따라 향료를 선택하는데 종교나 고대의 궁정다도에
서는 상대적으로 진한 향료를 사용하고 일반적인 생활다도에서는 상대적으로

단아한 향료를 사용한다. 주요한 향료로는 단향·침향·용뇌향·자등향·감송향·정향·석밀·모리 등을 들 수 있는데 일부 향료는 품급에 따라 명칭이 다르다. 예를 들면 용뇌향은 8개, 단향은 3개의 품급에 따른 다른 명칭을 가지고 있다. 최고급 침향인 기남향(琦楠香)도 품급과 용도에 따라 백기남·청기남·황기남·흑기남 등으로 구분한다.

차석에 사용되는 향품(香品)은 총체적으로 숙향(熟香. 건향)과 생향(生香. 습향)으로 나눈다. 숙향은 향료를 사용해서 만든 향품으로 향품을 파는 가게에서 산다. 생향은 차석 현장에서 향의 제작에 쓰이는 향료를 말한다. 생향은 주로 향도(香道)의 연출에 사용되며 일종의 기술이자 예술이라고 할 수 있다. 숙향의 양식에는 주향(柱香)·선향(線香)·반향(盤香)·조향(條香) 등이 있고 이밖에 훈향에 쓰이는 향편(香片)과 향말(香末)이 있다.

중국에 불교가 전래된 한나라 때 분향을 위한 향로가 제작되었는데 춘추시대 정(鼎)의 형태를 닮았다. 학계에서는 한나라 묘에서 출토된 박산로(博山爐)를 중국 향로의 시조로 본다. 송대에 이르러 자향로(瓷香爐)가 대량으로 출현했는데 대부분 상주(商周) 시대의 명기(名器)를 모방해서 주조했다. 명대에는 향로의 제작이 성행했는데 선덕(宣德)향로가 대표적이다. 명대 향로의 최대 특징은 색채가 다양하다는 점이다. 명대 이후에도 향로는 사회생활에 널리 사용되었는데 재질·조형·문양 등이 모두 다채롭게 변했다.

차석에서 분향에 사용되는 향로는 차석의 주제와 풍격에 근거해서 선택해야 한다. 주제가 종교이거나 고대 궁정이라면 보통 동질(銅質) 향로가 좋다. 고대 문인들의 고상함을 표현하는 차석이라면 흰색의 필통 모양을 한 향로가 좋다. 일상적인 생활을 표현하는 차석에서는 우롱차의 경우라면 자사류의 향로가 좋고, 녹차라면 청화백자 향로가 좋다. 차석에서 향로를 배치할 때는 다음과 같은 3대 원칙을 지켜야 한다. 첫째, 향로의 향이 차향을 강제로 빼앗지 않아야 한다[不奪香]. 둘째, 맞바람은 안 된다[不搶風]. 셋째, 시야를 가려서는 안 된다[不擋眼].

(3) 괘화(掛畵)

괘화는 괘축(掛軸, 족자)이라고도 하는데 차석의 배경 환경에 글씨나 그림을 거는 것의 총칭이다. 글씨는 한자의 서법(書法)을 주로 쓰고 그림은 중국화를 주로 그린다. 괘화를 거는 방식이 출현한 것은 북송(北宋) 때부터이다. 괘화는 점다·분향·꽃꽂이와 함께 일상생활의 사예(四藝)가 되었고 동시에 다사(茶肆)와 함께 사회생활 가운데에 출현했다. 명·청대에 이르러 단조(單條, 한 폭의 족자), 중당(中堂, 대청 중앙에 거는 대형 족자), 병조(屛條, 여러 개로 된 족자), 대련(對聯), 횡피(橫披), 선면(扇面) 등이 이어서 출현해 서법과 회화 예술의 주요한 표현 형식이 되었다.

차석에 거는 괘화의 내용은 글도 좋고 그림도 좋은데 일반적으로 글씨가 많다. 글씨와 그림을 결합해도 좋은데 중국은 전통적으로 글씨와 그림을 동일시하는 전통이 있다. 그래서 '자중유화(字中有畵) 화중유자(畵中有字)'라고 했던 것이다. 글씨를 쓰는 서법으로는 대전(大篆)·소전(小篆)·예서(隸書)·장초(章草)·금초(今草)·행서(行書)·해서(楷書) 등의 형식이 출현했다. 그림은 중국화 중에서도 수묵화를 많이 그렸는데, 가장 많이 보이는 것으로는 세한삼우(歲寒三友)인 송(松)·죽(竹)·매(梅)를 표현한 것과 수묵산수화를 들 수 있다.

괘화에 쓰인 글의 내용은 시작부터 육우의 영향을 받아 주로 다사(茶事)를 표현하는 내용이 많았다. 나중에는 인생의 경계와 태도 및 정취를 표현하는 표현이 더욱 많아졌는데 삶을 즐기는 관념을 다사로 간주하고서 다사를 표현했다. 일부 내용은 유불도의 종교적 가르침을 반영하기도 했는데, 다사를 표현한 내용과 종교적 가르침을 반영한 내용 일부를 소개하면 다음과 같다.

茶
敬茶
敬香茶
坐

請坐

請上坐.

君不可一日無茶

欲把西湖比西子

從來佳茗似佳人

詩寫梅花月 茶煎穀雨春

茶亦醉人何必酒

書能香吾不須花

明心見性

茶禪一味

三飲得道

3) 기타 요소

(1) 공예품

우리는 감각기관을 통해 감명을 얻기 위해서 차를 마시는 것이다. 감각 계통에 영향을 주는 요소는 많은데. 시각·청각·미각·촉각·후각 등도 품차의 느낌에 직접적인 영향을 미칠 수 있다. 차석에 사용되는 공예품들이 주요한 차기들과 교묘하게 배합되어 왕왕 우리의 심리상에 서로 다른 기분을 자아내게 할 수 있다. 이러한 기분이 다른 사람의 공명을 불러일으킬 수 있기에 공예품을 잘 골라 알맞게 배치하면 생각지도 못한 효과를 얻을 수 있다. 공예품의 종류는 매우 다양한데 교목삼은 크게 여섯 가지로 분류했다.

첫째, 자연물류를 들 수 있는데 석류(石類)와 식물 분경류(盆景類) 및 화초류 등이 여기에 속한다. 둘째, 생활용품류가 있는데 의관류와 화장품류 및 문구류 등이 여기에 속한다. 셋째, 예술품류에는 악기류와 연예용품류 등이 있다. 넷째, 종교용품류로 불교법기와 도교법기 및 교회용품 등을 들 수 있다. 다섯째, 전통 노동용구로 목공용구와 방직용구 및 철장용구 등이 있다. 마지막으로 역사문물류가 있는데 고대 병기류와 문물 골동류가 여기에 속한다.

공예품의 종류에 이어 이제 공예품의 지위와 작용에 대해서 살펴보고자 한다. 어떤 공예품을 통해 우리는 당시의 상황과 생활을 떠올리게 할 수 있다. 예를 들어 '지청만차(知靑晚茶)'[10]라는 주제의 차석에 공예품을 진열했는데 작자가 홍위병의 복장과 문화대혁명 당시의 표어 등을 선명하게 벽에 걸었다고 해보자. 이를 본 관중들은 모두 문화대혁명 당시의 상황을 선명하게 떠올리게 될 것이다.

공예품은 수량도 많지 않고 놓는 위치도 중요한 자리가 아니다. 공예품은 또한 주요한 기물보다 위치 조정도 쉽다. 그래서 설계자가 임의로 조정해서 일정한 설계 효과에 도달할 수 있다. 공예품의 효과적인 사용을 통해 일정한 조건 아래에서 차석의 주제를 심화시키는 작용을 할 수 있다.

마지막으로 공예품을 선택할 때 고려할 사항을 살펴보기로 한다. 차석에 사용되는 공예품의 선택과 배치는 차석의 주제와 무대를 효과적으로 보충하는 선에서 그쳐야 한다. 그렇지 않으면 차석의 완벽한 아름다움에 손상을 끼칠 수 있다.

첫째, 공예품을 통해 주요한 기물을 돋보이게 해야 하는데, 그 수법이 어설프면 안 된다. 공예품이 주요한 기물보다 더 크다거나 색채가 더 진하다거나 재질이 더 두드러져서는 안 된다.

둘째, 공예품이 주요한 기물과 서로 충돌해서는 안 된다. 공예품이 주요한 기물과 크기도 같고, 색채도 같고, 재질도 같다면 특성들 사이에 상호 충돌이 발생해 돋보이게 하는 작용을 일으킬 수 없다.

마지막으로 공예품의 개수가 너무 많아서도 안 되고 또한 너무 적어서도

---

10) '지식 청년의 저녁차'라는 뜻인데 지식 청년이란 문화대혁명 당시 중고등학교를 졸업한 남녀 학생을 총칭하는 용어이다.

안 된다. 공예품이 너무 많아 주요한 기물이 눈에 띄지 않아서도 안 되고 공예품이 너무 적어 보이지 않아서도 안 된다.

(2) 다점다과(茶點茶果)

다점다과는 차를 마시는 과정에서 차를 보좌하는 다점(茶點)·다과(茶果)·다식(茶食)의 총칭이다. 주요한 특징으로는 분량이 비교적 적고 체적이 비교적 작으며 제작이 정교하고 모양이 청아하다는 점 등을 들 수 있다. 차가 전문적인 음료가 되기 전에는 다점의 형식으로 출현했다. 수나라와 당나라 이전 상당 기간 사람들은 차를 명채(茗菜)나 차갱(茶羹) 혹은 명죽(茗粥)으로 만들어 식품으로 먹었다.

다과라는 명칭은 진나라 『중흥서(中興書)』에 처음으로 나오고 『진서(晉書)』에도 나오므로 진대에 이미 다과가 출현했다고 할 수 있다. 점심(點心. 간식)으로 음차를 돕는 것은 당대에 성행했다. 당대 차연(茶宴)에서 다점은 매우 풍부했는데 그 가운데 종자(粽子)는 지금의 제법과 같았다.

송대에는 다점다과가 이미 차를 마시는 장소에 출현하기 시작했다. 휘종(徽宗) 조길(趙佶)이 그린 〈문회도(文會圖)〉의 황실 차석에 보이는 다점다과는 매우 정교하고 아름답다. 명·청대의 다점다과는 이미 오늘날에 뒤지지 않을 정도로 풍부했다. 『금병매(金瓶梅)』에 묘사된 다점다과도 40~50종에 이른다. 오늘날 다점다과는 다관의 필수품이 되었다. 종류도 다양하고 제조도 정교하며 색·향·미·형태가 모두 뛰어나 중국 차문화의 또 하나의 자랑거리가 되었다.

먼저 다점다과의 종류를 살펴보기로 한다. 다점다과는 지역에 따라 칭호가 다르다. 광동성과 복건성에서는 다점다식이라 하고 대만에서는 다식이라 하며 북방지역에서는 다점이라고 한다. 다점은 건점(乾點)과 습점(濕點)을 포괄하고, 다과는 건과(乾果)와 선과(鮮果)를 포괄한다. 다식은 다과 가운데 과실류를 지칭한다.

이어서 다점다과의 선택은 차의 종류, 계절, 날짜, 사람 등에 따라 다르게 하는 것이 일반적이다. 녹차에는 달콤한 다식이 좋고 홍차에는 새콤한 다과가 좋으며 청차에는 짭짤한 다식이 좋다. 봄에는 박하향을 지닌 과자류가 좋고 여름에는 달콤하고 신선한 과일이 좋다. 가을에는 교자나 만두가 좋으며 겨울에는 호두나 밤 또는 밀조(蜜棗)나 강편(薑片)이 좋다. 생일에는 달콤한 다점이 좋고 중양절에는 녹두떡이 좋으며 단오절에는 종자(粽子)가 좋다. 중추절에는 어편이나 육편이 좋고 결혼기념일에는 꿀 사탕이나 밀조가 좋다. 노인에게는 부드러운 습점이 좋고 상사에게는 해바라기나 호박씨가 좋으며 연인에게는 달콤한 다점이 좋다. 동료에게는 견과류가 좋으며 친척에게는 땅콩과 완두 또는 호두와 해바라기 씨가 좋다.

다점다과를 담는 용기의 재질과 모양 및 색채는 모두 다점다과의 요구에 부응해야 한다. 다점다과가 깜찍하고 정교하며 청아한 것을 추구한다면 용기도 이와 같아야 한다는 것이다. 용기의 종류는 크게 재질과 모양 및 색채로 나눌 수 있는데, 우선 재질로는 자사·자기·도기·목재·죽재·유리·금속 등이 있다. 모양에는 원형·정방형·장방형·타원형·수엽형(樹葉型)·선형(船型)·타원형·화형(花型)·어형(魚型)·조형(鳥型) 등이 있다. 색채에는 원색·백색·유백색·유황색·아황색(鵝黃色)·담녹색·담청색·분홍색·도홍색·담황색 등이 있다.

일반적으로 건점은 접시를 쓰고 습점은 주발을 쓰고 건과는 바구니를 쓰고 선과는 쟁반을 쓰고 다식은 접시를 쓴다. 용기의 색채는 다점다과의 색채에 근거해서 상대적인 색으로 맞춘다. 원색을 제외하고는 일반적으로 홍색으로는 녹색에 맞추고, 황색으로는 남색에 맞추고, 백색으로는 자색에 맞추고, 청색으로는 유색에 맞추는 것이 좋다. 또 각종 옅은 색으로는 모두 각종 짙은 색에 맞추는 것이 좋다. 다점다과는 일반적으로 차석 앞의 중앙 혹은 차석 앞의 옆자리에 놓는다.

(3) 배경

차석의 배경은 모종의 시각효과를 얻기 위해 차석 후면에 설정하는 예술적인 물질 형태의 방식을 총칭하는 말이다. 자고로 인간은 배경의 작용을 매우 중시해 왔다. 오랫동안 병풍을 사용한 것이 그 예라고 할 수 있다. 역대의 차석 그림을 보면 대부분 자연의 풍경을 배경으로 삼았는데 주로 소나무와 대나무 등의 수목과 가산(假山) 등을 그렸다. 실내에서도 실외와 마찬가지로 일정한 화면감(畫面感)이 있는 풍경을 배경으로 삼아서 일정한 의경(意境)을 표현하려고 했다.

차석의 배경은 크게 실외배경과 실내배경으로 나눌 수 있는데 실외배경은 공간적인 자유가 많아 선택의 대상과 각도가 상대적으로 광범위하다. 이에 반해 실내배경은 일정 부분 공간적인 제한이 있어 선택의 각도와 대상도 상대적으로 감소한다. 그렇지만 실내배경은 창조적인 공간을 무한히 만들 수도 있고 명암효과와 심미효과도 실외배경보다 더욱 우수하다는 장점이 있다.

차석 배경의 종류에 이어서 차석의 배경을 표현하는 형식을 살펴보기로 한다. 실외배경의 형식으로는 수목 배경, 대나무 배경, 가산(假山) 배경, 가두옥전(街頭屋前) 배경 등을 들 수 있다. 실내배경의 형식은 다시 세 가지로 세분할 수 있다. 첫째, 무대나 대청 또는 현관이나 골동품 서가 등과 같은 실내에 갖추어진 조건을 배경으로 삼는다. 둘째, 멍석이나 대자리 또는 조명과 병풍 등을 사용해서 유효한 실내배경을 창조해서 배경으로 삼는다. 셋째, 휴대와 사용이 편리하도록 베를 사용해 특별히 분해가 가능한 병풍을 제작해서 순회 연출할 때 차석의 배경으로 사용한다.

지금까지 차석의 구성요소를 필수요소와 부가요소 및 기타 요소로 나누어 살펴보았다. 차석의 구성요소는 총 9개로 보는 것이 일반적인 추세이다. 그리하여 차석의 구성요소를 중요도에 따라 필수요소와 부가요소 및 기타 요소로 구분했다. 필수요소는 차품과 차구조합 및 받침 등이고, 부가요소는 꽃꽂이와 분향 및 괘화 등이며, 기타 요소는 공예품과 다점다과 및 배경 등이다. 받침은 부가요소로 볼 수도 있지만 늘 차구조합과 함께하기에 중요하다고 판단해서 필수요소로 보았다.

제5장

보이차 차석 설계의 실제

차석의 존재는 첫째가 차를 마시기 위해 필요한 기물들을 배치하는 것이고, 둘째가 그것들을 통해 아름다움을 추구하는 심미적 치유를 추구하는 것이다. 결국 차석이라는 것은 미적감각을 조성하는 실용적인 것에 대한 봉사이다. 공예 예찬론자인 야나기 무데요시는 다음과 같이 말하였다.

"사용할수록 그릇의 아름다움이 그 가치를 더해간다. 쓰지 않고 버리면 그릇은 목적을 잃게 되고 아름다움은 존재하지 않으므로 아름다움은 실용성 위에 존재한다."

따라서 차석이야말로 사상적, 표현적, 시적 아름다움이 있는 다도 예술의 조합이라고 할 수 있다. 실용적 기물들과 더불어 차석에서의 심미는 다도의 예술적 표현이며 다도 이념과 미학적 법칙의 완벽한 표현이다. 이것은 다시 말해 오감을 통하여 차 식물의 아름다움을 감지하고 보이차의 정신과 경지의 아름다움을 깨닫는 것이다. 차는 갈증을 해소하는 음료, 혹은 건강상의 효능이 뛰어난 물질적 음료이기 이전에 소란스러운 속세에서 마음을 가라앉히고 정신을 맑게 해주는 정신적 음료이다. 인간의 미, 차의 미, 물의 미, 그릇의 미, 경지의 미, 예술의 미와 같은 여섯 가지 요소가 잘 드러나야 한다.

보이차 차석을 설계하기 위해서는 우선 선행되어야 할 몇 가지 있다.

첫째, 미학적 소양이 필요하고 둘째, 전통문화에 대한 이해와 고금의 차 역사 맥락도 어느 정도 이해하여야 한다. 셋째, 보이차 성질에 대한 깊은 이해와 차의 품성을 충분히 인지할 수 있어야 한다. 넷째, 각종 차기, 도자기, 금속기, 대나무, 목기 등의 특성을 잘 알고 있어야 한다. 마지막으로 상기한 기본 소양을 어느 정도 갖추고 난 다음 여러 가지 형태의 기물들을 배합하고 응용할 수 있는 훈련을 통한 능력을 키워야 한다.

1. 필수적 요소

보이차석은 크게 두 가지로 구성된다. 첫째는 차를 음차함에 있어 실제로 사용되는 음용 기능을 갖춘 기물이다. 둘째는 차석의 주제를 밝히고 심미적 체험을 깊게 하는 장식물이다. 먼저 보이차석의 필수 요소들에 대해 알아보자.

1) 화로와 주전자

물을 끓이는 그릇은 차를 다루는 기초 차기의 하나로, 난로와 주전자를 포함한다. 고대에는 풍로를 사용하여 물을 끓여서 사용하였으나 현대에는 전기레인지, 알코올램프 등을 사용한다. 옛날에는 활화활천(活火活泉)이라 하여 불꽃과 연기가 없는 숯으로, 흐르는 약수나 강물을 끓여서 사용했다. 차석에서는 난로와 물주전자는 보통 팽주의 오른쪽에 배치하는데, 이것은 팽주의 사용 습관에 따라 위치가 달라질 수 있다.

물의 끓는 정도를 살피는 것은 최상의 컨디션을 취하여 차를 우려내기 위함이다. 편리한 전기를 사용하여 물을 끓이더라도 얼마나 빨리 뜨거워지는지 끓어오르는 정도를 관찰함으로써 물의 온도를 파악해야 한다. 특히 보이차는 95℃ 정도의 높은 온도에서 차를 우려야 제 맛을 내기 때문에 온도를 잘 살펴야 한다. 한 번 끓인 물을 다시 끓이는 것은 좋지 않다. 같은 물을 여러 번 끓이면 물이 탁해져서 차가 제 맛을 내는 데 어려움이 있다. 그래서 전기 찻주전자를 사용할 때 100℃가 되면 그 온도를 유지하는 제품을 사용하는 것이 좋다. 오래된 노차나 숙차를 끓일 때 사철 주전자를 사용하여 높은 온도를 유지하는 것이 차의 맛을 좋게 한다.

2) 자사호

보이차 본연의 맛을 그대로 보여주기 위해서 처음 시음할 때는 유리호나 도자기류 및 품평배를 이용한다. 그렇지만 더 풍부하고 좋은 맛을 내기 위해서는 자사호를 사용하는 것이 좋다. 자사호는 강소성(江蘇省) 의흥(宜興)에서 나오는 자사니(紫砂泥)를 사용하여 만든 다호로 시 및 그림, 조각 등을 넣어 만들기도 한다. 이 호는 실용적으로 차를 우려내는 기능과 더불어 감상 가치가 있는 예술품이다. 질량이 단단하며 적갈색, 담황색 또는 자주색이 주로 많다. 이 자사호의 원료인 자사니는 일반적으로 암석 하층에 묻혀 갑니 진흙층 사이에 분포하며 진흙층 두께는 수십 센티미터에서 1미터에 이른다. 자사호는 소성(燒成) 시 1,100~1,200℃의 고온에서 굽는다. 자사호는 송대에서 명대 '포다법'이 유행하면서 만들어져 오늘날에 이르고 있다. 보이차를 즐기는 사람들은 '의흥 자사호'에 애착을 갖는데 다양한 스타일과 문화적인 품격이 다른 소재의 차기와는 구별되기 때문이다.

이 자사호는 차를 우리면 다음과 같은 장점이 있다.

① 의흥 자사호의 자사니는 2중기공 구조로 기공이 미세하고 밀도가 높다. 즉 차의 향을 그대로 담으면서 맛도 맛있게 우려낸다.

② 통기성이 뛰어나 오래 보관해도 된다. 여름에는 오랫동안 호에 찻잎을 담아두어도 곰팡이가 피지 않는다. 다만 하룻밤 지난 차는 자사호의 보양에 이롭지 못하므로 차를 마신 후 바로 호를 비워 깨끗하게 두는 것을 권장한다.

③ 이 호는 차맛을 잘 흡수하므로 오래 사용한 호에는 차 때가 쌓여 끓는 물만 부어도 차의 향기가 난다. 이것은 앞서 말한 2중기공 구조와 관련된 장점이다. 양호가 잘된 호로 길들이기 위해서 내벽을 따로 씻지 않는 게 일반적이다.

④ 자사토는 사질토이기 때문에 열이 잘 전달되지 않아 차를 우릴 때 손을

데지 않는다. 불에 올려놓고 열을 가할 수도 있다. 열 전달 속도가 느리고 보온기능이 길기 때문에 철관음, 보이 숙차, 진년보이차를 우리기에 특히 좋다.

⑤ 자사토는 오래 사용할수록 호의 표면 빛깔과 광택이 더욱 윤택해지고 호의 기운이 우아해진다. 『양선명호계(陽羨茗壺系)』에서는 "호는 오래 쓰고 닦으면 날이 갈수록 빛을 발하는 것으로 좋은 호가 될 수 있다."라고 하였다. 이런 자사호는 자니(紫泥), 본산녹니(本山綠泥), 주니(朱泥), 홍니(紅泥), 기본니로 구성되며 이들을 합하여 '오색토'라고도 한다. 이 기본 니료로 자사토를 만드는 대사들은 자신들의 경험으로 모래를 이용해 서로 배합한다. 그리고 불 온도 조절과 물리적·화학적 변화를 통해 자사호의 색깔을 다채롭게 만든다. 최근에는 자니, 불산녹니, 홍니의 재료가 감소함으로써 청정토 첨가 산화물을 이용하기도 한다. 신니종을 배합하여 만든 다호는 빛깔이 선명하고 눈부시지만, 화학공업 첨가물로 만든 자사 주전자에 보이차를 타서 마시면 효과가 떨어진다는 연구도 있다. 그래서 보이차는 순정 자사호로 만든 주전자를 사용해야 한다.

보이차를 마실 때 사용하는 자사호를 잘 고르는 법은 다음과 같다.

① 둥글고 배가 큰 호를 고른다. 내면적을 크게 가지고 있어야 향을 최대한 흡착할 수 있어서 좋다. 호의 배가 크면 대엽종 찻잎이 줄기를 펴고 차가 본연의 성질을 마음껏 발산할 수 있다. 호가 작으면 찻잎이 잘 펴지지 않고 꺾인 찻잎이 즙을 내므로 맛이 떨어진다고 볼 수 있다.

② 적당 용량의 호를 고른다. 보통 160~180㎖ 정도 용량이면 우아하게 연출할 수 있어 한 손에서 조절이 가능하다. 노차일 때는 약 8~10g(주전자의 3분의 1) 정도의 차를 넣어 4~5잔 즉 4~5명이 마시기에 적당하다. 자사호 용량이 100㎖ 이하로 떨어지면 찻잎을 펴고 담는 데 도움이 안 된다.

③ 키 큰 호를 고른다. 형태는 180㎖라면 몸통 높이 약 5㎝ 정도가 좋다. 이런 호로 보이차를 우리면 차 기운을 잘 잡고 맛을 응집시키며 거품이 나는 것도 적당하고 부드럽고 풍만한 느낌을 준다.

④ 자사호 뚜껑이 잘 여닫치는 것을 고른다.

⑤ 출수가 좋은 호를 고른다.

3) 찻잔

찻자리 배치는 찻잔의 위치를 어떻게 배열하느냐에 따라 결정된다. 찻잔의 위치는 부가적 요소인 꽃꽂이, 향료 등을 앞뒤 좌우 여러 방향에서 다 보이게 배치해야 한다. 찻잔은 반복되는 형식에 아름다움을 통해 긴밀감, 리듬감, 율동감을 표현해야 한다. 찻잔의 구조, 공간의 활동 범위, 사람의 건강, 쾌적성 및 경제적 효율 등 여러 방면으로 연구할 필요가 있다.

차석에서의 찻잔 위치는 중요한 요소임이 분명하다. 보이차를 마실 때 찻잔은 어떠한 것이 적당한지 알아보자.

(1) 여요(汝窯)와 보이차

여요는 북송 후기에 관청으로부터 궁중에서 사용하는 도자기를 만드는 곳으로 선정되었으며 노차나 숙차를 여요 잔에 계속 마시면 계편이 생겨난다. 선이 짙은 갈색을 띠고 깊이가 옅은 농담(濃淡)이 있어 균열이 다양한 무늬를 낸다. 여주 경내(지금의 하남 임여) 일대에 요지가 있어 여요라고 부른다. 보이차는 물질감이 풍부하고 발효된 숙차와 노차에는 다갈소가 증가하여 차를 여요 주전자에 끓여서 사용하면 연갈색, 황색으로 물이 든다. 여요는 찻잔을 돋보이게 하며 이로써 즐거움을 만끽할 수 있다. 여요 찻잔은 아담하고 보이차의 기질과 잘 맞아떨어져 많은 차 애호가들이 좋아한다.

(2) 건잔(建盞)과 보이차

건잔은 건요에서 생산된 것으로, 건요는 지금의 건양시(建陽市) 수길진(水吉鎭) 후정촌(後井村) 일대에 위치해 있다. 건잔은 송대 투차(鬪茶) 풍조의 성행 과정에서 으뜸으로 꼽혔다. 송대의 차기들은 일본 차인들이 앞다투어 소장하는 귀한 물품이었는데, 일본의 건잔 '요변천목(曜變天目)'은 오늘날까지도 명성을 떨치고 있는 보물이다.

송대 채양(蔡襄)의 『다록(茶錄)』에는 차와 차기의 관계에 대한 상세한 언급이 있다. 이에 따르면 건요는 소박하고 몸통이 두꺼워 보온성과 단열성이 좋다. 그 기질은 분명 보이차와 서로 닮아 있는 부분이 많다. 돈후하고 소박하여 두꺼운 몸통으로 보온성과 단열성이 좋으며 잔면이 넓어 탕색의 아름다움을 감상하고 차향을 맡기에 용이하다. 좋은 보이차는 좋은 물을 만날 때 차성을 돕는다. 이 찻물을 건잔 속에 부으면 차탕의 맛이 미묘하게 바뀐다. 찻물을 가득 담은 토호잔, 기름방울잔은 햇빛 아래에서 보면 잔 밑바닥에 진기한 반점이 나타나며 여러 다양한 반점을 나타내기도 한다.

(3) 청화자(靑華瓷)와 보이차

청화자는 백지청화자(白地靑華瓷)라고도 하며 약칭 청화라고 한다. 이것은 코발트산화물을 함유한 시추를 원료라 한다. 소성하면 푸른빛을 띠며 착색이 뛰어나고 발색이 선명하며 소성률이 높고 안정된 색을 띠는 특징이 있다. 청화자는 원나라 경덕진(景德鎭)의 호전요(湖田窯)에서 모습을 드러냈다. 원대는 청화자 발전이 절정에 이르렀는데 경덕진 장인이 '자석+고령토'라는 인위적 배합법을 사용하여 만들었다. 그것은 다수의 기물이 두껍고 풍만한 형태를 띠고 있다.

원·명 시대에 운남은 경덕진에 이어 두 번째로 큰 청화 산지였다. 운남의 청화자는 순박하고 거칠며 토굴가마에서 쟁반, 화병, 항아리로 구워져 민간의 일상생활에서 널리 사용되었다. 푸른 꽃의 태도는 거칠고 모래눈이 있으며 옅은 회색을 띤다. 옥계요에서 생산된 청화자기는 경덕진에서 유래된 것이다. 바닥이 깊고 둥글게 여운이 감도는 청화잔에 교목생차 보이차를 담아서 마시면 그 향을 오래도록 품고 있다. 청화잔은 수색이 순수하고 농담이 알맞은 보이생차 향을 오래도록 음미하기에 적합하다. 다 마신 후 잔의 차향을 맡으면 그 향기가 오래도록 남아있다. 찻잔에 물든 물빛은 달빛처럼 맑고 밝다. 청화잔은 자기 질이 촘촘하여 차향을 잔 밑에 단단히 가둬놓는다. 자기 질은 변화가 적지만 실용적이다. 제각각 집안의 개성을 살리는 역할을 한다.

(4) 용천청자(龍泉靑瓷)와 보이차

이 잔은 약간 두툼한 모양으로 빛깔은 청색이며 보이차에 잘 어울린다. 보이차의 수색은 황록색으로 밝고, 청자 잔에서는 비 온 뒤 산과 들의 기운이 난다. 잘 발효된 보이차의 따뜻한 색조는 청자 잔 색과 잘 어울린다. 면면이 호박처럼 따뜻하며 멋있는 천혜의 빛깔이다. 청자자기는 다른 차기와 쉽게 어울린다. 자사토와 도기 또는 자기는 불 온도에 의해 각자 다른 기질을 지니고 다른 미적 표상을 차지한다. 청자는 은은하고 고급스러우면서 대가집의 규수처럼 오색의 눈부심이 보기에 좋다.

(5) 자기(瓷器)와 보이차

보이차를 우려서 자기와 유약을 바른 사기 찻잔에 따라 비교하여 마신 적이 있는데 자기는 보이 숙차와 생차의 향과 맛을 살릴 수 있는 장점을 가지고 있다. 또한 자기 잔은 찻물을 매끄럽고 촉촉하게 하여 이 잔을 사용하여 보이차를 마시기에 적합하다. 자기는 모공이 촘촘하고 공기 중의 잡냄새가 잘 들어가지 않아 찻잎이 잘 진정되고 깨어날 수 있는 환경을 제공한다.

위와 같이 여요, 건잔, 청화자, 용천청차, 자기 모두 보이차와 잘 어울리니 상황 및 취향에 따라 선택하면 된다. 독특한 잔들은 특별한 날 차석 설계에 맞추어 사용하면 더욱 운치를 더할 수 있다. 일상다반사로 차를 마실 때는 입술에 닿는 잔의 두께가 얇으면 좋다. 다만 겉의 장식은 차석에 따라 맞추면 되지만 찻잔 속은 밝은 흰색에 가까워야 한다고 생각한다. 다양한 보이차의 종류와 세월에 따라 진화되어가는 탕색을 제대로 즐길 수 있기 때문이다. 또 여름에는 찻물 온도가 빨리 식기 때문에 낮고 넓은 잔이 적합하고 겨울에는 찻물 온도가 빨리 식지 않게 하기 위해 높고 깊은 잔을 쓰는 것이 더 적합하다. 찻잔을 통해 차의 기운이 전달되므로 적당한 찻잔을 선택해야 한다. 이러한 찻잔은 자사호 다음으로 중요한 자리를 차지한다. 찻잔을 통해 차의 기운이 전달되기 때문이다.

4) 공도배(公道杯)

예전에는 공평한 잔이라는 뜻으로 사용했으나 지금은 균배라고 부르기도 하며 균형 잡힌 차의 맛을 내기 위해 사용하는 차기이다. 손이 데지 않아야 하고 모양은 깔끔하고 우아하게 보여야 한다. 보통은 소재를 유리로 하여 보이차의 탕색이 잘 보이도록 한다. 디자인이 요란하면 차석의 전체 흐름에 방해가 되어 좋지 않다. 때에 따라 찻잔과 같은 소재의 공도배를 사용하기도 한다.

5) 자사호 받침

건포법(乾泡法)을 사용한 차석에서는 자사호에 물방울을 받쳐주는 기물들을 사용한다. 세라믹 재질 원반, 네모 반, 우드, 메탈 등 다양한 재료와 모양을 선택할 수 있다. 습포법에서는 자사호 받침을 따로 둘 필요는 없다. 건포법은 숙련된 훈련을 필요로 하므로 일정한 기술을 익히기 전에는 마음대로 물을 쓸 수 있는 습포법이 편하다.

6) 자사호 뚜껑 받침

자사호나 개완(蓋碗)에 물을 붓고 찻잎을 넣고 뺄 때 뚜껑을 놓는 받침이 필요하다. 차석에서 다호 뚜껑의 작은 기물을 놓아두는 것이지만 차회 참석한 이들에 대한 세심한 배려를 보여주는 것이다. 뚜껑 받침은 뚜껑을 그냥 차탁에 놓는 것보다 위생적이며 뚜껑이 바닥으로 떨어지는 것을 방지할 수 있다. 도제, 죽제 등 다양한 재질의 받침이 있으니 그날 차석 설계에 맞게 준비하면 된다.

7) 찻잔 받침

찻잔만을 받치는 작은 쟁반이다. 자기 잔의 받침은 남북조 때 유행하다가 당나라 이후 차 마시는 풍습에 따라 변화하였다. 찻잔 받침은 차를 마실 때 닿는 손가락이 찻잔에 직접 닿지 않도록 한다. 찻잔을 깨끗하게 하고 참가자가 대접받는 느낌이 들게 한다. 차회 성격에 따라 천, 철재, 등나무, 도자기, 대나무 등 여러 재질로 만들어진 받침을 사용할 수 있는데 작은 것이지만 주인의 센스를 볼 수 있는 부분이기도 한다.

8) 차칙(茶則)과 저울

차칙은 차를 우리기 전에 손님에게 차의 외형, 건차의 향 등을 보여주기 위해 사용하는 도구이다. 차의 종류에 따라 무게의 경중이 다르니 경험에 의해 찻잎을 얼마만큼 넣어야 하는지 초보적인 측량을 해낼 수 있다. 오늘날에는 찻잎 재는 전용 작은 저울을 사용한다.

9) 차시, 차칼, 집게

모차 형태로 되어 있는 것을 덜어낼 때는 차시를 사용하고, 각종 긴압(緊壓) 형태의 보이차는 차칼을 이용하여 찻잎을 떼어낸다. 그리고 집게는 자사호 뚜껑이나 찻잔을 집어서 옮길 때 직접 손을 쓰지 않고 사용한다.

10) 건수(乾水)

퇴수기를 윤차라 하며 찻잔 데운 물과 남은 찻물 등을 받는 그릇이다. 다판을 없애고 찻자리를 깔끔하게 하고 물을 아껴 쓸 수 있어야 한다. 재질이나 색깔을 고려하고, 자사호와 찻잔 등의 전체 품격에 맞춰 갖춘다.

11) 다건(茶巾)

찻잔을 닦거나 물기를 없앨 때 사용하는 수건으로 눈에 띄지 않는 곳에 둔다. 다건은 물을 잘 흡수하는 소재로 직접 만들어서 쓰기도 한다.

그 외 차회에 따라 거름망, 퇴수기 등을 쓰기도 한다.

2. 부수적 요소

1) 차석 꽃꽂이

차석의 보조역할을 하며 화병이 지나치게 눈에 띄거나 커서는 안 된다. 화병은 일반 화기보다 선이 간결하고 조그마한 것이 적당하다. 차석 설계의 주제에 따라 변화 포인트로 장식할 수 있으며 차석을 더 돋보이게 한다. 차석 꽃꽂이는 정갈한 형태의 예술꽃꽂이 형식이다. 꽃의 주제는 다도 사상을 표현한다.

특히 차석 꽃꽂이는 선을 강조하는 라인이 예쁜 스타일과, 꽃의 아름다움을 추구하지 않고 한두 가지만 꽂아서 화룡정점 효과를 볼 수 있어야 한다. 소박하고 청아한 예술적 효과를 거둘 수 있게 자연스러움을 추구한다. 보통 세 가지 색을 넘지 않게 하고 마음과 다향, 그리고 도가 어우러져 다도의 '무아지경'을 통해 차의 경지와 꽃의 경지로서 선의 맛을 알게 하면 좋다. 차석의 꽃꽂이는 꽃잎과 관계없이 홀수를 중요시하고 비대칭으로 판에 박히지 않게 여유가 있게 꽂는다. 두 송이면 봉우리와 활짝 핀 꽃으로 하고, 잎이 네 개일 때는 뒷면이 보이게 하여 음영의 아름다움을 나타낸다. 잎의 앞은 양, 뒷면은 음이 되어 음과 양이 조화롭게 갖추어져 아름다움을 지니게 하는 것이다. 형색을 간소하고 간결하게 하고 형체는 작아야 하며 표현 기법을 섬세하게 해야 한다. 차석의 꽃은 이름 없는 야생화가 더 감동적이다. 또한 금련화, 동백꽃, 사군자도 좋다. 그 외에도 무궁화, 장미, 작약, 계화, 홰불나무, 이끼, 남천 등이 찻자리를 더욱 빛나게 한다.

2) 분향

일찍이 불교에서 보편적으로 사용하던 향은 당·송 시기 절정에 이르렀으며 부유한 집이나 귀족, 왕족, 왕실에서는 자주 향을 피웠다. 이것이 점차 발전되어 예술이 되었다. 보이차를 마실 때도 향이 차 맛에 영향을 준다고 할 수 있다. 여기서 향은 인공 화학향이 아닌 자연산 향 즉 침향을 사용하면 좋다. 화학향을 장시간 맡으면 호흡기질환이 발생할 수 있다. 향은 침향, 단향, 백향을 쓰면 좋다.

좋은 향, 묵직한 향은 차 맛에 영향을 주지 않는다. 보이차 차석을 설계할 때에는 찻자리를 준비하는 과정에서 환기를 시키고 자리가 다 끝난 다음 향을 피워 찻자리를 마무리하는 것이 이상적이라고 생각한다. 보이차 차석 설계에서 주가 되는 것은 보이차이고, 분향은 보조적인 것이므로 차 테이블보다는 별도의 공간에 마련하는 것이 바람직하다고 할 수 있다.

3) 음악

차석은 평면적 공간이 아닌 시각·후각·미각·청각·촉감 등 오감이 동원되는 입체적인 공간이다. 소리 역시 차석에서는 가볍게 볼 것은 아니다. 차석에는 주제에 벗어나는 얘기는 하지 말아야 하며 침묵을 유도하기도 한다. 그것은 규칙을 통해 번잡함 속에서 마음을 안정시키고 차 마시는 일에 전념하는 경지에 도달하는 것에 도움을 주려 함이다. 차석의 음악은 첼로, 바이올린, 하프, 피아노, 거문고나 대금, 아쟁 등 느리고 차분한 음악이 잘 어울린다. 차석 음악은 주제별로 손님의 취향에 따라 개성이 강하게 나타나므로 제목은 언급하지 않겠다. 차 마시는 경지에 빨리 도달할 수 있게 차석을 준비하여 기다리는 동안에 먼저 음악이 흐르게 한다. 차인들 간 대화의 진행에 따라 음악을 줄이거나 꺼도 무방하다.

4) 글과 그림

　글과 그림 역시 크거나 화려하지 않아야 한다. 글은 선종에서 깨우침을 주
는 스님들의 글씨를 족자 형태로 만들거나 그림도 차석 주제에 맞게 작게 걸어
둘 것을 권한다.

3. 계절에 따른 차석 설계

사계절은 세월 따라 온다. 사람도 자연의 일부이므로 우리 몸은 하늘과 땅과 자연에 순응하며 살고 있다. 아래는 사계절에 따른 차석 설계의 예이다.

1) 춘차석(春茶席)

봄의 차는 담백하고 향기로운 것이 좋다. 봄의 향기로운 기운은 기분을 좋게 할 뿐 아니라 후각 및 미각을 예민하게 하므로 봄의 차석은 차 향기를 세심하게 느낄 수 있도록 설계한다. 봄에는 연녹색이 생기를 띠며 찻잔의 색채가 뒤를 따라야 한다. 푸른색보다 먹색, 연초록, 회백색이 차석환경 설계에 적당하다. 여요의 유색이 봄 찻잔으로 제격이다. 태질이 두껍고 차색 유지 및 보온 시간이 길어져 따뜻해진 초봄에 적당하다. 봄에는 보이생차 같이 향이 좋은 차를 먼저 내고 농후하게 익은 차를 내어 손님에게 대접하면 효과가 좋다.

2) 하차석(夏茶席)

여름은 물을 많이 마시는 계절로, 고온에서 체액이 빠져 반드시 수분 보충을 통해 균형을 유지해야 한다. 더운 여름에는 차가운 색상의 시트와 기구를 선택하여 시원한 분위기를 연출한다. 여름은 고온에 비가 많이 오고 보이차가 익어가며 진화를 거듭하는 계절이라 보이차가 다른 계절보다는 맛이 좀 떨어진다. 이때는 청량감이 있는 청차로 차석을 설계해도 좋다. 보이차 중에서는 고수차가 맑고 깨끗해 이 계절에 잘 맞는다. 보이차를 즐겨하는 사람들은 여름에는 아주 오래된 노차로 심신을 달래기도 한다. 차석의 기물인 찻잔은 넓고 낮은 잔으로 열을 빨리 발산하는 형태가 좋다.

3) 추차석(秋茶席)

가을은 색채가 풍부하고 각종 식물의 열매도 꽃꽂이의 소재로 사용할 수 있는 풍성한 결실의 계절이다. 오렌지빛 홍시, 익은 호리병 박, 감 등 차석에서 계절감을 살릴 수 있다. 바탕에 까는 시포는 가을의 풍요와 기쁨을 표현하는 따뜻한 대지색을 채택하면 좋다. 가을바람이 선선해지면서 찻잔은 온도를 높게 하여 보온성이 좋은, 깊이가 있는 잔이 알맞다. 가을에는 진년보이차와 연도 짧은 숙차 등 모든 보이차가 계절과 잘 어울린다.

4) 동차석(冬茶席)

추운 겨울에 난로 주위에 앉아 차를 끓이는 것은 큰 행복이 아닐 수 없다. 좋은 진년보이차는 출수가 20포 이상으로 포다법으로 마시고, 남은 찻잎을 다시 탕관에 넣고 끓인다. 은은한 촛불과 붉은 열매가 장식된 꽃병을 배치하면 붉은 빛의 탕색에 운치를 더할 수 있다. 따스한 차향을 맡으며 즐기는 겨울 차석은 운치가 더욱더 훈훈하고 정감이 든다. 겨울에는 색상이 따뜻하고 질감이 느껴지는 차기를 선택하는 것이 좋다.

차석 다포나 돗자리는 촉감이 따뜻한 모나 면 등 포근함을 위주로 시각과 촉감을 안정되게 하고 따뜻한 분위기를 연출한다. 또 사계절 중 보이차를 즐기기에 추운 겨울이 가장 좋다. 한적하고 추운 겨울에 따뜻한 보이차를 음미하면서 인생의 참뜻에 대해 생각하는 것도 삶의 일미가 될 것이다.

4. 주제별 차석 설계

차석 설계를 할 때는 먼저 그날의 주제가 어떠한지를 숙지한다. 명절과 축제, 각종 행사(돌, 생신 잔치), 잔치 모임 등 그 행사와 주제에 맞게 차석을 디자인한다. 주제별 과제에 맞게 손님의 연령대, 시간과 계절 등 모든 환경과 상황을 고려하여 사람과 사람이 소통하기 위한 도구로서 차석을 디자인한다.

동양철학의 『주역』에 나오는 오행은 인문학적 가치를 창출하기 위한 차석 설계에도 많이 응용된다. 여러 차도구 중 찻잔의 공간에서는 한쪽 돗자리는 땅을 상징하고 차기 위쪽은 하늘로 생각한다. 하늘과 땅 사이에 차가 거주한다. 이 차를 사람들이 즐기는데 차도구는 모두 차를 위해 각각의 역할을 한다. 찻잔을 둔 공간을 하늘, 사람, 땅 이렇게 세 부분으로 나눈다. 탁자의 장식부터 찻잔의 측면에는 돗자리, 찻잔이 포함되며 위로 올라갈수록 색의 밝기는 밝아진다. 바닥에는 검정, 회색, 파란색에서 점차적으로 깊이가 옅은 흰색으로 변화된다. 이런 자연의 질서는 '양위천(陽爲天) 음위지(陰瘻地)'로 전통 동양철학의 이념에 부합되게 설계한다.

컬러 배합은 아름다운 색의 대비와 조화에 있다. 찻잔은 복잡하게 얽힌 색상과 문양이 시각에 미치는 악영향을 줄이기 위해 현란한 색상은 가급적 쓰지 않는다. 찻잔 디자인도 반드시 시각 미니멀리즘에 부합해야 한다.

육우의 『다경』 '사지기(四之器)'에는 차석에서의 오행이 잘 나타나 있다. 그는 풍로의 한 곳에 '체균오행거백질(体均五行去百疾)'이라는 글자를 새겨 설계했다. 육우는 차로 오행을 조화시키는 창조적 사상을 제시해 중국인의 양생술에 적용시켰다. 위에서도 알 수 있듯이 차석은 오행에 잘 맞추어져 있다. 금(金)에 해당하는 철 주전자 및 은 주전자, 목(木)에 해당하는 탁자 및 찻물을 끓이는데 사용하는 땔감, 수(水)에 해당하는 찻물과 꽃꽂이 물, 흙(土)에 해당하는 도자기 및 흙난로, 물을 끓일 때 쓰는 불[火] 등이 바로 그 예이다. 오행은 사실 천지만물과 상응하여 관련되어 있으며 차를 마시는 행위에는 오행의 오묘한 배합이 깃들어 있다.

5. 차석에서의 예의

차를 마시는 것은 흥미로운 일이지만 함부로 할 수 있는 일은 아니다. 주인과 손님 모두는 예의를 지키고 우아한 리듬 속에서 다사(茶事) 활동을 할 수 있어야 한다.

1) 주인의 예의

팽주는 찻자리 조성과 운영의 주체로서 찻잔 및 차기의 특성에 대해 잘 알고 있어야 하며 다방면에 종합적 소양을 갖추고 있어야 한다. 그래야 그 찻자리에 생명을 부여하고 내재된 멋과 정신을 성취할 수 있다.

찻자리를 이끄는 팽주는 착실하고 견실하며 차로 수행하여 차성이 뿌리를 내리고 마음은 바다와 같이 넓고 깊어야 한다. 또 정예가 깊으며 품행이 고상하고 많은 사람을 배려해야 한다. 차품(茶品)을 할 때마다 깨달음을 얻으려 해야 한다. 차를 마시는 것은 사람과 사람 사이, 차와 사람 사이의 인연을 내포하고 있으므로 닿은 인연을 더욱 소중하게 여겨야 한다. 그래서 팽주은 문화지식은 물론 실제 실습도 능숙하게 될 수 있게 많은 반복 훈련을 해야 한다. 견문을 넓히고 꾸준한 훈련을 하는 과정이 꼭 필요하다. 구체적 차석 설계와 제어에 이르기까지 좌석의 주인은 세밀하고 대범하며 여유롭고 긴장의 완급 조절 역시 질서정연하게 해야 한다.

차석을 설계하는 주인은 인문학적 소양과 더불어 구체적으로 차석을 설계할 때 다음 사항들을 점검한다.

① 지경 : 차회를 진행할 장소, 시간, 당일의 날씨, 풍향 등을 사전에 체크한다.

② 지인 : 차석에 오는 손님들의 인원, 성명, 직업, 신체 상태에 대하여 살핀다. 처음 만나는 손님이라면 차회를 시작하기 전 이야기를 나누어서 살핀다.

③ 지차 : 준비할 차에 대한 성질을 파악한다. 미리 시음하여 특징을 파악하고 있어야 한다.

④ 지기 : 차석에 쓰일 차기의 용도별 기능, 장단점, 진열된 위치를 숙지한다. 또 물, 불, 전기 등의 예비 유무를 살핀다.

⑤ 지석 : 손님들이 앉을 위치에 맞게 도구들을 배치한다.

팽주는 찻자리 주인으로서 정성스럽게 준비함에 흐트러짐이 없어야 한다. 소리 나는 말과 소리 없는 몸짓으로 찻자리를 운영하여야 한다. 또 손님 중 처음 차를 접하는 사람과 오래 마신 사람들을 구분하여 손님들의 특성에 맞게 차를 권하고 조절해야 한다.

2) 팽주와 손님 간의 예의

① 준비 : 팽주는 사전에 초청장에 일시 및 장소, 차회 주제 등을 작성하여 (옷차림 요구조건, 차회 주의사항 등 포함) 손님에게 전달하고 손님은 참석 여부를 미리 알려준다. 이때 손님은 초대장을 받아보고 주의사항을 확인한 후 최소 5일 전에는 참석 여부를 꼭 알려준다. 특별히 옷에 대한 요구사항이 없어도 노출이나 타이트한 옷은 피하는 것이 좋다.

② 초대받은 당일 30분 정도 일찍 입장하고 장소 촬영 등은 미리 정해놓는다. 보편적으로 차회가 시작되면 휴대전화를 끄거나 무음으로 한다. 차회 도중에는 촬영하지 않는다.

③ 팽주는 차를 내기 전 손님에게 먼저 차 이름과 배경 등의 지식을 전달한다.

④ 팽주가 차를 우려서 공도배에 나누어주면 각자 찻잔을 공손히 들어 향을 맡고 음미한다. 찻자리에서 손가락을 꼽는 식으로 감사 표시를 하는 건 바람직하지 않으며 고개를 끄덕여 감사의 뜻을 전한다.

⑤ 손님이 차의 색향미를 음미하면 팽주는 궁금한 점을 넌지시 물어본다. 손님에게 차의 장단점, 특성을 모두 알려주고 차 맛을 깨닫고 터득할 수 있도록 잘 설명해 주어야 한다. 그 사이에 아름다움과 선을 발견할 수 있도록 하는 것이 서로 관용이고 배려이며 이해이다.

⑥ 차회가 끝나기 전 주인과 손님은 그 자리를 무단 이탈하지 않는다.

⑦ 손님은 차품에 대해 토론하며 기물들을 감상하고 주인에게 덕담과 조언을 한다. 큰소리로 떠들거나 흥분하여 목소리를 높여서는 안 된다. 투자나 금전적 손실, 정치 등 차와 상관없는 일에 대해 논하는 것은 좋지 않다.

⑧ 손님은 주인과 함께 마지막까지 찻자리를 정리하며 주인의 수고로움에 감사의 마음을 전하고 찻자리를 마무리한다.

복잡하고 혼란스러운 사회 속에서 차를 통해 무를 발견하고 삶에 대한 지혜를 얻고 깨달음의 경지에 오를 수 있도록 언제나 깨어 있어야 한다. 한 잔의 차를 마시면서 인생의 고달픔과 허전함을 달래고 마음을 다스리며 세상에 대한 심안을 얻는 것이 차석 설계의 묘미이다. 그리고 우주 만물과 어우러져 화합하고 사람 간에 조화롭게 소통하는 것이 차석 설계의 본뜻이라 생각한다.

제6장

음양오행과 보이차 차석

『주역(周易)』이란 글자 그대로 주나라의 역(易)이란 말이며 『주역』이 나오기 전에는 하나라 때의 『연산역(連山易)』과 상나라의 『귀장역(歸藏易)』이라는 역서가 있었다고 한다. '역'이란 '바뀐다', '변한다'는 뜻이며 천지만물이 끊임없이 변화하는 자연현상의 원리를 설명하고 풀이한 것이다. 이 역에는 간역(簡易), 변역(變易), 불역(不易)의 세 가지 뜻이 있다. 간역은 천지의 자연현상이 한없이 변하나 간단하고 간편한 변화가 천지의 공덕임을 표현한 것이다. 변역이란 천지만물이 멈추어 있는 것 같으나 항상 변하고 바뀐다는 뜻으로 양과 음의 기운이 변화하는 현상을 말한다. 불역은 일정한 항구불변의 법칙을 따라 변하기 때문에 법칙 그 자체는 영원히 변하지 않는다는 뜻이다. 왕필(王弼)은 복희씨(伏羲氏)가 황하강에서 나온 용마의 등에 있는 문양을 보고 계시를 얻어 천문지리를 살피고 만물의 변화를 고찰해서 8괘를 만든 후 이를 더욱 발전시켜 64괘를 만들었다고 하였다. 역은 음과 양의 이원론으로 이루어졌다. 천지 만물은 양과 음으로 이루어졌다. 양은 하늘, 해, 강함, 높음이고, 음은 땅, 달, 약함, 낮음 등이다. 모든 사물과 형상을 양과 음 두 가지로 구분하고 그 위치나 형태에 따라 끊임없이 변화하는 것이『주역』의 원리다. 달이 차면 기울고, 여름이 가면 겨울이 오는 현상은 영원불변한 것이며. 이 원칙을 인간사에 적용시켜 연구하여 풀이한 것이 『주역』이다. 태극이 변하여 음양이 되고, 음양이 다시 8괘인 건(乾), 태(兌), 이(離), 진(震), 손(巽), 감(坎), 간(艮), 곤(坤)이 된다. 건은 하늘·아버지·강건, 태는 연못·소녀·기쁨, 이는 불·중녀·아름다움, 진은 우레·장남·움직임, 손은 바람·장녀, 감은 물·중남·함정, 간은 산·소남·그침, 곤은 땅·모친·유순을 뜻한다. 현상에 따라 때론 양이 음으로 바뀔 수가 있다. 그러므로 사물의 이치나 현상을 잘 파악하여야 한다. 또 8괘만 가지고 자연현상을 표현하기에는 부족하여 이를 64괘로 나누어 세분화하였다. 여기에 괘사와 효사를 붙여 설명한 것이 『주역』의 경문(經文)이다. 이러한 『주역』의 내용을 체계적으로 해석한 것이 '십익(十翼)'인데 이것은 공자가 지은 것으로 알려졌다.

『주역』은 유교 경전 중에서도 우주철학을 논하고 있으며 한국을 비롯한 일본, 베트남 등 한자 문화권에서 유교 사상에 많은 영향을 끼쳤다.

1. 음양오행설(陰陽五行說)

오행 사상은 중국 전국시대의 사상가인 제(齊)나라 추연(鄒衍)에 기원한다. 추연은 중국 동북지역 사람으로 자기 고향에서 유행하던 음양과 오행에 관한 민간신앙과 이론을 조합해 음양오행설이라는 철학 세계를 구축했다. 발생 시기에서 알 수 있듯이 『주역』에는 음양오행설이나 오행이라는 단어가 나오지 않고 이와 관련도 없다. 음양 대신 건곤(乾坤)이 있고, 오행 대신 8괘가 있다. 그러나 유교가 발전하면서 이 두 사상이 합쳐졌다. 동양철학이나 한학을 배운 사람들은 그래서 『주역』에 음양이 나오는 걸로 착각하는 경우가 종종 있다.

음양오행론이 성립된 이후 신선사상, 방선도(方仙道)와 『주역』이 결합하여 도교를 탄생시켰다.

음양오행 중 음양은 동양 특유의 사유체계로, 절대적이고 분석적인 서양의 사고체계보다는 동양에서의 상대주의적 사고방식의 가장 확실한 사례가 된다. 여기서 음과 양은 반대되거나 서로 상충되는 대립 관계로서가 아니며, 음과 양이 서로 의존하면서 협력하여 하나가 되는 몸부림으로 설명할 수 있다. 오행은 나무(木), 불(火), 흙(土), 쇠(金), 물(水)이라는 다섯 기운으로 압축해 설명할 수 있다. 이 오행에 대해서는 뒤에서 좀더 상세히 다루기로 한다.

2. 차문화와 『주역』의 응용

　　전통적으로 '목, 화, 토, 금, 수'를 오행이라 하며, 세상의 모든 만물과 만사는 이 오행 가운데 하나에 귀속된다고 본다. 그런 이 5행은 하나의 독립된 상태로 영원히 굳어진 것은 아니며, 서로 관계를 맺고 살리거나[生] 죽이는[克] 힘의 작용을 서로 일으키게 된다. 차나무를 비롯한 식물들[木]은 기본적으로 뿌리에서 물[水]을 흡수하여 생명을 유지하고 성장한다. 이 경우 물이 나무를 살린다고 볼 수 있으며 이를 오행설에서는 '수생목(水生木)'이라고 표현한다. 반면에 쇠로 만든 톱은 나무를 잘라내어 죽게 만든다. 이를 오행설에는 '금극목(金克木)'이라고 표현한다.

　　우리가 마시는 한잔의 차는 또 다양한 오행의 상태를 거치거나 다른 요소의 도움을 받아 우리에게 도달한 것이다. 우선 차나무[木]는 토양에 뿌리를 박고 흙[土]으로부터 영양분과 물[水]을 섭취하여 자란다. 나무는 선엽(鮮葉)을 만들어내고, 사람들은 불[火]로 차를 만든다. 또 불로 인해 뜨거워진 솥[金]은 물[水]을 끓이는 도구나 다른 차구로 사용된다. 물은 불을 이용하여 끓이고 차를 우리고 차 안의 물질은 물에 용해된다. 그리고 물은 차 찌꺼기와 함께 결국 흙으로 다시 돌아간다. 이와 같이 한잔의 차를 마시기 위한 차문화 속에는 세상만물이 모두 담겨 있다고 말할 수 있다. 또 중국차는 제차 방법과 발효도에 따라 차명을 다르게 하고 있는데 이것 역시 오행과 관련이 있다. 청차, 백차, 황차, 홍차, 흑차로 분류된 것은 음양오행에 나타나는 색과 연관이 있음을 알 수 있는데, 청차는 목과, 황차는 토와, 백차는 금과, 홍차는 화와, 흑차는 수와 관련이 있다고 본다.

　　육우가 집필한 『다경』에서도 차문화와 『주역』의 깊은 관계를 살펴볼 수 있다. 이것은 그가 어린 시절 문인 및 학자들과 교유하며 유가 사상과 학문을 받아들여 축적된 지식 덕분으로 볼 수 있다. 그의 다도 정신 및 차도구 사용에는 『주역』을 응용한 흔적이 뚜렷한데, 특히 풍로 제작을 살펴보면 그가 『주역』의 점괘에 대해 숙지하고 이를 응용하였음을 알 수 있다.

그의 『다경(茶經)』에 보이는 풍
로는 다리가 세 개 달린 것으로, 거
기에는 21개의 글자가 쓰여 있다.
한 다리에 일곱 글자씩이니 일종의
칠언시다. 한 다리에 적힌 글자는
'감상손하이어중(坎上巽下離於中)'으
로, 여기 나오는 '감손리'는 8괘에
있는 세 괘의 이름이다. 감은 물, 손

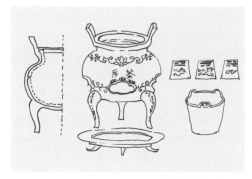

육우 『다경』의 풍로

은 바람, 리는 불을 각각 상징하므로 이 구절은 '위에는 물이요 아래에는 바람
이며 중간에는 불'이라는 말이다. 불을 피워 물을 끓이는 풍로의 생김새와 용도
와 탄생 배경, 활용법을 8괘로 설명한 것이다. 다른 하나의 다리에는 "몸이 오
행을 조화롭게 하여 백 가지 병을 물리친다[體均五行去百疾],"고 쓰여 있다. 차의
용도와 효능을 간명하게 밝힌 것이다. 나머지 한 다리에는 "거룩한 당나라가 오
랑캐를 물리친다[聖唐滅胡明年鑑]."라고 쓰여 있다. 그리고 풍로 안에 체얼(墆㙞)
을 설치하고 세 개의 틀을 두었는데, 한 틀 위에는 꿩을 그리고 꿩은 불과 관계
된 새이므로 리괘(☲)를 그렸다. 또 한 틀 위에는 호랑이와 관련 있는 손괘(☴)를
그렸으며, 나머지 한 틀 위에는 물과 관련된 물고기를 그리고 그와 관련된 감괘
(☵)를 그렸다. 손괘는 바람, 리괘는 불, 감괘는 물을 주제하는데 바람은 불을 일
으키고 불은 물을 끓이므로 그 세 괘를 갖추도록 한 것이다.

북경의 노사차관에서는 오행차를 자체적으로 만들어 판매하고 있다. 6대
차류를 모아 '오완다도'로 제작하였는데 녹차에는 대불용정, 황차에는 군산은
침, 흑차에는 운남보이, 백차에는 정화대백, 청차에는 오산오룡, 홍차에는 전홍
공부를 사용하며 차로 몸을 이롭게 한다는 발상을 하고 있다.

한국은 차문화사에서 빼놓을 수 없는 다산(茶山) 정약용(丁若鏞)이 『주역』에 관심을 가졌던 것에 주목해야 한다. 다산 정약용은 주자의 『주역본의(周易本義)』에 근거를 두고 주역사법을 풀이한 『주역사전(周易四箋)』을 썼으며 차생활에서도 『주역』을 응용했다. 그는 차 부뚜막을 만들면서 육우의 『다경(茶經)』을 바탕으로 다조 제작에 『주역』을 활용하였다. 그의 시 〈다조〉를 보자.

청석 평평하게 갈아 붉은 글자 새기고	靑石磨平赤字鐫
초당 앞 작은 부뚜막에 차를 끓이네	烹茶小竈草堂前
반쯤 열린 물고기 목구멍에 불길 쌓이고	魚喉半翕深包火
짐승 모양 양쪽 귀로 연기 솔솔 나는구나	獸耳雙穿細出烟
솔방울 주워 와서 땔감 바꾸고	松子拾來新替炭
매화 꽃잎 떨치고 가서 샘물 긷는다네	梅花拂去晚調泉
정신과 기운 줄어 모름지기 경계하고	侵精瘠氣終須戒
단약화로 만들어 신선도를 닦으리	且作丹爐學傚仙

그는 초당 앞에 『다경』에서 말한 '감상손하이어중(坎上巽下離於中)'이라는 정신을 빌려와 짐승 모양으로 다조를 만들고 샘물을 길어와 차를 끓였다. 이는 그가 『주역』의 정신 안에서 진정한 차인으로서 생활하고 있음을 보여준다.

그리고 한국의 다성이라고 불리는 초의선사(草衣禪師)는 자신의 마음을 비우고 차사에 성실하게 임했다. 그는 특히 차라는 물질을 대함에서도 허심한 마음이었기 때문에 사람들이 그에 대해 다성이라고 칭송하는지도 모른다. 다산이 초의에게 가르친 『주역』의 '중부괘(中孚卦)'의 의미가 초의의 덕성과 잘 부합된다고 여겼다.

그리고 이덕리(李德履)의 『동차기(東茶記)』에는 "우렛소리를 들으며 딴 찻잎이 좋다."고 기록되어 있는데 이는 '중뢰진괘(重雷震卦)'와 연관된 구절이다. 즉 곡우(음력 3월) 때쯤 잎을 채취해야 한다는 뜻이다. 찻잎을 이 시기에 채취한다는 것은 차인이 자연의 이치를 알고 순응하며 바른길을 가고 허물을 스스로 고쳐 나간다는 의미이다.

이처럼 『주역』을 기호로 해석한 다산 정약용, 초의선사, 이덕리 등은 『주역』의 정신과 형식 안에서 음차생활을 하며 차문화를 즐긴 것으로 보인다.

일본에서도 초암차실을 지을 때 음양오행에 맞추어 차실을 설계한 것을 확인할 수 있다. 와비사상을 완성하며 다도를 확립하여 일본 다성으로 불리는 센리큐[千利休]는 서원차와는 다른 은둔자 생활을 위한 초암차실을 만들어 다도생활을 하였다. 센리큐의 다도에 대해 그의 제자가 기록한 『남방록(南方錄)』에서는 음양사상이 지닌 균형감각을 추구하려는 미학과 그 내용의 오묘함을 드러내고 있다. 『남방록』은 총 7권으로 구성되어 있는데, 이 중 제5권 '대자(臺子)'와 제6권 '먹칠(墨引)'에 특히 음양사상이 강하게 나타나 있다.

『남방록』에서는 차도구를 놓는 위치 하나하나가 음양사상에 의해 정해진다고 여기고 그것의 위치를 구분하는 기준인 곡척(曲尺)을 추가로 제시하였다. 즉 '곡척'은 차도구의 수효나 배치법의 근본이 되는 척도나 배율을 말하며, 음양오행설을 응용한 다도의 기본이 된다.

곡척

일본인들은 중국의 음양오행사상의 영향을 받아서 양수 즉 홀수를 좋은 수로 여긴다. 찻자리도 3인, 5인으로 구성하는 것을 기본으로 한다 (한국도 양의 수로 홀수 5인, 중국은 짝수 6인을 기본으로 한다). 센리큐는 난보 소케[南方宗啓]에게 보낸 편지에서 다다미를 그려 보내면서 큰 대자를 오양육음의 원칙으로 설명하고 있다.

아래 그림에서 굵은 선 5개(다다미 가장자리는 계산하지 않는다) 즉 홀수 5개가

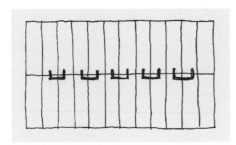

5양6음의 곡척

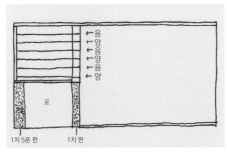

도구 다다미의 곡척

양의 선으로 오양이고, 가늘게 그려진 짝수 6개가 음의 선으로 육음이다.

오늘날에는 곡척 할이 너무 복잡하다는 이유로 실용성을 얻지 못하고 있다. 차회에서도 음과 양에 대해 센리큐는 "초좌는 음이며 후좌는 양"이라는 법도를 중시했다. 초좌에서는 도코노마에 족자를 걸고 각각 한 벌의 다도가 음의 상태에 놓여있고, 후좌는 꽃을 꽂고 물을 끓이며 문발을 걷어내어 실내를 밝게 한다. 모든 것이 양이 되게 하는 것이다. 음과 양을 결정하는 중요한 요소는 불이다. 초좌의 불이 약해져 있으니까 이런 경우를 음 가운데 양이라 할 수 있다. 또 후좌라고 음이라 할 수는 없다. 이것을 모두 불의 상태를 기준으로 생각해야 한다. 천지에 관한 것도 같은 경우다. 봄, 여름은 따뜻한데 간혹 선선한 날이 있고 가을, 겨울에도 의외로 온화한 날이 있다. 그렇다고 봄을 가을이라 하지 않고 여름을 겨울이라 하지 않는다. 한 계절 안에서 변화일 뿐이다. 이런 점을 잘 분별해야 한다.

센리큐는 차회의 공간과 차도구의 구성에서 『주역』과 음양의 조화가 잘 이루어져야 한다고 자세히 설명하고 있다. 이 말은 결국 보이는 현상에만 얽매이지 말고 참된 깨달음의 경지에 도달해야 한다는 것이다. 센리큐의 이러한 생각은 『주역』, 음양사상, 선사상의 동양철학이 그의 다도 사상에 많은 영향을 주었다는 것을 설명해주는 부분이기도 하다.

다케노 조오[武野紹鷗]는 어느 날 스승에게 "차도구의 수는 초좌와 후좌에 각각 어떻게 해야 합니까?" 하고 물었다. 이에 그는 대자와 서원에서 낮에 여는 차회는 곡척 할의 수도 차도구의 수도 양수 즉 홀수로 하며 밤에는 음수 즉 짝수로 한다고 대답했다. 초암다회는 본래 작은 차실에서 여는 것이기 때문에 차도구의 수도 최소한의 것으로 한다. 예를 들어 초좌에서는 두 곳이 홀수이고 한 곳이 짝수, 즉 이반일조(二半一調)의 예와 한 곳이 홀수이고 두 곳이 짝수, 즉 이조일반(二調一半)의 예를 구분하게 했다. 또한 도코노마에 놓은 차도구의 수와 찻장에 놓인 차도구 수가 같으면 보기에 아름답지 않다고 했다. 그리고 서원대자에서도 초암차실에서도 도코노마, 찻장, 자리 등에 전부 홀수 혹은 전부 짝수로 하는 일을 피해야 한다고 했다. 그는 자유롭게 변화시켜서 잘어울리는 수로 맞추어 놓으면 좋다고 답하였다.

여기서는 조화를 이루어 아름답게 보인다는 것을 구체적으로 설명하였다. 이를테면 찻물을 뜰 때 솥뚜껑을 받침과 따로 놓으면 두 가지로 읽지만 찬물을 뜰 때 솥뚜껑 받침 위에 놓으면 하나로 셈을 하는 것이다. 양을 음으로 음을 양으로 전환해서라도 정해진 음양의 원칙을 지킬 때 다도가 완성된다고 보고 있는 것이다. 또 대자의 50가지 장식법을 알고 있어도 이 사이사이의 곡척, 죽음의 곡척을 이해하지 못하면 자유롭게 응용할 수 없을 뿐만 아니라 장식이 잘 안 된다. 센리큐는 오양육음의 곡척의 비밀을 제일가는 비전이라 설명했다. 대개는 셋이나 다섯으로 다다미를 나누는 곡척은 누구에게나 전수할 수 있다. 그러나 다섯 곡척의 사이사이에 여섯 곡척에 대해서는 전수하기가 쉽지 않았다.

열 곡척 중 가운데 다섯 곡척인 양의 체의 곡척 그 사이사이 여섯 곡척을 음으로서 용의 곡척이라 한다. 길흉으로 하면 양은 길이고 음은 흉이다. 경사스러운 일, 서원, 압판, 대자, 모두 양으로 장식한다. 제사, 추모 등은 음으로 한다. 자손의 번영을 기원하는 뜻에서 한 가지는 양으로 장식한다.

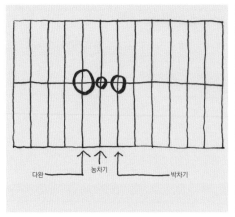
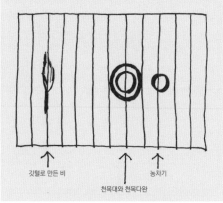

곡척에 맞춘 차도구의 위치 1 　　　　　　　　　곡척에 맞춘 차도구의 위치 2

　　평소에는 대자는 언제나 양이다. 또 밤에 여는 차회 즉 야회의 장식은 음이 정식이지만 이런 까닭 때문에 초암의 와비 다도는 초좌와 후좌 모두 양의 곡척 혹은 양의 수, 즉 홀수에 대담된다는 논의가 있었다. 불교사상에서 나온 것으로 체는 본체를 말하며 용은 구체적인 현상의 움직임을 말한다. 바다를 체라 하고 파도를 용이라 한다. 음과 양을 잘 섞어서 차인 스스로가 잘 연구하고 좋은 방법을 찾아야 한다고 했다. 따라서 초암차실에서도 음의 곡척 혹은 음의 수를 쓸 수 있다.

　　위의 장식처럼 음의 장식을 사용하는 경우는 어느 위치에 하는지 확실하게 알 수 있다. 이럴 때 다다미의 가운데 곡척 즉 가장 중요한 중앙선 부분에 모아서 장식한다. 이것은 센리큐가 자신의 조상에게 제사 지낼 때 하던 장식법이다.

　　이 비전의 원전은 무라다 주코가 되며 주시야 소고를 거쳐 다케노 조오에 전해졌고 센리큐에 이어 난보 소케에게 전해졌다.

　　곡척에 차도구를 놓는 방법에서도 다다미의 가운데 줄인 중앙 곡척에 명물을 내놓아도 괜찮다. 한가운데서 약간만 벗어난 자리에 둔다. 센리큐가 말하기를 좁은 초암차실에서는 곡척을 쓸 여유가 없으므로 깊은 연구가 필요 없다고 한다. 그러나 중앙 곡척에 대해서는 세심한 주의를 기울이라고 하였다.

이 말에서 일상적 차회와 명물차구를 쓰는 차회를 구분하고 명물을 쓰는 차회에 보다 심오한 의미를 부여하라는 의도를 엿볼 수 있다. 일본인들은 건물이 들어서는 방위를 따질 때 방각(方角)이라 해서 길흉의 통로가 되는 방향을 엄격하게 따진다. 이런 방위 감각과 곡척이 알맞게 배합되어서 좋은 차실이 되는 것으로 여기고 차실 모양은 그 위치와 상관이 있는 것으로 여긴다.

『주역』과 오행설은 동양의 오래된 철학으로 차실 설계에 결정적인 영향을 미쳤다. 『주역』은 중국인들이 세계를 인식하고 해석하던 철학이다. 『주역』의 기초는 태극으로, 이 태극 위에 원시적인 힘과 원칙이 생겼는데 이것이 음양이다. 양은 하늘과 태양에 대응하고, 음은 지구와 달에 대응한다. 양자는 상대적으로 존재하며 결합해야 효과를 낼 수 있다. 음양은 네 가지 방식으로 결합하고, 그 결과가 8괘이다. 이것들은 나침판 위에 놓여서 방위를 정한다. 오행은 여기서 파생되는 것으로, 만물의 근원을 가리킨다. 음양오행설은 우주 만물이 '물, 불, 나무, 흙, 금'의 5원소로 이루어져 있지만. 이것은 절대적 존재가 아니고 고정된 패턴에 따라 끊임없이 변화한다고 본다. 그래서 5행(行)이

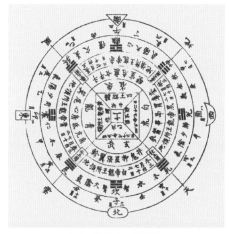

풍수나침반(風水羅盤)

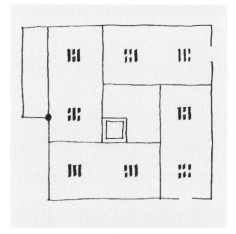

차실의 우주이미지(茶室是宇宙的印象)

다. 일본에서도 이런 철학과 이론은 널리 활용되었으며, 차실은 물론 다도에도 음양오행설이 적용되었다.

　　일본인들이 우주의 모델로 여기는 차실은 주인과 손님 모두가 조화롭게 어우러져야 한다는 것을 원칙으로 삼는다. 이러한 양식은 중국에서도 매우 유명하여 구궁이라 불린다. 9개로 분할된 정사각형에 각 행, 각 열, 각 대각선상의 숫자 조합이 같은 결과가 나오도록 1에서 9까지 배열한다. 차실에서는 9개의 네모난 덩어리가 8괘에 해당하며 가운데는 중성적인 축 요소가 된다. 따라서 중심에는 괘상이 없으며 이것 역시 불교의 허무 상태로 모든 것이 변화하고 있다고 본다. 오행의 원리는 전체 구조뿐만 아니라 여러 가지 디테일에서도 다양한 역할을 하였다. 저녁차회라고 오후에는 생물을 사용하지 않는다. 밤은 음기가 주류를 이루면서 물은 생기가 있고 몸에 해롭다 여겼다. 이것 역시 '오행설'을 따른 것이다. 새벽의 물이 양기가 충만하고 막 올라간 물은 맑고 깨끗하다 여겨 차실에서 쓰는 물은 새벽에 다 길어다 놓고 사용하였다.

제7장

젠 스타일의 이론적 배경

선(禪, 젠)은 범어(梵語)로 '드야나(dhyana)'라고 한다. 이 말은 dhi, ya, na가 합성된 단어로 dhi는 deep thought, wisdom, meditation 등 전체적으로 '심사숙고'라는 뜻이며, ya는 go into, enter로 '들어 가다'의 뜻이다. na는 appear. to seem으로 '나타나다'의 뜻을 나타 낸다. 이것은 제법실상이 깊은 명상을 통해 나타난다는 말이다.

이 드야나(dhyana)라는 용어가 처음 쓰인 곳은 『찬도기아 우파니샤 드(Chandogya upanishad)』로, 여기에서는 드야나(dhyana)가 만유 원리의 하나로 받아들여져 '명상하다', '숙고하다'의 의미로 사용되고 있다. 경전의 구역(舊譯)에서는 이것을 사유수(思惟修)라 하였고 신역 (新譯)에서는 정려(靜慮)라 하였다. 사유수는 마음을 하나의 대상으로 간주하여 이것을 깊이 있게 사유하고 수습(修習)하는 것을 뜻한다. 또 한 이것은 사유와 실천이 불리(不離)의 상태에 있는 것으로, 인도적 성 향을 잘 나타내주고 있다.

1. 선의 정의와 개념

일반적으로 선(禪)은 불립문자(不立文字)라 하여 말로 표현될 수 없다고 본다. 불교에서 선에 대해 몇 마디 언어, 몇 개의 글자로 정의 내리는 것은 쉬운 일이 아니다. 바람이 사람에게 모습을 보이려고 잠깐 정지하면 이미 바람이 아니며, 손으로 물을 움켜쥐면 쥘수록 더 손에서 빠져나간다. 이와 같은 이치로 선을 정의하는 것은 이미 선이 아니다.

노장사상에서도 도(道)를 논함에 있어서 '지자불언(知者不言), 언자부지(言者不知)'라 하여 도를 아는 사람은 도가 이것이다 저것이다 말하지 아니하고 도에 대해 이런 거다 저런 거다 말하는 사람은 도를 알지 못한다고 강조하였다. 『도덕경(道德經)』에서는 도를 '눈으로 본다 하여 보이는 것이 아니고 어떠한 색채도 없으며 귀로 들어도 소리가 없다. 손으로 만져보아도 형체가 없다.'고 정의하고 이 세 가지가 합쳐져서 진정한 '도'가 된다고 하였다.

선을 의미하는 또 다른 단어인 '정려(精盧)'는 적정주려(寂靜籌慮) 또는 적정심려(寂靜心慮)로 해석되며 마음을 고요하게 하여 대상을 깊이 있게 숙고하는 실천이다.

선은 고대 인도의 명상법인 '요가(yoga)'에서 비롯된 것이다. 붓다의 명상과 정각(正覺)을 통해 실천하고 수행하여 진여일심(眞如一心)의 자혜로 독창적인 자신의 삶을 창조하는 것이 선이다.

선(禪)은 중국에서는 찬(Chan), 일본에서는 젠(zen), 한국에서는 선(seon)이라 발음한다. 그런데 선은 오개(五蓋), 탐욕(貪慾), 진에(瞋恚), 혼침(惛沈), 도거(悼擧), 의(疑) 등 일체의 악(惡)을 버리는 일이기 때문에 기악(棄惡)이라 번역하기도 한다. 또 선은 온갖 공덕의 결과를 가져오기 때문에 공덕총림(功德叢林), 공덕취림(功德聚林)이라 풀이하기도 한다. 동요(動搖)나 산란심(散亂心)을 떠나 마음이 안정되는 것을 말한다. 그러나 종종 삼매(三昧, samadhi)의 번역어로도 간주한다. 삼매는 마음을 '한 곳에 집중한다.', '한 곳에 둔다.'라는 뜻이다.

여러 문헌에서 보면 선과 '정(定)'은 경계가 모호하며 나누어 규정짓기 쉽지 않다. 중생이 진성을 깨닫고 나타내는 것을 혜(慧)라 하고, 그것을 닦고 보여주는 것을 정(定)이라 한다. 이와 같은 정과 혜를 다 합하여 선이라 하기도 한다.

이처럼 선에서 강조하는 것은 '불립문자'로, 문자를 활용하여 이치를 논하지 않고 곧바로 앉아서 그 자리를 꿰뚫어 볼 뿐이라는 것이다. 이것은 어떤 대상이나 목적을 나타내는 '~을(를)'은 빼고 보아야 한다는 것이다. 다시 말해 '선을 ~하다'라는 개념적 형식으로 파악하지 않고 '선은 ~이다'라는 개념으로 보아야 한다는 것이다. 밥을 '짓는다'와 '밥이다'라는 말이 다른 개념인 것과 같은 이치다.

2. 선학의 개념

보편적으로 선은 문자나 언어로 표현하기보다는(불립문자) 직접 마음을 보이는 성품을 가리키는 것을 말한다. 그래서 이심전심(以心傳心)의 형식을 따른다. 선이란 처음부터 글로 표현을 한다거나 논리적 형식을 사용한다는 것은 무리다. 사람들의 생각이나 관념을 남에게 전달하려면 적어도 글이나 논리로 풀어야 하는데 선은 이러한 형식을 부인하고 있다고 볼 수 있다. 그렇다고 해서 선이 반드시 마음과 마음으로 전달하는 방식만을 고집하지는 않는데 선에 대한 어록들이 있기 때문이다.

아래에서는 인도에서 시작된 불교가 동북아시아, 중국, 한국, 일본에서 어떻게 발전하였는지를 알아보고자 한다. 그리고 이러한 선불교와 사상이 차와 만나 어떠한 영향을 주고받았는지 살펴볼 것이다. 그리하여 선사상을 바탕으로 보이차 공간을 어떻게 꾸밀 것인가에 대한 제안을 해보고자 한다.

1) 동아시아 문명과 선불교

동북아 문명은 중국이 중심이 되어 다양한 사상과 종교가 더해져 창조적인 종교를 만들어냈는데 그중에 으뜸은 선불교와 성리학일 것이다. 이 두 사상은 중국에서 만들어져 한국과 일본으로 유입되어 천년의 발전을 거듭하게 된다. 이 두 사상은 한국에서는 의례로 보존되어 지금까지도 남아있으며 일본에서는 독자적인 일본식 선불교와 사상으로 확립되었다.

중국에서 불교와 노장사상의 만남은 남북조 시대에 이루어졌다. 370년간의 남북조에서 통일의 시기는 24년밖에 안 되며 왕은 50여 명에 달했다. 그중에서 30명 정도는 죽임을 당할 만큼 사회는 혼란스러웠다. 남조 진의 지식인들은 이 혼돈이 경학이나 유학에서 시작되었다고 보고 은거와 무위를 모토로 하는 생활을 했다. 이것은 그들로 하여금 유교의 오경을 등한시하고 염세주의에 빠지게 하였다. 이러한 태도는 불교와 연결되어 그들은 자연스럽게 승려들과 많은 교류를 하게 되고 결국 노장과 불교가 하나로 혼합되어 일종의 소유한적하고 청정무위적인 그들의 인생관을 형성하게 되었다. 이러한 유풍이 수당에 이르기까지 소멸되지 않고 상당한 잠재력을 발휘한다.

이 시기는 매우 혼란스러웠기 때문에 선불교의 강령을 보면 노장의 요소가 많이 보인다. 첫째, 진리는 언어로 표현할 수 없다는 것(不立文字)으로 이것은 인도불교에서는 찾아볼 수 없는 것이다. 이는 『도덕경(道德經)』 첫 번째 구절 '도가도비상도 명가명비상명(道可道非常道 名可名非常名)'과 맥락을 같이한다고 봐야한다.

둘째, '교외별전(敎外別傳)'과 같은 강령으로 이 역시 인도불교에서는 전혀 찾아볼 수 없다. 인도불교가 경전을 무시한다는 것은 찾을 수 없기 때문이다. 중국에 와서 완성된 선불교는 깨달음에 나아가고자 하는 것이 아니고 직관으로 단번에 알아차리는 것이다. 이것은 지극히 노장사상적이다. 그리고 화두(話頭)에 몰입함으로써 논리적 생각을 사전에 차단하고자 한다. 인도불교는 '인명론(因明論)'처럼 논리학이 최고로 발달한다. 이것은 인간이 표현할 수 있는 논리의 최고점이라 할 수 있다. 그런데 중국인들은 이런 깊은 철학적 사고를 좋아하지 않는다. 원래 가지고 있었던 노장사상에 가까운 직관적인 방법으로 단번에 깨우치기를 좋아했다. 그래서 만들어 낸 것이 자신들의 전통인 노장사상을 기반으로 한 선불교다.

2) 인도불교에서 시작된 선사상

세계에서 가장 먼저 문명을 발전시킨 4대 문명지는 황하, 메소포타미아, 인더스, 이집트 등이다. 그 중 인더스문명은 기원전 3000~2500년경에 발달한

문명으로, 급격한 지형 변화와 홍수 때문에 멸망했다고 추정된다. 이 문명에서 주목할 만한 것은 인장(印章)에 새겨진 유품이다. 인장의 문양이 종교 형태를 나타내고 있는데, 이 형태는 좌법이나 수인 모습이 요가를 수행하며 선정에 든 시바신의 원형으로 짐작하고 있다. 이 인장에서 보듯이 요가 수행이 원주민 수행법이라 한다면 타파스(tapas)는 열이나 고행의 뜻으로 해석되는데 이것은 요가의 기원이라 볼 수 있다. 선은 큰 의미에서 요가 실천의 한 단계로. 마음을 일정한 대상에 결부시켜 산란한 마음을 가라앉히고 몰아내어 밝은 지혜 광명을 얻는 수련법이라고 할 수 있다.

대부분의 인더스문명은 어느 정도 차이는 있으나 명상과 정신 집중에 바탕을 두고 있다. '요가'라는 말은 마음의 통일이라는 의미를 갖는 전문용어로서 『우파니샤드(Upanishad)』의 「카타 우파니샤드(Kathaka Upanishad)」에도 잘 설명되어 있다. 이를테면 정좌와 호흡의 주의, 수행하는 장소의 구별, 신비의 경지에 들어설 때의 표상 과정, 요가 공덕 등과 같이 구체적으로 잘 설명되어있다.

요가(yoga)라는 말이 사유(思惟)나 명상(瞑想)의 의미로 처음 등장한 것은 기원전 6세기경에 성립된 『카타카 우파니샤드(Kathaka-upanisad)』로 여기에서는 '요가란 명상을 통하여 인간의 감을 제어하고 산란한 마음을 멈추게 하는 것이며 모든 감각기관이 움직이지 않고 집중(dharana)하는 것을 말한다.'라고 정의한다.

인도 사람들은 보통 생사윤회의 세계는 모두 고뇌의 세계라고 생각한다. 그런 이유로 윤회의 세계에서 벗어나고자 하는 해탈을 간절히 바라게 되었다. 그들은 필연코 번뇌망상에서 헤어나오기 위해 수행에서 '탐, 진, 치'의 삼독심을 소멸시키는 과정을 수행이라고 여긴다. 아울러 마음은 원래 청정한데 번뇌를 쫓아가면 고요적적한 본심을 헤아리기 어렵다고 보았다.

그리하여 옴 명상을 통해서 그들은 삼신 일체사상을 표출해 내었다. 옴 명상이 만물의 핵 또는 정수라고 생각하고 그것을 통해 자기 자신과 자연의 점령을 명상하였다. 그 결과로 그들은 브라만과 기술만이 각각이 아니고 일여(一如)

하다는 결론에 다다랐다. 불경에 보이는 다라니(dharani)들은 이것의 바탕에 근거한다고 본다. 이것은 불교 이전부터 있었던 주술적인 말을 계승하여 인용하고 있음을 알 수가 있다. 이 주술적 언어는 인간의 고통을 소멸하는 데 충분한 조건이 되었다. 이러한 명상의 발전이 우파니샤드 시대에 와서 구체적인 수행 방법론을 제시하게 되었다.

　　우리는 "인간사 마음먹기에 달렸다."는 말을 자주 사용한다. 이것은 마음의 존재 방식에 따라 한 사람의 일생이 얼마든지 다르게 전개된다는 말로 인간 주체론적 철학이다. 선에서는 마음의 속성을 선과 악의 이분법으로 나누지 않고 마음을 선도 악도 아닌 무기의 상태로 본다.『잡아함경』267경에 '마음이 괴로우면 중생이 괴롭고 마음이 깨끗하면 중생의 마음 또한 깨끗하다'라고 하는 교설은 마음의 무기성을 잘 표현해주는 대목이다.

3. 선불교를 확립한 중국

중국은 원래 '중화사상'을 가지고 있어서 다른 외래문화를 잘 받아들이지 않는다. 유일하게 받아들인 것이 인도의 불교이다. 불교는 내면성을 강조한다. 태양은 빛과 열을 발산하는데 대상의 성질에 따라서 각양각색으로 표현된다. 그리고 그 대상이 일정한 현상이 되면 각각의 이름을 붙인다. 삼신의 근원은 에너지이자 마음이므로 결국 조건과 대상에 따라 다양하게 전개되는 것이다. 우리 마음도 어떻게 사용하느냐에 따라서 사람의 일대기에 대한 평가가 전혀 달라지게 된다. 마음의 작용을 보고 있노라면 오묘한 것이 마음임을 알 수 있다.

하나의 문화가 다른 문화와 접촉하면 여기에서는 반드시 충돌과 변용된 수용이 있게 된다. 나라와 시대에 따라 제각기 요구하고 있는 특색이 있기 마련인데 이것을 문화상대주의라고 한다. 이 문화상대주의를 제대로 이해하지 못한다면 타문화와의 관계에서 큰 장벽에 부딪히게 된다.

불교가 중국에 들어왔을 때도 예외는 아니었다. 중국인들은 복잡한 사색을 즐겨하지 못하였고 심오한 철학을 내포한 불교를 접하자 그것을 이해하고 받아들이기 어려웠을 것이다. 그래서 중국인들은 불교 이해의 실마리를 도가(道家)에서 찾기에 이르렀다.

인도의 불교가 중국으로 전래되면서 중국 고유의 노자사상(老莊思想)과 만나 선불교가 탄생되었다. 도나 진리를 가까운 곳에서 찾는 중국인들의 현실적 사고와 생활방식이 외래종교인 불교 및 노장사상과 실천으로 융합되어 새로운 문화 즉 선사상을 성립케 한 것이다.

중국의 위진 시대에는 노장사상이 성행하였다. 불교사상은 '공(空)'을 설하고 '무상(無常)'이나 '무아(無我)'를 주장하는 '부정(不定)'의 철학이고 이는 노장사상과 일맥 상통하는 데가 있어 중국에서는 노장의 말을 빌려다가 불교 교리를 이해해보려고 하였다. '공'사상은 무위(無爲)사상과 본질적으로 다르지만 무위사상에 의해서 불교의 공사상을 수용하게 되었다. 무위자연이나 무위열 반 가운데 무위는 도가의 중심 사상이었으나 이제는 불교 용어가 되었다.

이러한 노장사상과 어우러져 출발한 중국불교, 특히 선의 수행 단면은 큰 문제없이 수용과 융합 사이에서 고유한 선사상으로 자리를 잡게 되었다. 번잡한 철학을 기피하는 경향이 있는 중국인에게도 선이 간단한 방법으로 접근할 수 있 게 되었다. 이를테면 인도에서 넘어온 불교가 선으로 탈바꿈하게 된 것이다.

불법의 가르침이나 불교사상 이외에 달리 선불교 정신이나 사상이 있는 것이 아니다. 대승불교의 반야사상과 보살도의 정신을 선의 실천적 입장으로 새롭게 중국인들의 생활 종교로 만든 것이 그대로 선불교 사상이라 할 수 있다.

선불교의 기본사상은 『반야경(般若經)』, 『법화경(法華經)』, 『화엄경(華嚴 經)』, 『열반경(涅槃經)』 등 대승불교(大乘佛敎) 경전에서 한결같이 설법하는 것 처럼 일체중생이 모두 각자의 불성을 깨닫는 것이다. 『화엄경』에서 '일체의 모 든 법은 오직 마음이 창조하는 것'이라고 말한 법문처럼, 모든 근원이 각자 마 음의 작용에 있다는 유심(唯心)의 도리를 깨닫고 본래 청정한 진여본심을 깨달 아 중생의 고통에서 해탈할 수가 있다. 중생심의 번뇌망념을 자각하고 본래 청 정한 진여본성을 깨달아 회복하는 선의 수행은 진여번상이 반야지혜로 시절 인연에 따른 지금 여기 자기 본분의 일상생활을 평안하고 안락한 도(道)의 삶이 되도록 하는 것이다. 그래서 선을 자신을 평안하게 하는 안락의 법문이라고도 했다. 이러한 선불교의 사상은 각자의 인생관의 변화라고 하겠다. 선불교는 일 체의 권위나 형식의 관념에서 탈피하여 인간 각자 본래 자연 그대로의 참된 자 아를 깨닫고 지금 여기에서 지혜로운 삶을 창조하는 현실적 종교이다.

선불교는 인간을 어떤 절대적 존재를 내세운 신이나 부처에 연결하거나 종교의 가르침에 귀속시켜 종교적인 사고의 틀에 속박하는 것이 아니다. 자신 의 현실 실상을 자각하고 현실의 삶을 사는 인간이 되도록 하는 것이다. 그것은 정법의 지혜로 자신 있게 창조적인 삶을 살 수 있는 확신을 터득하도록 제시한 고등종교라 할 수 있다. 물론 깨달음의 경지를 각자 체득할 수 있는 선의 사상과 수행방법에 대해서는 기본적인 교육을 받아야 한다. 선불교는 단순한 가르침을 통해서 문자로 이해하고 받아들이고 안주하는 종교가 아니다.

선불교는 선각자들이 깨달은 정법의 법문을 직접 각자가 스스로 깨닫고 그 체험을 체득한 지혜로 자기의 삶을 창조하는 것이다. 그것은 '아아, 이것 이었구나!'. '이런 거구나!' 하고 마음속으로 철저히 깨닫는 것이다. 깨달음이란 자기 마음속에서 참된 자신의 본래 면목을 불러일으키는 것이다. 이것은 마음속에서 일어난 번뇌망념을 깨닫는 일이다. 다시 정리 요약하면 선불교는 단순히 깨달음의 체험을 우리들의 일상생활로 실행하지 않으면 안 된다. 그것은 인간이 현실의 구체적인 일상생활을 떠나서 깨달음의 세계에만 살 수 있는 존재가 아니기 때문이다. 그래서 선불교는 자각의 종교, 생활의 종교, 지혜의 종교라고도 한다.

중국에 있어서 독립적인 한 계통을 이룬 선종은 보리달마(菩提達磨)에서 기인한다고 볼 수 있다. 1,300년 동안 중국문화에 깊이 스며든 선종의 역사는 아래와 같이 흥성시대, 황금시대, 계승시대, 쇠퇴시대로 구분할 수 있다.

1) 선종의 흥성시대

보리달마로부터 육조혜능(六祖慧能)에 이르는 250년간은 선종의 흥성시대라 할 수 있다. 이 시대 중국 선의 특색은 다음과 같다.

첫째, 소의 계차적 습선의 영역을 벗어나 삼론 계통을 뛰어넘어 독자적인 선풍을 선양하였다.

둘째, 어록 등에는 경론의 문장이 활발하게 인용되고 학인에 대한 답변에도 논리정연한 바가 있다.

셋째, 불법에 전체 힘을 쏟아 종파의 대립에 떨어지지 않고 온전하게 성실하였다.

넷째, 후대와 같이 불권방갈(拂拳棒喝)의 선기(禪機)에 휘둘리지 않고 고칙공안(古則公案)의 염롱(拈弄)을 내세우지 않았다.

다섯째, 총림(叢林)에서 집단생활을 한 결과 선의 존재 방식과 선을 말하는 방식에 일대 변화를 보여 중국 선의 확립을 보였다.

여섯째, 송대 이후 선정상관의 풍조가 이른 시기에 오조 문하에 나타났다는 점이다.

2) 선종의 황금시대

남악의 청원시대부터 당말~오대말기에 이르기까지 250년을 선종의 황금시대라 할 수 있다. 현종기에는 무념을 주로 하여 무작을 근본으로 삼고 묘용을 용으로 삼는다. 살생무생과 생식을 볼 수 없음을 강조했다.

이 시기 선종의 특징은 이렇게 정리할 수 있다.

첫째, 지해분별(知解分別)에 의한 차별을 배격하여 경론에 문자를 사용하지 않고 의해(義解)를 떠나 선의 생활화를 기하였다.

둘째, 도신, 홍인, 혜능 등의 선이 실제로 결실을 맺고 사상적으로 즉심시불(卽心是佛) 평상심시도(平常心是道)를 설하였다. 현실적으로 승단을 중심으로 선원을 건립하여 율제의 사원으로부터 독립하여 선사의 독자적인 청규(淸規)를 책정하였다.

셋째, 분별염려(分別念慮)를 두절시키기 위하여 학인에 대한 답대(答對)를 간속(簡速)하게 하고 일전하여 불권방갈(拂拳棒喝) 등의 기용에 호소하였다.

넷째, 종풍의 선양과 접화 방법에 각각 특색을 발하여 오가를 분립하였다.

다섯째, 종품에 따라 거창한 주지와 접화수단에 사요간(四料揀), 오위(五位), 삼구(三句)와 같은 기준을 만들어 후세에 기여한 바가 있다.

3) 선종의 계승시대

청량문익이 죽은 뒤 2년(960년)부터 남송이 멸망할 때까지 320여 년을 계승시대라 할 수 있다. 이 시대의 선종은 전 시대의 활달불패한 자유성을 잃어버리고 고착화되어 고칙공안(古則公案)에 안주하는 느낌을 받는다. 이 시기는 선의 교제는 여전히 교계를 풍미하였지만 제교융합의 풍조가 점점 나타나 선문의 독자적인 성향도 상실되어가기 시작했다.

송대의 선은 첫째, 임제종으로부터 혜남이 나와서 황룡파를 세우고 방화가 양기파를 주창하였다.

둘째, 조동종에서는 묵조선풍을 고취하여 임제종에 대혜가 있어 간화선풍을 그대로 고양하였다.

셋째, 신흥 유학인 송학 발흥을 재촉하였으며 성리학에 철학적인 근거를 부여하였다.

넷째, 제교융합의 풍조로부터 삼교일치(三敎一致), 교선융합(敎禪融合), 선정상관(禪淨相關)의 경향을 초래하여 점차 선종의 독특한 기품이 상실되게 되었다.

4) 선종의 쇠퇴시대

원나라가 중국을 평정함으로써 명대를 거쳐 청의 건륭(乾隆)에 이르는 시기까지의 약 450여 년 동안을 선종의 쇠퇴시대로 본다. 원나라는 모든 종교를 자유롭게 허용하였다. 특히 라마교를 보호했기 때문에 종래의 불교는 바뀔 수밖에 없었다. 그러나 선종은 왕들과 밀접한 관계가 있어 유독 여세를 지켜나갔다. 불교 가운데 선종이 앞섰고 천태, 화엄, 정토가 그다음을 이루었다.

배불적(排佛的)인 유자의 상주(上奏)에 더하여 1833년 이래 장발적(長髮賊)

의 난으로 불교는 큰 타격을 입었다. 그러나 양문회(楊文會) 곧 양인산(楊仁山) 거사는 홍수전(洪秀全)의 파불사건 이후 열렬한 호법가로서 중국 불교 부흥에 단서를 제공한다.

유교는 실생활에는 잘 사용되었으나 내세관이 없어 사람들은 불교에 심취되었다. 그러나 불교를 가지고는 세상을 다스릴 수가 없었다. 이에 비해 유교의 가르침은 세상을 다스리는 군주정치 분야에 능한 교리를 가지고 있었다. 그래서 중국에서 불교가 성행하지 못하고 다시 유교로 눈을 돌리게 되었으며, 이런 여러 이유로 유학이 완전한 이념이 되었다.

유학의 가르침 가운데 모자라는 부분은 불교적 요소들을 차용해서 만들었는데 그중 가장 취약한 것이 형이상학을 세우는 일이었다. '이기론(理氣論)'의 이론에서 '이'는 이 세상의 모든 만물이 지금 모습을 가능케 한 근본적인 원리를 말한다. 이 '이'의 개념은 신유교도들이 불교의 화엄철학에 나오는 '이사론(理事論)'에서 '이'를 차용한 것이다. 이에 비해 '기'는 도교 계통의 철학에서 빌려 온 것으로 여겨진다. 유교식보다 불교에서 말하는 삼매에 가깝다는 생각이 든다.

사실 신유학 가운데 불교에 가까운 정도만 따지면 성리학보다 양명학이 더하다. 성(性)보다 심(心)을 중시한 것이 대표적인 예라 할 수 있다. "모든 것은 마음에서 시작된다." 이것은 선불교의 핵심 교리이다. 이런 이유로 양명학을 선가라 하기도 한다고 전해진다.

중국 선종의 기본 가치는 첫째, 선의 불립문자(不立文字)로 일체 모든 형상에 구애받지 않는 것이라 할 수 있다. 이것은 형상이 없는 자기로 자신을 표현하는 것이다.

둘째, 교외별전(教外別傳)은 스스로 깨달음을 얻는 것이다. 문자와 언어로 전달할 수 없고 마음에서 마음으로 그 깨달음을 전달한다는 뜻이다. 이것은 경전의 문자에 얽매이지 않고 자유로운 방식으로 창조적인 일을 하는 것을 뜻한다.

셋째, 직지인심(直指人心)으로 사람의 마음을 바로 가리키는 것이며 부처님을 이해하려면 선행되어야 할 것이 우주의 깨끗한 마음을 가지는 것이다. 사람의 본심은 밝은 거울이나 맑은 물과 같다. 직지인심은 사람의 마음을 가리킨다. 이것은 다른 것에 신경을 쓰지 말고 스스로 마음을 보고 생각하며 있는 그대로의 현상을 보라는 뜻이다.

넷째, 견성성불(見性成佛)에서 성이란 본성, 자성, 불성 또는 인간성을 의미하며 누구나 가지고 있는 본래 마음, 즉 진실한 자기 본성을 말하는 것이다.

이것들을 정리하자면 '불립문자(不立文字), 교외별전(敎外別傳), 직지인심(直指人心), 견성성불(見性成佛)'로 모든 사람은 본성의 마음을 갖고 있다. 이미 존재하는 그것을 찾아 올바른 삶을 살아갈 수 있어야 한다. 더 나아가 자유로운 세상에서 실천하며 전개할 수 있어야 이것이 선사상의 이상이라 생각할 수 있다.

4. 선불교를 지켜온 한국

선불교는 신라 말인 8세기경에 한반도에 들어와서 고려 말인 14세기경까지 대대적인 국가의 지원을 등에 업고 발전하다 조선시대 유교 정책으로 인하여 사상적으로 발전할 여력을 갖추지 못하게 되었다. 그렇다고 고려시대(936~1392)를 부흥기라 하더라도 선불교 사상이 중국을 앞설 만큼 발전한 것은 아니었다.

고려시대 최고의 승려로는 보조국사(普照國師) 지눌(知訥, 1158~1210)이 있다. 그가 뛰어난 승려임에는 두말할 나위가 없지만 중국의 승려나 학자의 책을 참고하거나 그대로 인용했기 때문에 그가 자신만의 이론을 가지고 있었다고 보기는 어렵다. 역사상 중국 학자들이 한국 학자들의 도움을 받은 경우는 극히 드문데, 통일신라시대는 예외였다. 신라의 원효(元曉)를 비롯해 태현(太賢), 경흥(憬興)의 저서가 중국으로 수출되었는데 중국 승려들이 저서가 어려워 이해를 잘 못했다고 전해진다. 그중에서도 원효가 으뜸이었는데 중국 화엄종의 3대 조사였던 법장(法藏)이 『화엄경』 주석서를 집필할 때 원효에게 많은 도움을 받은 것은 잘 알려진 사실이다. 이는 원효가 독자적인 자신의 이론을 가지고 있었기에 가능한 일이다. 그러나 고려나 조선의 선종 사상가 중에는 그런 사람이 나타나질 않았다. 따라서 한국의 선불교는 중국 선불교를 그대로 따라하는 정도로 그쳤다. 이러한 배경에는 '소중화(小中華)' 사상의 영향이 있었기 때문이라고 할 수 있는데, 이 때문에 한국 선불교는 독자적인 사상을 만들지는 못하고 중국 선불교를 그대로 따라하는 정도에 머물게 되었다고 보아진다.

하지만 종교의 의례나 유형에 있어서는 중국과 다른 상황이 보인다. 한국은 중국에서 이미 소멸하고 사라진 중요한 유산들을 지니고 있다. 그것은 종교의 의례나 종교문화이다. 중국의 경우 근대 이후 아편전쟁, 신해혁명, 문화대혁명 등을 거치면서 문화적 손실과 문화 공백기로 인하여 의례 문화 등이 단절되어 거의 남아있지 않다. 특히 문화대혁명(1966~1976) 시기 중국은 모든 낡은 사상, 문화, 풍속, 습관을 없애버렸다. 직설적으로 얘기하면 동북아시아의 선불교 원형이 어느 정도라도 보전되고 있는 나라는 한국밖에 없다고 할 수 있다. 한국의 경우 사상에서 새로운 길을 모색하지 못하기 때문에 원형에 가까운 의례, 문화를 보전할 수 있었다.

한국 선불교는 당대의 의례, 문화와 가까운 것으로 생각할 수 있다. 승려가되면 승려 교육기관에서 수년간 교육을 받고 선원에 들어가 선에 정진하였다. 그리고 이 교육과정에서 중국 경전과 선사들의 어록을 공부하는데 당과 송의 불교 영향에 속해 있다고 봐야 한다. 이것 또한 중국이나 일본에는 없는 한국만의 승려 교육법이다. 고대 동북아의 불교 원형이 잘 보존되어 있다는 것은 선불교의 법회 과정을 보면 쉽게 알 수 있다.

당송 시대의 선불교 법회는 신도들이 스승을 청하면 그 스승은 불상 바로앞의 높은 탁자에 앉는다. 그다음 신도들이 스승에게 절과 예를 올리고, 스님은자신이 하고자 하는 말을 시로 읊는데, 이때 탁자를 치면서 또는 신도들에게 질문을 던지면서 시를 읊는다. 서로 답변이 오가기도 한다. 이런 식의 선불교 법회가 중국에서는 찾아보기 어렵지만 한국에서는 아직도 비슷한 법회가 이루어진다. 스승이 탁자를 치는 건 여러 의미가 있는데 이것이 선불교식이다. 이는순간에 깨달음을 얻어야 한다는 선불교적 의미를 요약한 것이다. 이 법문법이한국에서만 선불교가 그대로 보존되고 살아있음을 설명해주는 대목인데, 이런법회는 일본에서도 찾기 어렵다. 이러한 점에서 볼 때 한국은 동북아 선불교의보이지 않는 정신과 보이는 의례까지 보존하고 있음을 알 수 있다. 동북아 삼국(한·중·일) 중 한국에서는 선불교의 수행을 통해 깨달음을 얻기 위한 젊은이들의숫자가 상대적으로 많다. 이러한 유형(의례를 배우는 선원)·무형(정신세계)을 갖춘선불교 체계는 한국에서만 발견된다.

선종의 측면에서 한국의 선은 다음의 4가지로 구분할 수 있다.

첫째, 신라시대는 한국 선의 전래시기라 할 수 있다.

둘째, 신라시대 구산선문 이후 고려시대 무신정권 이전까지는 산문선(山門禪)의 특징을 형성하는 시기이다.

셋째, 고려 중기 이후 말까지는 한국 선의 특성을 가장 잘 나타내는 시기이다.

넷째, 조선시대는 이전의 선법이 면면히 이어지고 있는 점에서 한국선의 계승시기(繼承時期)이다.

마지막으로 근현대는 새로운 한국선법의 다양한 요구와 새로운 혁신을 추구하는 시기로, 한국선의 중흥시기(中興時期)라 할 수 있을 것이다.

5. 선불교를 선사상으로 발전시킨 일본

일본에 선불교와 선문화가 유입된 것은 9세기경으로 알려져 있다. 당나라 선승 의공(義空)이 일본에 와서 선불교를 설파하였다고 한다. 그러나 일본인들은 선불교를 제대로 받아들이지 못하고 의공은 당나라로 다시 돌아갔다. 그 이후 송의 선종을 헤이안시대[平安時代] 말 불교 순례자들이 일본에 알렸다. 사이초(最澄)라는 승려는 천태종(天台宗)의 창시자로 선을 공부하였으며 13세기 이후 에이사이(榮西)와 도겐(道元)에 의해 본격적으로 일본에 선이 전해졌다.

일본 선사상의 기초는 임제종(臨濟宗)과 조동종(曹洞宗)을 중심으로 가마쿠라시대[鎌倉幕府]에 이루어졌다. 선불교의 사상과 문화는 13세기 중반부터 14세기까지 중국 출신의 선승을 통해 들어온 경우와 명나라와의 감합무역을 통해 들어온 경우가 대표적이었다.

1) 에이사이[榮西]의 선사상과 차문화

에이사이는 1141년 현재의 오카야마현 카가군 키비에서 태어났다. 그의 아버지가 키비츠 신사의 사직(신사에서 사무나 제사를 담당)이었던 가야였다. 에이사이는 어려서부터 아버지의 영향으로 종교적 소양을 갖추고 『구사론』, 『바사론』 등을 8세에 읽었다. 그리고 11세 조신에게 사사하였고, 13세(1153)에 히에이잔 엔랴쿠지에서 수학하다 다음 해에 수계 득도를 한다. 그 후 에이사이는 고향에서 천태교학과 일교를 공부하면서 『법화경』을 읽고 유학을 계획한다. 이 시기에 천태교단이 귀족들 사이에 정재의 중심에 서서 세속화가 극대화된다. 그래서 에이사이는 교단을 일신하고 참된 불법을 발원하기 위해 28세(1168)에 송나라로 유학을 간다. 그는 남송에서 정토 관련 책과 불사리를 구하려고 송에 왔던 도겐과 함께 육왕산과 천태산을 순례하며 공부를 했다. 그는 육왕산을 순례할 때 무덥고 습한 여름 날씨로 많은 어려움을 겪다가 찻집에 들러 차를 마시다 피곤이 사라지고 심신의 원기가 회복되며 상쾌함을 느꼈다. 그는 이것을 계기로 선법을 펼칠 때 무사들을 위해 『끽다양생기(喫茶養生記)』를 저술하였다. 또 그는 도겐과 함께 천태 관련 책 수집과 당시 남송에서 크게 번창하던 선종에도 자연스럽게 관심을 갖게 되었다. 그들이 귀국할 당시 천태종의 좌주인 명문에게 천태 관련 소 30여 부와 부 60권을 전했다. 도겐은 9개월 반, 에이사이는 6개월 만에 유학을 마치고 귀국하였는데 히에이잔의 전통에는 이미 선의 맥이 이어져 있음을 알 수 있다.

에이사이는 귀국 후 선을 통해 세속적으로 타락한 일본 불교의 정신을 바로 세울 것을 결심하였다. 그 이후 막부의 도송 금지령으로 인해 송나라에 다시 가지 못하였다. 그는 10여 년간 후쿠오카현의 세간지에서 밀교와 선의 연구에 몰두하다가 47세(1187)에 다시 송나라로 간다. 인도에 가려 했으나 여러 여건상 가지 못하고 천태산의 만년사(萬年寺) 주지 허암회창(虛庵懷敞) 선사를 직접 만나러 갔다. 임제의현(臨濟義玄, ?~867)의 법을 계승한 황룡혜남(黃龍慧南, 1002~1069)의 8세 사법제자가 허암회창이다. 에이사이는 허암회창의 문하생으로 5년간 선을 수행하기 위해 정진하였다. 그리고 법의와 사법의 허가를 받은 후 그해 7월에 귀국하였다. 이때 차 종자를 가져와 일본에 차를 심고 다도를 전파하였다. 에이사이는 두 번째로 송에 가기 전에 10년간 머물던 규슈의 각 지역에 선사 건립, 선규 전파 등 선수행과 선사상 전파에 온 힘을 쏟았다. 이것을 계기로 이곳은 일본차의 발생지가 되었고 차문화 보급에 큰 영향을 끼치게 된다.

1194년에 에이사이는 수도 교토에서 선 수행을 시작하여 보급하였으나 천태교단의 방해로 종교 활동에 제약을 받는다. 그 이후 여러 곳에서 기존 지방세력의 반발로 이 포교 금지를 조정에 탄원하기도 하였다.

그는 불교 세력의 공격과 견제에 대비하기 위해 58세(1198)에 『흥선호국론(興禪護國論)』을 저술해서 선법과 국법이 하나임을 강조하였다. 자신의 선이 사이초가 전래한 선의 전통을 이어가고 있다고 말했다. 그러나 구불교 중심지인 교토에서는 포교를 할 수 없었다. 그래서 새로운 권력인 막부의 근거지인 가마쿠라로 옮겼다. 송나라 유학을 다녀온 에이사이의 폭넓은 식견은 구불교 세력의 공격과 견제를 받았으나 막부의 주요 권력자들의 지지를 얻으며 다시 교토로 들어갈 수가 있었다. 가마쿠라막부(1202) 초대 쇼군 미나모토 요리토모[源賴朝, 1147~1199]의 정비 호조 마사코[北条政子, 1157~1225]의 후원으로 주후쿠지[壽福寺]를 건립하고 주지가 된다. 그리고 막부의 후원으로 교토 히가시야마[東山]에 켄인지[建仁寺]를 건립한다. 그는 구세력과 마찰을 피하려고 켄인지를 진언 '밀교', 지관 '천태', 선 '임제' 삼교의 도량으로 만들었다. 이리하여 송나라에서 들여온 임제종은 새로운 거대 종단으로 발전하게 된다. 그 이후 그는 입적할 때까지(1206) 교단 관리, 사회 활동, 저술 활동에 전념하게 된다.

에이사이의 사상은 태밀에 대한 믿음과 지계를 기초로 하여 선의 고양에서 그 특징을 찾을 수 있다. 태밀은 천태종의 개조 사이초 밀교로 구카이 동밀과는 상반된 개념이다. 그 태밀의 특징은 밀교, 계율, 염불 그리고 선을 겸수하는 사종겸학이다. 일생동안 태밀을 취하면서 동일 사상은 수용하여 요조류라는 한 유파를 형성하였다. 에이사이의 선사상은 지계를 선의 근본으로 삼고 있다는 특징이 있다. 비승비속의 입장은 계율을 중요하게 생각하지 않던 정토진종의 신란과는 입장이 달랐다. 그는 지계가 지나치게 세속화되어 근본정신을 잃어가던 그 시대에 불교를 일신할 수 있는 핵심 수단으로 여겼다. 그의 저술로는 『축가대망』, 『제계적 진문』, 『원돈삼취일심계』 등의 계율 서적이 있다. 그밖에 문답 형식의 입문서 『무명집(無明集)』과 『끽다양생기』가 지금도 남아 있는데 이두 권의 책은 일본 최고의 다서로 명성을 얻고 있다.

2) 가마쿠라[鎌倉幕府]시대의 선사상

가마쿠라시대에는 선사상과 관련된 장르가 와카[和歌]였다. 이 시기 『신코킨와카슈[新古今和歌集]』의 시가들은 언어적 표현을 넘어 섬세하고 깊은 감정을 표현하였으며 일본 시가의 새로운 경지를 창조하였다. 그 내용에는 계절, 애상, 이별, 신기, 신교, 석교, 사랑 등이 포함되었다.

초기 와카는 자연의 아름다움을 노래하며 발전하다가 가마쿠라 중기부터 쇠퇴하여 무로마치[室町]시대에는 렌카[連歌]로 발전한다. 그리고 은자 문학의 대표적인 작품이 가모노 조메이[鴨長明, 1152~1216]가 1212년에 쓴 수필 '호조키[方丈記]'이다. 그는 참담한 천재지변과 인간 세상사의 급격한 변화를 겪고 세상 어디에도 의지할 곳이 없음을 알게 된다. 그래서 히노야마에 작은 암자를 세워 은둔생활에 들어갔고, 이때의 한가로운 생활 모습을 기술하였다. 여기서 그는 인생무상과 세상만사 덧없이 흘러감을 편안하게 기술했다. 가모노 조메이의 사상은 '호조키'의 첫 구절에 잘 함축되어 있다.

> "강물은 멈추는 일 없이 항상 흐르고 있다. 그래서 물은 원래 물이 아니다. 물이 고인 곳에서 떠 있는 물거품도 저쪽에서 사라졌는가 하면 이쪽에서 다시 생겨서 절대로 이전의 그대로 있는 것이 아니다. 세상 사람들을 보고 그 집을 봐도 역시 이와 같다. 화려한 도읍지 거리에서 늘어서 있는 귀천의 집들은 영원히 없어지지 않을 듯이 보이지만 정말 그런가 하고 한 채 한 채 보면 옛날부터 있는 집은 드물다. 작년에 불에 타서 다시 지은 것도 있고 큰 집이 몰락해서 작아진 것도 있고 사는 사람 또한 마찬가지이다."

결국 이 작품은 완전한 깨달음의 경지에 오르는 고승과는 달리 세속에 대한 집착을 끊지 못하고 스스로 모순에 힘들어하고 작가 자신의 인간적인 면모가 드러난 작품이라 얘기할 수 있다.

가마쿠라시대 말기 요시다 겐코[吉田兼好, 1283~1352] 법사는『쓰레즈레쿠사[徒然草]』를 집필하였다. 그는 불교의 선사상과 자연생활을 통해 일본 중세시대의 혼란과 인생무상을 잘 표현했다. 겐코는 불교뿐 아니라 유교, 노장사상에도 능통하였다. 그뿐 아니라 승마, 바둑, 쌍륙 같은 오락 등 다방면으로 재능을 가지고 있었다. 그는 박학다식한 능력과 불교의 무상관을 기반으로 이 수필집을 완성하였다.

'쓰레즈레'란 아무 일 없이 무료함을 뜻한다. 가마쿠라 시대에는 건축 분야에도 선불교가 큰 영향을 끼쳤다. 특히 이 시대 중기 가라요 또는 젠슈오라는 건축 양식은 중국 송나라에서부터 전해져온 것으로 사원 건축에 시도되었다. 선종은 원래 우상을 중요하게 여기지 않는다. 그래서 건물 양식도 소박하다. 이런 선종의 정신을 건축 양식에 도입한 것이다. 이 시기의 선사상은 건축양식 뿐아니라 미술, 공예, 조각 등 여러 문화에 영향을 끼치며 발전하게 된다. 이처럼 13세기 중반에서 14세기 초반에는 막부 최고 실세들이던 호조 가문이 적극적으로 당 문물을 수입하였고, 중국에서 크게 유행하던 선사상과 선문화도 직접 일본으로 들어오게 되었다.

3) 무로마치[室町幕府]시대와 귀족 중심의 선문화

선종은 무로마치시대에도 중국 문화를 수입하고 보급하는 역할을 했다. 선승들이 조공무역에 큰 역할을 했으며 무로마치 막부는 명나라와의 감합무역(勘合貿易)을 통해 경제적 기반을 잡았다. 감합무역은 조공무역의 한 형태로 무역선을 왜구와 구분하기 위해 감합을 꼭 지참하게 한 것에서 시작되었다. 이것은 명나라에 조공을 바치고 돌아오는 길에 상인들에 의해 이루어진 무역이었다. 선종의 승려들은 가마쿠라 시기에서 무로마치 시대까지 대륙문물의 수입에 관여해서 중국 선승들과의 소통으로 대륙 사정에 밝았다. 이들을 통해 중국의 선문화가 지속해서 유입될 수 있었다.

무로마치 막부는 아시카가 타카우지[足利尊氏, 1305~1358]에서부터 시작되는데 그는 천황 세력을 견제하기 위해 교토에 막부를 세웠다. 가마쿠라시대는 정치 중심지가 가마쿠라여서 일본의 문화 중심지가 교토와 가마쿠라로 분리되었는데, 교토는 천황가와 귀족들의 공가문화(公家文化), 가마쿠라는 무사들의 무가문화(武家文化)가 발전하였다. 이러한 시기에 공가문화 및 무가문화와 더불어 수입된 중국 선문화가 서로 뒤섞여 새로운 문화가 만들어졌다. 무로마치시대 전반은 귀족과 무가문화가 융합된 시기이며 또한 선종의 번창으로 교토 5신과 같은 사원들이 많이 건립되었다. 이 시기는 무로마치 문화의 번성기로 선문화의 개화기이기도 하였다.

특히 기타야마문화[北山文化]는 무로마치 초기 문화로 3대 쇼균 아시카가 요시미쓰[足利義滿, 1368~1394]에 의해 완성되었다. 그는 기타야마에 킨카쿠지[金閣寺]를 건립하였다. 이 킨가쿠지의 사리전은 전통적인 공가문화, 무가문화 그리고 선문화가 복합된 형태로 이 시기의 특징을 그대로 보여준다. 1층은 침전양식으로 전통적인 고급 귀족의 저택에서 보이는 건축양식이고, 2층은 무사들의 주택양식을 그대로 보여주었으며, 3층은 불사리를 모신 법당으로 가마쿠라시대 초기에 중국의 선종 형식을 그대로 따르고 있다. 이 시기 문화의 특징은 사치성이 높은 귀족문화와 무가문화 그리고 중국의 선종을 비롯한 송나라, 원나라의 문화가 서로 융합하고 조화를 이루었다는 점이다. 그리고 문화적인 면에서는 오산선종을 중심으로 중국풍의 한시문인 오산문학이 성행을 하였다. 일본회화 역시 선종의 영향을 받아서 수묵화가 성행하였다. 수묵화는 선의 정신을 표현 도구로 사용하고 도후쿠지[東福寺]의 명조(明兆)에 의해 기초가 확립된다. 일본정원도 이 시기부터 만들어지기 시작하였다.

4) 전국(戰國) 시대와 사원 중심의 선문화

미나모토노 요리토모[源賴朝, 1147~1199]는 겐페이(源平)전쟁에서 승리한 후 가마쿠라 막부를 설립하였다. 각 구니[國]은 쇼군의 요구가 있을 때 군사 의무를 지방관의 직책으로 함께했으며 슈고[守護]는 지방에서 세력을 형성하고 지방영주로 발전한다. 쇼군의 힘은 1493년부터 점차 쇠퇴하였다. 그리고 막부의 권위가 하락하면서 슈고 다이묘들이 몰락하였다. 이와는 반대로 지방무사 세력은 강화되어 갔다. 그리고 교토의 황폐화는 천황, 귀족, 승려 등 지배계급에 큰 영향을 주었다. 교토는 수도의 기능보다는 문화, 상업 도시로 변화되었다. 귀족들은 정치, 경제적인 면에서는 무사들에게 압도되었으나 문화적인 측면에서는 그들의 역할을 잘 해내고 있었다.

전국시대 8대 쇼군 아시카가 요시마사[足利義政, 1449~1473]는 교토의 히가시야마[東山]에 긴카쿠지[銀閣寺]를 짓고 은거하였다. 이곳의 관유전은 히가시야마 문화의 대표적 건물 양식이다. 이곳은 기타야마의 킨카쿠지 사리전과는 달리 1층은 주택풍의 서원 양식이고, 2층은 선종 형식의 법당이었으며, 긴카쿠지의 동구당은 일본 차실의 기원이 되었다. 이곳은 정원 풍경이 한적하며 건축물은 소박하고 단아하며 분위기가 은밀해 무가문화의 특색을 잘 보여준다. 이곳을 통해 속세를 떠나 유유자적한 선가 형식으로 살고자 했던 무사 요시마사의 삶을 엿볼 수 있다. 전국시대 선종의 특징은 무가문화와 선문화에 대중문화가 합쳐진 것이라 이해할 수 있다.

이 시기에 사원문화가 활발해지자 자연스럽게 차문화도 함께 발전하였다. 차는 선종과 더불어 확산되었다. 차는 음차하는 즐거움의 대상이었고 투차(鬪茶)도 성행하게 되었다.

무라타 주코[村田珠光, 1423~1502]는 선 사상과 정신을 다도를 통해 표현하고자 했다. 그것은 질박의 미와 불완전의 미 그리고 여백의 미를 좁은 공간에서 표현하는 와비차[わび茶]의 세계를 등장시켰다. 이것은 절제된 동작과 섬세한 예법으로 적막한 분위기에서 차를 나누는 사람들에게 일체감을 갖도록 한 것이다. 그리고 8대 쇼군 아시카가 요시마사[足利義政]에 의해 간결한 차실 안의 도코노마[床の間]에 꽃꽂이 양식이 시도되면서 감상을 위한 예술이 발전하였다.

15세기 말 『군다이칸소우 초키[君臺観左右帳記]』에는 무로마치 막부 쇼군의 서원을 장식하는 방법, 기물을 감상하는 형식 등이 기록되어 있는데 도코노마의 탁자 중앙에 향로와 향합을 배치하고 오른쪽에 촛대, 왼쪽에 꽃병을 둔다. 장식하는 방법으로 3구족(三具足)을 족자 앞에 두는 법이 기록되어 있다. 이것은 사원에서 불전을 장식하는 형태로 선불교가 차문화에 끼친 영향이라 할 수 있다. 또 이 시기에는 일본식 정원이 등장한다. 화가였던 승려 셋슈가 만든 정원으로 물을 사용하지 않고 돌과 모래만으로 산수 풍경을 표현하는 가레산스이[枯山水]식 정원이다. 다이토쿠지[大德寺], 다이센임[大仙院], 료안지[龍安寺]가 대표적인 예이다.

무소 소세키[夢窓疎石]는 그의 저서 『몽중문답집(夢中問答集)』에서 "정원은 주거를 꾸미고 소중한 것을 가지고 놀기 위함이 아니다. 선 수행자는 산하대지(山下大地)와 초목와석(草木瓦石)을 자신의 본분으로 알아야 한다. 산수는 득실이 없고 득실은 사람의 마음에 있다."라고 하였다. 그의 정신세계는 전국시대의 정치, 외교, 경제, 문화, 건축, 회화 등 사회 전반에 걸쳐 다양한 영역에서 활약하던 선승들의 정신세계이기도 하다.

5) 에도[江戶]시대와 선문화의 다양화

도쿠가와 요시노부[德川慶喜, 1837~1913]가 막부를 에도에 설립하고 정권을 황실에 봉환하기까지 약 260년을 에도시대라 한다. 이 시대는 중세 불교 중심에서 유교 중심으로 변화하는 시기로 유교의 가족 도덕인 '효'와 무사의 주종관을 강조한 층의 두 가지로 표현된다. 이후 양명학과 주자학에 대하여 맹자의 원류로 되돌아가고자 하는 일본의 독자적 유학 연구인 고학이 발전한다. 이밖에 에도 중기부터 네덜란드를 연구하는 '난학'이 등장하면서 막부 말기에는 양학도 발전한다. 따라서 이 시기는 일본의 독자적인 문화가 성숙할 수 있는 시기였다.

에도 전기 겐로쿠문화(元禄文化)의 특징은 막부 체제의 안정 하에 자유로운 인간성을 추구하는 경향이 강화되었으며 여러 오락 문화가 발달하면서 퇴폐적인 측면도 나타났다. 이는 향락을 추구하며 개인주의적이고 즉흥적인 면을 보이는데, 현실의 엄격한 규제와 검약 정신에서 벗어나고자 하는 일종의 도피처였다. 가부키와 같은 연극도 모두 이 시기에 발달하였다. 그러나 에도시기 후기에는 퇴폐문화만 유행하지 않았다. 봉건제도의 모순이 증폭됨에 따라 비판정신이 나타나기 시작하였다.

에도 말기에는 쇄국이라는 기본정책을 벗어나지 않는 범위 내에서 서구의 기술적 우월성을 수용하였지만, 곧 막부는 이를 탄압하기 시작하였고 양학과 국학은 서로 대립하였다.

지금까지의 내용을 바탕으로 일본 선불교를 종합하여 보면 다음과 같은 특징을 볼 수 있다.

첫째, 일본 선불교 문화는 전통적인 고유문화와 더불어 중국문화 및 타 문화의 융합으로 형성되었다.

둘째, 중국의 선사상은 일본 불교문화 형성에 많은 영향을 끼쳤다.

셋째, 일본의 차문화는 중국 불교의 유입과 일본 선불교 및 선사상의 확산과 함께 발전하였다.

넷째, 무로마치 시기에 등장한 정원문화는 불교 선사상의 영향을 받았다.

다섯째, 일본식 선불교의 사상은 소박하고 검소한 차실문화와 더불어 와비사상을 탄생시켰다.

여섯째, 일본 선불교의 사상은 막부와 무사들의 정치적, 문화적 후원에 의해 발전되었다.

동아시아에서의 선불교 사상 전파

나라	시기	내용	영향	특징
인도	기원전 6세기경	불교	달마대사가 중국으로 건너감	
중국	6세기경	선불교 확립	다예(차문화)	도가·유가 사상+불교→선불교 확립
한국	8세기경	선불교 보존	다례	선불교+유교(성리학)→차례(의례 형식을 지금까지도 보존)
일본	9세기경	선사상이 와비사상에 영향을 줌	다도	민속신앙+선불교→독자적 선사상 확립

삼국의 선불교 영향

중국	당나라 시대 부흥하여 유교와 함께 상호보완 발전하다 청나라 때 쇠퇴
한국	제사 및 의례의 형식으로 현재까지도 선불교 형식이 보존 불교미술 및 조각·건축·회화·도자공예·석조미술 등에 영향을 미침
일본	독자적인 선사상으로 와비사상에 영향을 줌 정치·경제·건축·예술·문화 등 사회 전반에 걸쳐 영향을 미침

제8장

선사상과 차의 만남

불교는 기원전 6세기경 인도에서 창시된 종교로 중국과 서역 사이에 난 동서교역로를 통하여 중국으로 전파되었다. 중국으로 전파된 불교는 노장사상과 결합되어 새로운 선사상의 선불교를 만들었고 당 · 송 시기까지 번성하다가 청대에 쇠퇴하였다. 한국에서는 8세기경 신라시대 때 선사상이 전해졌으며 고려시대에 꽃을 피우다 조선시대 숭유억불 정책으로 쇠퇴하였다. 하지만 조선시대 유교의 다례형식에는 여전히 선불교의 흔적이 남아 있다(차례, 왕실의례, 관혼상제 등). 일본에서는 8세기경 당나라 선승이 일본으로 건너와 선불교를 설파하면서 선사상이 전해졌고, 이는 일본 사회 전반에 영향을 끼쳤다. 하지만 처음에는 선불교가 정착하지 못하다가 송나라 말기에 이르러 일본 순례자들이 선종이 성행한 중국을 다시 찾게 되면서 부흥의 기회를 맞이하였다. 일본에서 천태종을 창시한 사이초(最澄)가 중국에서 선을 공부한 것이 대표적이다. 이후 선종이 본격적으로 일본에 전래된 것은 13세기 이후 에이사이(榮西) 및 도겐(道元)에 의해서였다. 이로써 일본의 선종은 일반 시민에게까지 전파되었으며 선사상은 토속신앙과 결합하여 독특한 발전을 이루었다. 일본의 다도는 이 선종에서 파생었다고 할 수 있는데. 사회 전반에 영향을 준 선종은 와비정신으로 흘러 차실에도 선사상이 크게 반영되었다.

선종의 스님들은 처음에는 수행 과정에서 졸음을 쫓기 위해 각성의 용도로 차를 마셨다. 그러다 차의 맛을 알게 되면서 그들은 차선일미(茶禪一味)를 추구하기 시작하였다. 선원들의 최초 규정집으로 백장(百丈)이 제장한 『청규(清規)』는 원전 손실 후 계속 제작되었다. 오늘날에 이르러서는 '선이 있는 곳에 차가 있고 차가 있는 곳에 선이 있다.'고 할 수 있다. 차와 선이 어느 찻자리에서도 편안하게 함께하면서 서로 교감하고 있다. 이러한 차는 단순한 마실거리를 넘어 신체적인 보건 기능과 함께 오랫동안 인간의 정신적 영역에까지 깊이 관여해 오고 있다.

1. 차와 선의 만남

차가 더욱 수준 높은 경지, 정신적 경계에 들게 된 것은 불교 특히 선종과
의 만남에서 비롯되었다고 할 수 있다. 더불어 선종은 차를 만나 차의 효능, 효
과의 도움을 받으며 직간접적으로 선불교를 확장할 수 있었다.

'끽다거(喫茶去)' 화두와 『선원청규(禪苑淸規)』를 통해 각종 다례의식 및 차
를 마시는 자리에 임하는 선종 승려들의 자세 등을 알 수 있다. 먼저 '끽다거' 화
두가 탄생하게 된 조주(趙州)선사의 관련 일화를 살펴보자.

> 스님(조주)께서 새로운 두 남자에게 물었다.
> "스님들은 여기에 와 본 적이 있는가?"
> 한 스님이 대답했다.
> "와본 적이 없습니다."
> "차나 한 잔 마시게[喫茶去]."
> 또 한 사람에게 물었다.
> "여기에 와 본 적이 있는가?"
> "왔었습니다."
> "차나 한잔 마시게."
> 원주(院主)가 물었다.
> "스님께서 우리 절에 와 보지 않았던 사람에게도 차나
> 한잔 마시라 하시고, 왔던 사람에게도 똑같이 차나 한잔
> 마시라 하신 까닭이 무엇입니까?"
> 스님께서 "원주야!"하고 부르니. 원주가 "예!"하고 대답
> 했다.
> 그러자 스님께서 말씀하셨다.
> "자네도 차나 한잔 마시게."

선원에서 생활하는 승려들이 지켜야 할 계율을 정한 『선원청규』에는 차와
관련된 규정들도 많은데, 해당 부분의 제목만 정리해보면 이렇다.

秤苑清規 第一
赴茶汤(차를 마시는 자리에 임하는 법)
秤苑清規 第五
堂頭煎点(住持의 煎茶를 点하는 茶禮儀式)
骨堂内煎点(승당 내 다례의식)
知事頭首煎点(지사와 두수의 다례의식)
入寮臘次煎点(대중의 臘次에 의한 다례의식)
衆中特爲煎点(특인을 위한 다례의식)
衆中特爲尊長煎点(특별한 존장을 위한 다례의식)
法眷及入室弟子特爲堂頭煎点(堂頭화상을 특위한 法眷 入室
弟子의 다례 의식)
通衆煎点燒香法(각기의 堂字에서 특별히 행하는 다례의식)
置食特爲(특별한 設路)
謝茶(茶를 사례함)

차가 정확히 인간의 정신세계와 합체한 것은 선불교를 만나면서부터이다.
스님들은 처음 차의 각성효과와 약리작용의 도움을 받아 선 수행 시 졸음을 이
기기 위해 차를 마셨다. 그러던 차가 서원 내에서 인화(人和)의 매개체 역할을
하였고 다례의식을 통하여 더욱 발전하였다.

선불교의 선 명상에서뿐 아니라 일상생활에서 차는 없어서는 안 되었으며
동시에 차는 선불교를 만나 또 하나의 문화가 되었다. 차문화는 선불교와 상호
작용하며 좋은 관계를 맺게 된다. 당대 이후로 남방의 사원에는 절마다 차를 심
어 '좋은 산이 있으면 꼭 좋은 명차가 있다. 스님이 없으면 차도 없다.'고 이야기

할 정도였다. 선승들은 스스로 차를 심고 가꾸며 차를 직접 만들어 마셨다. 그들이 깨달음을 얻기 위해 수행하는 과정에서 차는 늘 함께했다.

차는 선과 만나면서 그 문화가 더욱 발전하게 되었다. 차가 선불교를 만나면서 그 발전이 극대화되었다고 볼 수 있다. 이러한 차문화가 자연스럽게 흐름을 타고 일반인에게도 전해졌다.

중국의 차와 불교는 상호 촉진의 관계이다. 불교에서도 특히 선종(禪宗)이 차를 필요로 하고 좋아하게 되었으며 중국의 차 산업과 문화의 발전을 촉진시켰다. 중국 선종의 좌선은 고요하고 조용한 곳에서 선정에 드는 선방을 선택하는 것 이외에 또 다섯 가지를 잘 조절해야 하는데 그것은 먹는 것을 적절히 해야 하고, 잠자는 것을 잘 다스려야 하며, 몸을 삼가야 하고, 호흡을 고르게 조절하며, 마음을 잘 다스려야 한다는 것이다. 다섯 가지 중 특히 더 중요한 것은 잠자는 것을 다스리는 것인데, 차를 마시는 것과 일정한 관계가 있다. 차와 선이 추구하는 것은 이 두 가지를 통해 평정심을 찾는 것인데 서로 일조를 한다.

다도를 통하여 우리는 선(禪)의 경지를 깨달을 수 있고 선의 오묘한 경지를 터득할 수 있으며 삶의 도에 들어갈 수 있다. 한잔의 차는 우리 자신의 본성을 회복시키고 심신의 피로를 말끔히 씻어주며 영혼의 상처를 달래주고 대자연과의 관계를 긴밀하게 만든다. 다도는 현대의 과학기술이 만들어낸 물질화와 온갖 분열을 치유하는 훌륭한 약이다. 다도는 오늘날 전 세계를 석권한 서구 물질문명에 맞서는 동양문명의 가장 유력한 존재이기도 하다. 일본의 다성 센리큐[千利休]는 '차정신의 정화'로 다음의 네 가지를 이야기한다.

① 화(和) : 화는 '조화'를 이르는 것으로 주인과 손님이 찻자리에서 조화를 이루며 좋은 분위기에서 차를 마시면 관계가 좋아지고 행복해진다.
② 경(敬) : 그 마음을 보존하고 본성을 함양하는 것. 경건하고 진지한 선비의 정신이다.
③ 청(淸) : 내면과 외면의 맑음을 뜻한다. 외면의 맑음은 정돈됨과 청빈함

을 의미하며 내면의 맑음은 본성의 맑음을 닦고 고요한 인품을 이루는 것을 의미한다. 맑음은 객기를 누그러뜨리고 품성을 가다듬는 좋은 이념이다.

④ 적(寂) : 적은 고요하다는 뜻으로 마음의 번뇌가 없고 몸의 괴로움이 없는 상태를 말하며 해탈, 선정의 의미를 갖는다고 할 수 있다.

다도를 함에 있어 지극히 간소하고 차분한 분위기를 갖추는 것을 일본에서는 와비라 한다. 선사상과 차생활은 결국 일본 와비사상에 큰 영향을 미쳤다. 리큐가 말한 '화경청적'은 불경(佛經)의 '화경'과 '청적'을 옮겨 쓴 말로서 '화'란 찻자리의 주인과 손님들이 화합(和合)하여 하나가 되는 것이고 '경'은 주인과 손님 모두가 각기 불성을 지닌 존엄한 인격체로 존중함이다. '청'은 욕심을 떨치고 마음을 깨끗이 하여 일심(一心)의 자유로운 경지에 들며 차 도구의 청결을 중요시한다는 뜻이고, '적'은 적연부동(寂然不動)의 심경(心境) 혹은 열반의 세계를 뜻한다. 또한 차실 안 벽에 거는 장식물로 마치 화두처럼 묵적(墨跡)을 걸어두는 풍습이 있는데, 이것도 선종(禪宗)에서 유래된 것이다.

이처럼 차와 선의 관계를 정리할 때 화경청적의 네 가지 다도정신은 결국 불교 경전 내용 중 '청규'에서 정한 일부를 인용하였음을 알 수 있다. 차와 선이 지향하는 내용은 고요히 사물을 관찰하고 그로써 시상의 모든 몸가짐을 이성적으로 하여 그 행동에 있어서 조용하고 침착하고 부드럽고 슬기롭게 하는 것이다.

대부분의 사람들은 무라타 주코[村田珠光]가 '화경'이란 말을 처음 사용한 것으로 알고 있다. 그러나 『유마경(維摩經)』에 '화경'과 관련된 내용이 나온다. '질박하고 정직된 마음을 일으킴'이라는 장에서 나오는데, 여기에 화경해야 할 여섯 가지 마음이 언급되어 있다. 또 송나라의 백운수단(白雲守端) 선사의 글에 사람의 인품을 묘사하며 '화경'을 말한 대목이 있다. 중국에서도 '화경'이나 '청적'을 따라 사용한 용례가 있다고 한다. 특히 '청적'은 불교의 열반을 의미하며 동아시아의 문화 사상적 전통에서 '화경청적'은 보편적으로 사용되던 개념이다. '화경청적'은 고금을 통틀어 보편적인 차의 정신으로 꼽히며 차인들의 정신적 이념이 되었다.

'화경청적'은 봄여름가을겨울로 대비해 풀이해도 좋다. 봄이 오고 여름이 가면 가을도 지나가고 또 겨울이 오면서 사계절이 순환될 때 조화로운 법이다. '화경청적'을 순환의 이미지로 볼 때 그것은 인생의 모습이 되기도 한. 이 순환의 이치를 차석에 대입해 보자. 차를 마시는 '화'라는 것은 주인과 손님이 합한다는 뜻이다. 그 '화'는 '경'으로 이어진다. '경'이 전제되지 않는 '화'는 상대의 비위나 맞춰주는 것같이 얕고 천박한 '화'다. '경'은 맑고 깨끗함에서 나온다. '청'은 맑음이 필요하고, 진정한 맑음은 조용하고 마음이 차분해야 가능하니 '적'이 필요하다. '적'은 고요함이다. 이것은 차나 선사상을 포함하여 궁극적이라 말할 수 있다. 본래 인품의 모습이라고도 할 수 있다. 이처럼 '화경청적'은 작게는 차석의 모습이며 크게는 4계절의 변화, 더 크게는 삶의 순환을 나타낸다.

우리가 진정 추구하는 삶은 평온한 정신세계이다. 보이차에서도 선을 만나서 행다하는 것은 마음이 찾는 선과 너무나 닮아 있다. 그리고 차와 선종의 만남을 적절하게 표현해주는 말에는 '차선일미'가 있다. '차선일미'를 그대로 풀이하면 차와 선은 그 맛이 같다는 것이다. 마른 찻잎의 향. 물 끓이는 소리, 우려낸 차의 맛과 향을 음미하면서 판단하지 않고 멈추어 오감을 느껴본다. 여러 생각과 잡담을 하며 마실 때와는 전혀 다른 차를 마시는 게 느껴진다. 이렇듯 보이차에 온전히 집중해서 마시는 것은 선 명상을 할 때 가부좌를 틀고 앉아 눈을 감는 명상과 다르지 않다. 말 그대로 차선일미다. 온전히 차를 혼자서 마시다 보면 마음이 고요하고 편안해진다. 이것은 선사상이 추구하는 깨달음과 동일하다고 볼 수 있다.

보이차와 선의 만남은 끊임없는 비움의 연속이다. 차는 비워야 차고 마음도 비워야 맑아진다. 여기서 진정한 맑음은 대상을 분별하는 주체가 아니다. 물욕, 상대적 현상을 초월하고 분별하지 않는 것이 진정한 맑음이라 할 수 있다. 그 경지가 되어야 차와 선이 만나 진정한 '차선일미'가 될 수 있다. 차를 하는 것은 밖을 향하는 것이 아니다. 보여주려는 것이 아니고 내 안으로 들어가는 것이다. 선 역시 밖으로 시선을 돌려 여기저기 시선을 빼앗기는 것이 아니라 원래 고요히 그 자리에 항상 포근하게 날 감싸는 나 자신을 보는 것이다.

많은 사람들이 녹차나 청차보다는 보이차를 선호한다. 그 이유는 출수가 길어서 차를 여러 번 우리면서 자기 자신에게 더 집중할 수 있기 때문이다.

차선일미에 있어서 차는 있는 그대로의 선 세계이자 부처의 설법이며, 차 수행과 선 수행은 둘이 아닌 하나의 경지이다. 그래서 차와 선을 연관지어 얘기할 때 차인은 선승의 행위를 제일로 여긴다. 선승이 수행법을 실천하는 과정에서 보조적인 역할을 했던 다도는 깨달음을 미학적으로 승화시키는 역할을 했다. 이는 순수하고 아름다운 미의 경계이다. 참선을 통해서 섭리를 깨우치고 차를 통해서 얻게 되는 수양과 미는 그 경계가 비슷한 관계를 맺게 되는데, 이것들이 궁극적으로 추구하는 것이 이성적인 정신으로서 깨끗한 마음을 유지하여 예술의 경계로 승화시키는 것이다.

다도 또한 일종의 근원성 문화로 심신을 수련하고 무형의 인간을 창조해낸다. 깨달음을 얻은 사람은 곧 문화의 창조자로 이것은 결국 다도가 곧 문화를 창조하는 것임을 일컫는다. 다도는 이처럼 일종의 사람을 수양하는 세계이며, 이는 문화 창조의 영역이다. 이런 의미에서 다도는 무형의 자기 형성과 무형의 자기 표현 장소라고 할 수 있다. 선종에서 선승들은 일반적으로 차실 또는 차방 공간을 설치해서 일상적으로 차를 가까이 두고 마시며 수행을 했는데 이 장소는 단순히 차를 마시는 공간이 아니라 음차를 통해 사제지간에 교육이 이루어지는 교육의 장으로서의 역할을 하기도 하였다. 그와 더불어 손님을 접대하는 장소로 제공되었으며 또한 형식을 제대로 갖추어 차를 마시는 의례 및 부처님께 공양하는 헌다의식도 이곳에서 형성되었다.

2. 바람직한 차석 공간의 조건

한국, 중국, 일본을 대표하는 차정신은 조금씩 다르다. 중국에서는 '정행검덕(精行儉德)', 한국에서는 '중도(中道)·중정(中正)', 일본에서는 '화경청적(和敬淸寂)'을 이야기한다.

중국의 찻자리 공간에는 유가사상의 정행검덕과 불교의 선사상, 도가의 신선사상이 융합된 '천인합일(天人合一)' 사상이 내포되어 있다. 한국 선조들의 차 공간에는 '오도(悟道)'가 깃들어 있는데 이 공간은 그들에게 정신적 안식처요 낙원으로, 자신들의 철학세계와 결부하여 다도사상을 탄생시켰다. 일본의 찻자리 공간은 다도와 차 도구를 다룸으로써 본성을 깨닫는 수행 공간이다. 센리큐의 다도관을 담은 『남방록』에는 화려한 귀족 취향과 소박하고 서민적인 취향의 모순적인 요소가 조화를 이루는 것이 언급되어 있다. 일본은 차와 함께하는 선사상을 새롭게 정립하였으며 이것은 와비사상에 영향을 주었다.

1) 심신 수양과 마음공부 – 정신적 측면

찻자리 공간 중 먼저 생각해볼 것은 개인의 심신 수양의 공간으로서의 차석이다. 편안하고 여유로운 심신 수양의 일환으로 공간에 음악과 향을 가미하여 차를 즐김으로써 몸과 마음뿐 아니라 자연과 우주 만물의 유기체로서 조화와 질서를 추구하는 것이다. 실내와 실외를 구분하지 않고 마음 수양을 하기 위한 찻자리 공간을 만들 수 있다. 차와 함께 명상을 하는 것은 공간을 극대화하는 것이다. 명상 공간은 신체적 활동과 정신적 활동의 이완과 집중을 상호 수반할 수 있는 다양한 형태의 공간이 될 것이다.

차문화 공간은 인간에게 기와 여유로움, 정신적 해방감을 주고 지친 몸을 회복시켜 주며 삶의 건강함을 제공해주는 힐링 공간으로 자리매김할 수 있다.

치유는 치료와 같은 의미로 쓰이며 힐링을 한다는 것은 자기 본성의 소리를 중요시하는 것이다.

차를 통해 제일 먼저 해볼 수 있는 것이 자신과의 교류일 것이다. 대부분의 사람들은 바쁘다는 관념과 분별하려는 집착에 사로잡혀 진정한 자기 자신과 대화를 하지 못하는데, 선을 통한 차문화 공간에서 자신과의 진정한 대화를 충분히 나눌 수 있다. 차를 마시는 데 집중함으로써 마음을 안정시키는 것에 큰 의미를 두면 된다. 차문화 공간을 정신세계를 음미하는 성스러운 공간으로 보는 것이다. 차문화 공간을 무엇에도 얽매이지 않는 자각의 공간으로 삼는다면 바람직한 차문화 공간을 만들어낼 수 있다.

2) 소통과 교류의 공간 - 사회적 측면

인간은 사회적 동물이다. 혼자 마시는 찻자리 공간이 신선을 추구하는 것이라면 여럿이 모여 차를 매개로 소통하며 의견을 나누는 것은 사회적 측면에서 차 공간이 주는 큰 즐거움일 것이다. 실외에서는 자연과 소통하고 실내에서는 찻자리 공간을 구성하는 것들과 소통하는 것이다. 이러한 소통과 정보 교류의 찻자리 공간에서는 서로 화합하고 존중하는 문화가 중요하다. 개성 있는 각각의 사람들이 서로 하나가 되어 화합을 이루는 소통과 교류의 공간을 만들기에 찻자리 만큼 좋은 곳은 없다고 할 수 있다. 이 또한 차문화 공간의 역할 중 하나라고 보여진다.

3) 문화와 예술을 키우는 공간 - 예술적 측면

협의의 문화공간으로 우리는 차실에서 그림, 향, 공예품 등을 감상할 수 있으며 차문화 공간에서 이루어지는 그림, 음악, 전시 등을 통해 교양 및 인간이 지켜야 할 도리 등을 함양할 수 있다.

차문화 공간에서는 자연을 삶의 공간으로 직접 끌어들여 화가, 음악가, 무용가들이 자연스럽게 교류하며 이상적인 공간을 창조할 수 있다. 모든 예술인의 모티브는 자연이다. 자연과 공감하며 자연과 유기적으로 관계를 맺는 것 자체가 예술이다. 이러한 차문화 공간은 정자, 심신유곡, 마루 등에서 이루어지기도 하는데 이러한 차문화 공간은 예술세계를 잉태하여 생산하는 산실이 되기 충분하다.

4) 재충전과 역량 확장 공간 – 교육적 측면

사람이 인간으로 해야 할 도리를 배우는 것이 인문학이다. 이 학문은 삶의 체험과 역사에서 나오며 우리 전통문화 체계를 완성하였다. 문화는 이처럼 사람다운 인간의 존엄성을 회복하는 것이다.

이 모든 인간성 회복은 교육을 통해서 더 나은 삶을 영위할 수 있게 해준다. 차문화 공간에서는 행다례를 기본으로 하여 여러 교육을 통해 사회에서 지친 몸과 마음을 재충전하고 각자의 역량을 확장해 더 나은 삶을 영위할 수 있도록 한다. 인간으로서의 예법, 인정과 은혜를 중시하는 교육은 특정 공간에 구애받지 않고 일상다반사를 통해 충분히 이룰 수 있다. 인간성 회복을 돕는 공간으로서 교육 프로그램을 통한 차문화 공간은 그 활용가치가 높다.

궁극적으로 차문화 공간은 풍요로운 삶을 향유하는 사람들이 많아짐에 따라 시대의 흐름을 주도하는 공간의 역할과 자연에 순응하는 공간 구성을 요구받고 있다. 이러한 변화에 따라 맞춤형 차문화 공간의 구성이 필요하다. 목적에 맞는 차문화 공간을 만들기 위해 다양한 소품을 활용하고 공간을 연출한다면 독특한 차문화의 가치가 발휘될 것이다. 지금과는 다른 감동과 체험의 가치를 선물함으로써 역동적이며 살아있는 차문화 공간을 창출할 수 있는 것이다.

　　바람직한 차문화 공간이란 차문화 공간을 통한 휴식과 치유를 바탕으로 개인의 심신 단련, 소통과 교류, 예술문화 발전, 인성 함양이 이루어질 수 있어야 한다. 차문화 공간의 기능과 역할을 확대하고 극대화한다면 진정한 행복을 추구하며 더불어 더 인간다운 삶을 영위할 수 있게 될 것이다.

제9장

사진으로 보는 보이차 공간의
어제와 오늘

중국, 일본, 한국의 차실 공간 사진으로 각 나라의 특징을 정리하고자
한다. 이제까지 논의해온 차문화 공간의 시대적, 지역적 특성을 눈으
로 확인하고, 현재에 요구되는 차문화 공간 설계의 사례들을 확인할
수 있을 것이다.

1. 중국 소수민족의 차와 차석

　　운남 지역의 현지 소수민족들은 차 산지에서 차를 재배하기 때문에 찻잎을 바로 따서 즐겨 먹는다. 그들은 생잎을 불에 굽거나 쪄서 먹으며, 식사 시간에 술이나 밥과 함께 차를 마신다. 보이차를 발효시키지 않고 생차를 바로 이용하는 것이 주류를 이루고 있다. 소수민족 중에 3년이 지나면 차를 버리기도 하였다고 한다. 그들에게는 오래된 노차의 개념이 없었다.

타유차(打油茶)

죽통차를 나눠마시는 모습

태족의 죽통차   절인 차(腌茶)

티베트의 수유차 1   티베트의 수유차 2

티베트의 수유차 3

백족의 삼도차 1

백족의 삼도차 2

기낙족의 자차

기낙족의 무침차(凉拌茶)

보이차 문화와 공간

차관   야외 차관

타이완의 찻자리

포랑족(布朗族)의 청죽차(靑竹茶)

납호족(拉祜族)의 구운 차

하니족 음토 냄비차

기낙족(基諾族)이 생찻잎을 불에 구워 끓이는 모습

토관에 구운 차를 마시는 중국 소수민족

보이차 문화와 공간

2. 고미술에 나타난 중국 고대의 차실

　우리는 고서(古書)의 그림에서 옛 사람들이 야외에서 주로 차를 마시는 모습을 볼 수 있는데 실내에서 차를 마시더라도 야외에서 끓여 실내로 가지고 들어와 마셨다.

명말청초 진노련의 〈고현독서도〉

명대 구영의 〈임송인화첩〉

명대 구영 구권의 화로

보이차 문화와 공간

송 휘종의 〈18학사도〉 부분

유송년의 〈찬차도〉

3. 일본의 차실 공간

　　일본은 고서 그림에서 보듯이 야외에서 차를 마실 때는 돗자리 위에서 차회(茶會)를 하였다. 중국과 마찬가지로 실내에서 차회를 할 때는 야외에서 끓여서 실내로 들여왔다. 또 일본 고서에서 나타나는 특이한 사항은 차 도구를 메고 다니면서 차를 파는 행위를 하였다는 것이다. 차관이나 상점이 아닌 노상에서 차를 파는 그림도 다른 나라에서는 볼 수 없는 그림이다. 도요토미 히데요시(豊臣秀吉)의 황금차실은 오사카성이 불에 탈 때 함께 소실되었다가 지금은 여러 군데에서 복원되었다(오사카성, 다카시야마백화점 외 다수). 이처럼 온통 황금으로 꾸민 화려한 차실이 있는 반면 센리큐의 초암차실처럼 검소한 차실도 있다. 일본은 요척을 통해 음양에 의해 차실을 설계하였고 좁은 공간의 답답함을 줄이기 위해 빛도 간접적으로 들어오게 하였다. 센리큐 후손인 오모테 센케(表千家)의 차실도 이를 반영하여 꾸몄다. 일본은 우리나라와 달리 쟁반 위에 차를 놓거나 찻상이 없이 그냥 다다미 바닥에서 그때그때 차를 마시는 것이 특징이다.

벚꽃 축제 야외 차회

보이차 문화와 공간

차상 카노마사노부(狩野正信) 그림

농차, 미즈노 연방(1866~1903) 목판화 계열의 13. 다도과정 중

황금차실

황금차실 설계도

보이차 문화와 공간

송금정(松琴亭)

송금정 팔창당 차실(4분의 3첩 자리)

우운암 동심초지붕과 니지리구찌(にじりぐち)

교토 오모테센케(表千家) 다도 유파
불심암(不審菴)

오모테센케 대류헌(對流軒)　　　　　　오모테센케 우신(又新, 입례식)

오모테센케 차실

4. 한국의 현대 차문화 공간

현대 한국의 보이차 차실은 다양한 형태를 보여주고 있는데 중국 양식을 따라 중국 기물로 장식된 곳도 있고 일본 차실 형식을 갖춘 곳도 있다. 좌식 차실과 입식 차실 모두 공존하며 중국과 일본의 차문화 형식을 혼용하기도 한다. 한국에서 보이차를 마시는 공간은 자사호를 비롯한 각종 기물들을 진열해놓고 늘어놓는 형태가 주류를 이룬다. 이러한 보여주기식 진열 형태는 현대 한국 보이차 문화 공간의 특징이다. 보이차를 마신다고 해서 중국 기물만을 사용하지 않고 일본 기물들과 한국 차 도구를 섞어서 혼합해서 사용하는 경우가 많다.

경기도 강촌 한국다례원
회사 연수원으로 쓰던 5층 건물 전체를 차와 관련된 차실로 꾸몄다. 보이차는 물론 6대차류를 경험할 수 있다. 한 층 한 층 차와 함께하는 예술 공연장 역할을 한다.

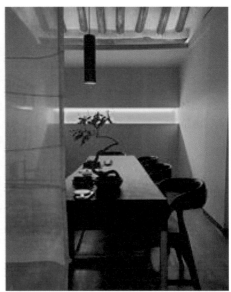

명가원
보이차 중에서도 90년대 이전 노차를 즐겨 마시는 공간이다.

대익코리아 서울
맹해차창이 대익으로 상호가 바뀌면서 2011년부터 한국에서도 현대 보이차 보급과 교육을 하는 곳이다.

부산 숙우회
차분하면서 조용한 울림이 있는 숙우회 차 체험 공간이다.

부산 비비비당
바다가 보이는 달맞이 언덕에서 한국차를 비롯한 중국차를 모두 즐길 수 있는 공간이다.

광주 임팩트몰 집무실 겸 차실
친환경 페인트로 벽과 천정을 마감하고 집무실에서 일상다반사로 차와 일을 병행한다.

통도사 인근 개인 차실
아파트를 개조하여 일본 차실을 효과적으로 꾸민 공간이다.

보이차 문화와 공간

구산차실
광주 김 회장님 차실. 최상급 취향으로 중국차 차실을 꾸몄다.

양산 호중락
100여 평의 넓은 장소에 흑차와 보이차를 이색적
으로 즐길 수 있는 공간으로 꾸며져 있다.

백비헌 찻집(중국차도구박물관)
청주에 있는 현대식 건물로 안쪽에 차구와 관련된 전시장과 선조들의 음차 공간을 모방한 듯한 차 공간
이 조성되어 있다.

나주 해피니스 집무실 겸 차실
100여 평 되는 넓은 공간 전체를 편백으로 마감하여 개방감을 준다.

보이차 문화와 공간

광주 다반사
도로변에 꾸며진 차실로 보이차와 다양한 차구가 준비되어 있다.

광주 위향
보이차를 마시면서 예술의 향기를 느낄 수 있는 곳
으로 차를 마시는 이들이 많이 모인다.

청담동 차실
보이차 공간이 다양하게 연출된 곳이다.

진주 죽향차실
한국적 이미지로 꾸며진 차실이다.

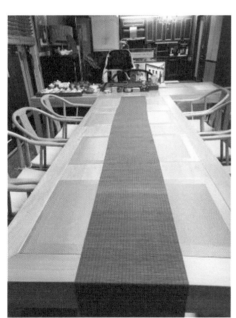

광주 보한재 차실
아파트 전체를 차실로 꾸며 골동 보이차를 즐기는 곳이다.

울산 덕장차문화연구원
한국적 느낌을 현대 차실 공간으로 재해석하여 집 설계에서부터 공간을 염두에 두고 인테리어를 한 공간이다.

울산 개인차실
전원주택 2층을 차실로 꾸며 자연과 더불어 보이차를 즐기는 곳으로 꾸몄다.

보이차 문화와 공간

아사가 대표 개인차실
주인을 닮은 여리고 아담한 차실 공간이다. 공간을 둘로 나누어 한쪽에서는 말차를 다른 쪽에서는 보이차를 즐기는 차실이다.

경주 강선생님 오누이 차실
기와집과 한옥을 ㄱ자 형태로 지어 차실을 여인의 차방으로 소박하게 꾸며진 흥미로운 차실 공간이다.

경주 아사가차관
20년을 훌쩍 넘긴 보이차 문화 공간이다. 기물들에서 세월의 흐름을 느낄 수 있다.

보이차 문화와 공간

설은재

한옥 세 동을 특색있게 구분하였다. 젊은층이 차에 쉽게 접할 수 있게 티룸과 좌식룸, 공동공간을 배치했다. 주인의 차에 대한 높은 이해가 공간에 그대로 반영되어 있다.

제주 고요새
바다가 보이는 야외, 온전히 자기 자신에 집
중할 수 있는 2층 공동 공간으로 사색하기
좋은 차실로 꾸며져 있다.

보이차 문화와 공간

제주 취다선
차와 선에 취할 수 있는 공간. 선 명상과 개인차실 세 곳을 꾸며 자신을 돌아볼 수 있는 휴식 공간이다.

서귀포 유민미술관
안도 다다오가 설계한 미술관으로 전체 미술관 관람 후 차를 마실 수 있는 공간을 마련해두었다.

제주 포도호텔
이타미 준이 제주 주택을 재해석해 설계한 공간이다. 자연에서 차 한잔의 여유를 즐길 있는 차실이다.

보이차 문화와 공간

제주 토템오어
제주도 느낌을 물씬 나게 하는 소품들로 꾸며져 있는 공간이다.

제주 오설록 티룸
예약제로 운영하는 오설록 티룸이다. 천정에 거울이 설치되어 공간 확대와 멋스러움을 주는 공간이다.

제주 지안 보이찻집
시인인 주인이 사오기(왕벚꽃) 나무를 이용하여 소담스럽게 꾸민 공간이다.

제주 우연못 티룸
젠스타일의 느낌이 물씬 풍기는 공간이다.

제10장

보이차 공간 설계의
이론과 실제

한중일 삼국을 중심으로 삼국의 차 문화 공간에 공통적으로 깃든 선 사상을 기초로 '보이차+문화→공간'에 옷을 입히려 한다. 선의 기원은 인도의 불교가 중국화된 형태로 인도의 합리성과 추상성이 중국의 정신적 전통인 도교 및 유가사상과 결합된 것이다. 이것은 당대 조사들에 의해 새롭게 완성된 조사선(祖師禪)의 선사상이다. 조사선은 남종선(南宗禪) 중에 가장 높은 수준이고 달마 계통으로 6조 혜능에 의해 성립되었다.

한국은 신라 말 8세기 초 중국 남종선(南宗禪)을 출발로 고려시대 법안종(法眼宗)과 임제종(臨濟宗)이 차례로 도입되어 큰 영향을 미쳤다. 일본은 전통적으로 꾸밈과 반(反)꾸밈의 문화를 가지고 있는데 선사상은 '반꾸밈'의 기본이며 '공'과 같다. 이것은 와비(わび)·사비(さび)의 미학, 야쯔시(의도적 빈곤)가 합하여 꾸미지 않는 문화이며 '과잉미학'을 제거의 미학으로 대치시킨 것이다.

와비(わび)는 중세에 등장한 일본 사상으로 은둔자의 빈곤함과 그로 인한 고충 및 달관, 그리고 세속을 초월한 풍아를 나타내며 소박함 속에 깊고 풍요로움을 구가하는 개념이다. 사비(さび)는 한적함 속에 깊은 멋과 정신적인 풍요로움을 지닌 미적 이념이다. 이것이 다도에서 함축된 언어로 가난, 단순, 고독으로 쓰여 와비·사비가 비슷하게 사용되고 있다.

중국, 한국, 일본을 통해서 알 수 있듯이 선은 인생이 무상하므로 물질에 사로잡히지 않으며 삼라만상의 모든 것에서 본질을 터득함으로써 삶의 경지에 이르는 것이라 할 수 있다. 그리고 선 사상은 20세기 중반 스즈끼 다이세츠(鈴木大拙)에 의해 서양 대중들에게 선 미학으로 나타나기 시작하였고 서양의 미니멀리즘(minimalism)이 세기말에 들어오면서 미니멀리즘의 특성인 절제미와 동양 선 미학에서의 여백의 미, 동양의 자연미가 접목되어 '젠(Zen)'이란 동서양의 하이브리드적(Hybrid) 문화예술 사조가 나타나기 시작한 것이다.

1. 선, Zen, Zen style

1) 선(禪)

선(禪)이란 마음을 한곳에 모아 고요하게 하는 것으로 참선과 명상을 통해 심신을 편하게 하는 불교 사상 중의 하나다. 선종(禪宗)은 불교의 한 종파로 우주와 인간의 실체를 파악하며 생(生)과 사(死)를 초월하고 우주 모든 원리를 체득하여 깨달음에 이르게 하는 무신론적 종교이다. 선의 본질은 철학사상이나 종교로 단순히 정의할 수 없다. 선이란 인간의 본성을 통해 깨달음을 얻고 마음의 고요함을 찾아 편안한 삶을 찾는 과정이다.

2) 젠(Zen)

선(禪)의 일본식 발음으로 영국식 표기 방법이다. '젠(Zen)'이라고 하는 것은 서양에서 동양을 바라보는 관점으로 선의 특징이 '젠'으로 불리면서 하나의 주류를 형성하는 기초가 되었다. 즉, 선의 동양적 이미지가 일본을 통해서 서양으로 건너가 선이 '젠'이란 이름으로 되돌아온 것이다. '젠'은 1990년대 미니멀리즘이 동양의 선 철학과 만나 밀레니엄 시대의 새로운 예술 사조로 나타난 것이다.

3) 젠 스타일(Zen style)

'젠 스타일(Zen style)'이란 90년대 초 서양 즉 유럽을 중심으로 산업의 발달과 물질만능주의가 팽배해지면서 나타난 인간의 기계화 및 획일화에 반대하기 시작하였다. 그리하여 인간 본성 및 자유를 갈망하고 자연(自然), 여백(餘白), 절제(節制)의 가치를 추구하며 동양 선사상의 흐름과 함께 등장한 예술사조 중 하나이다. '젠 스타일'은 선사상을 바탕으로 동양적 신비주의와 자연의 산물인 오리엔탈리즘, 미니멀리즘이 중첩되면서 서양인들의 생활까지 변화시켰다. 이에 '젠 스타일'에 나타나는 미니멀리즘 역시 살펴볼 필요가 있다.

　'미니멀리즘의 이론적 고찰 형태는 기능을 따른다.'는 명제 하에 출발한 기능주의적 모더니즘의 실패 이후 다양한 시도로 복잡한 양상이 나타나는데, 그중에 하나가 1960년대 새롭게 등장한 미술 양식론 '미니멀리즘'이다.

2. 미니멀리즘

1) 미니멀리즘의 개념

'미니멀 아트'(minimal art)'는 영국 평론가 리처드 볼하임(Richard Wolheim)이 1965년 『아트 매거진』지에 발표한 '미니멀 아트론'에서 뒤샹, 라인하르트, 팝아트를 논하면서 처음 사용한 용어이다. 극소화, 단순함과 간결함을 추구하는 것이 미니멀리즘 예술과 문화의 흐름이다.

미니멀리즘을 추구하는 것은 세상의 어떤 물건이든 간에 궁극적으로 남게 되는 본질 요소, 또는 본질 개념에 대한 관심 표명이며 이것들은 가설적, 관념적으로 표현해보려는 의지이며 시도이다. 이것은 본질 그 자체 외에는 아무것도 의미하지 않는 것을 증명하고 보이는 것이다. 그 자체가 완결 미술이며 과거도 미래도 존재하지 않는다.

2) 미니멀리즘의 조형성

(1) 환원성

본질적으로 이미지나 장식에 관심이 있는 것이 아니라 이것들의 원천에 흥미가 있고 본질을 추구하기 때문에 대상을 본연으로 환원시키는 것을 중시했다. 이것은 내용이나 조형적인 요소를 떠나 '육체' 그 본질을 환원시킴으로 대상에 대한 직접 체험을 시도했다.

(2) 공간성

작품 안에서 이루어지는 조형 공간이 아니고, 눈으로 보이는 외부로 확장된 작품, 관객, 전시공간이 종합적인 관계에 대한 공감성을 지닌다. 이 말은 과거 예술에서 보이는 제한된 틀 안의 공간에 있지 않고 외부 대상과 관객, 그리고 주위환경을 포함시킨 의미로 파악될 수 있다.

(3) 반복성

미니멀 작가들은 상관관계(Relational Composition)를 피하기 위한 한 가지 방법으로 단순한 의미의 반복성을 선택했다. 연속된 배열에 의한 미니멀 작품은 주된 요소였고 이것은 개별적인 요소가 아닌 전체적 규율 속에서 그것들의 관계를 아는 것이다.

(4) 물성

미니멀리즘의 태도는 평면에서의 일루젼(Illusion)의 탈피보다는 객관과 중립 안에서 심리적이며 인간적인 여러 요소를 보이는 3차원의 투명한 의식의 대상 세계를 찾으려 하고 있다. 이것은 작품 자체를 하나의 물로서 인식하였다. 3차원은 실제 공간이며 그것은 환상과 실제 공간의 안과 주위의 경계선 색채 문제를 제기시켜준다.

3) 미니멀리즘과 선사상의 관계

동양의 선이 미국에 처음 전파된 것은 만국불교대회(1893년, 시카고)를 통해서였다. 이후 임제종의 샤쿠 소우엔[釋宗演, 1859~1919]과 그의 제자들이 서양사회에 선을 전파하기 위해 노력했는데 그중 스즈끼 다이세츠(鈴木大拙)는 1897년 도미(渡美)하여 동양의 여러 고전을 영문으로 번역 출판하였다. 그리하여 선사상을 전파하고 컬럼비아대학에서 불교철학 강의를 개설(1951년)하며 50~60년대 선사상의 붐을 일으켰다. 선이 스즈끼 다이세츠에 의해 처음으로 '젠'이라는 이름으로 소개되었으며 20세기 후반 건축, 패션 등에 미학적 젠 스타일이 등장하게 된다. 젠 스타일은 간결성, 단순성, 정신성의 특징을 가지고 20세기 예술, 미니멀리즘 디자인 등의 중요한 미학적 함의를 가지게 된다.

4) 젠 스타일과 미니멀리즘

국내의 많은 연구자는 동양의 선사상에서 발전된 젠 스타일이 서양의 미니 멀리즘과 서로 연결되어 있다고 보고 있다. 조정미·김예영(2000)은 "젠 스타일의 형태는 미니멀리즘 형식을 택하고 있다. 또 장식을 배제한 간결성, 단순성이 추구하는 미니멀 형태도 젠 스타일과 무관하지 않다."고 하였다. 또 박문형(2013)은 "가공하지 않은 경박단소의 젠을 미니멀리즘의 본질로 찾고 있다."고 하였다.

이와 같이 연구자들은 미니멀리즘과 젠 스타일이 '경박단소'와 '간결성'을 특징으로 하는 유사성을 가지고 있다고 여겼는데 이는 동서양의 미의식이 결합된 것이라 볼 수 있다. 또한 미니멀리즘이 차갑고 딱 떨어져 보이는 것과는 달리 젠 스타일은 좀 더 따뜻하고 부드러운 느낌을 가지고 있다고 할 수 있다.

5) 선사상과 미니멀리즘

김한응(2007)은 "젠 스타일의 절제된 표현은 서양의 미니멀리즘을 내포하고 있다."고 했다. 선사상의 선 방법은 대상 그 자체로 사물을 보는 것이다. 감각적인 것을 추구하지 않고 사물의 본질에 대한 환원이 궁극적 목적이다. 미니멀리즘 또한 작가의 주관을 배제하고 사물의 고유 특성을 제시하며 물질의 현상을 없애고 오직 본질만을 추구하는 상태에서 지혜의 깨달음을 얻는 것이다.

김한응은 그의 연구에서 '환원성과 본질성' 추구라는 선사상과 미니멀리즘의 공통된 속성을 도출하였는데, 미니멀리즘은 다양한 각도에서 선사상에 접근한 것으로 보인다. 여러 연구자들이 젠 스타일과 미니멀리즘의 형태와 속성의 유사성을 밝히고 있는데 여기에 나타난 미학 분류는 다음과 같다.

미니멀리즘과 젠 스타일 비교

	미니멀리즘	젠 스타일
형식	작가의 주관성 배제	절제의 표현
	획일적 반복, 형식적 공간 (단면적 요소, 빈 공간)	무위자연 (자연, 여백, 여유)
정신	사물의 본질 추구(사물성 확인)	본성으로 회귀, 깨달음
	사물에 대한 중립적 태도	무아(無我), 공(空) 상태

미니멀리즘과 젠 스타일 구성요소

사상	미니멀리즘	젠 스타일
요소	절제의 미	여백의 미, 자연의 미
형태	단순, 반복, 간결, 직선	무, 공, 부드러움, 자연스러움
색채	단색(검정, 회색)	무채색(흰색, 검정), 자연나무색
질감	인공적, 가공적, 딱딱함	무변화, 부드러움, 휴(休), 자연적 / 가공되지 않은 따스함

위의 두 표를 종합하여 중국의 보이차에 젠 스타일 및 미니멀리즘의 문화요소와 디자인적 요소를 합하여 새로운 공간을 제안하고자 한다. 보이차 문화공간은 절제된 미에 여백의 미와 자연의 미를 접목시켜 간결하고 부드러움을 줄 것이며, 색채는 전체적 배경으로 무채색 중 흰색을 사용하고 검정과 회색을 부분적 요소로 이용하고 자연의 색(원목색)과 간접조명으로 포인트를 줄 것이다.

3. 보이차 공간 설계의 사례

1) 평면도면

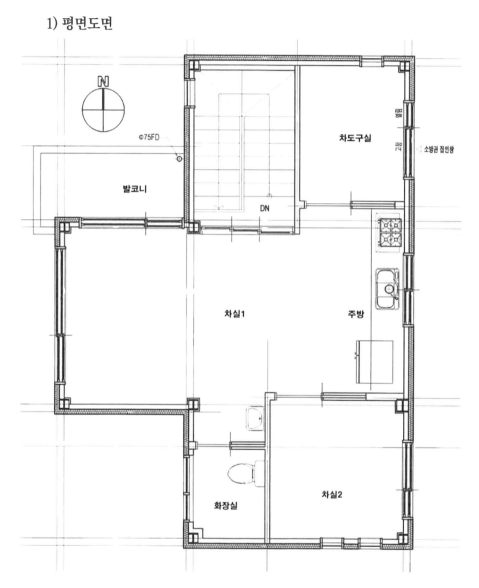

차실 평면도면[11]

---

11) 건축설계 : 상상건축사. 김태욱 소장. 제주도 조천읍에 2층 구조의 차문화공간을 설계 중. 2층 차실
평면도(약 60m2).

2) 차실 아이디어 스케치

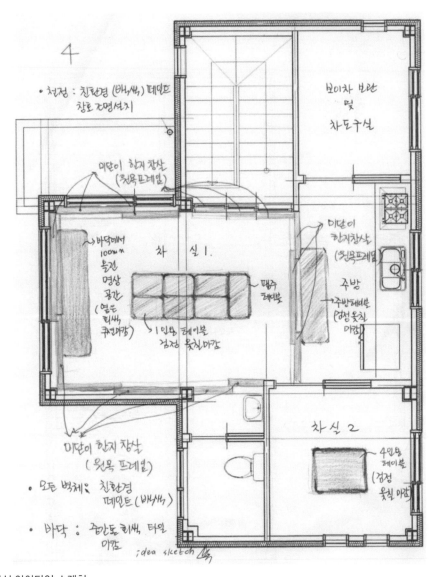

차실 아이디어 스케치

보이차 문화와 공간

3) 3D 도면

①바닥은 회색 타일 마감
②천정은 친환경 백색페인트, 창호조명 설치
③벽면 친환경 백색 페인트 위 한지 창살 설치
④바닥에서 100mm 높인 명상공간(회색 쿠션마감)
⑤1인용 흑색테이블 6개와 팽주 테이블(옷칠 도장마감)
⑥주방과 분리 할 수 있는 한지 창살 여닫이문설치

차실 3D 도면1 - 주방 쪽 미닫이문 열린 모습(시공 마감 설명)

차실 3D 도면2 - 주방 쪽 미닫이문 닫은 모습

차실 3D 도면3 - 흰 벽면 쪽 한지 창살의 가변성으로 열린 모습(주제에 따라 그림 설치)

차실 3D 도면4 - 서쪽 통창 열린 문과 명상 공간 모습

보이차 문화와 공간

　　구름의 남쪽이라는 운남 지역에서 생산되는 보이차에 관하여 세상에 알려진 상식에는 많은 오류와 편견이 있다. 이는 보이차에 대한 인문학적 자료들을 고찰함으로써 상당 부분 해소가 되었는데 그중 대표적인 편견이 바로 '생차는 진정한 보이차가 아니며 노차나 야생차만 진정한 보이차라 믿고 또 고수차만 고집하는 것'이다. 하지만 운남 지역의 여러 소수민족의 차 풍습에 관해 조사하면서 그들에게는 노차에 대한 개념이 없으며 생차 잎을 바로 활용하여 식사와 함께 차를 곁들여 마셨다는 사실을 알 수 있었다. 녹차와 마찬가지로 보이차도 생차일 때 좋은 폴리페놀 성분을 더 많이 함유하고 있다. 또 야생차는 잘못 마시면 오히려 건강을 해칠 수도 있다. 이처럼 보이차에 대한 흩어진 이론을 정리하면서 허상과 거품들을 걷어낼 수 있었고 보이차의 마력과 실상을 통해 진정한 보이차의 매력을 느낄 수 있게 되었다.

　　보이차는 청대 궁중에 진상될 정도로 품질이 뛰어난 차였으며 동시에 아주 가난한 서민들의 음료이다. 그래서 보이차에는 운남 소수민족의 고달픔과 힘겨운 삶이 고스란히 베여 있다. 그들의 차 풍습을 제대로 이해하지 못하면 보이차를 제대로 알 수 없다. 세월과 시간을 먹는다는 보이차를 이해하기 위해서는 여러 소수민족에 대한 이해가 선행되어야 한다. 그래야 보이차가 주는 다양한 이로운 점을 온전히 누릴 수 있다. 보이차 문화 공간을 연구하기 위해 분석한 내용은 다음과 같다.

　　첫째, 문헌 등 각종 자료를 통해 보이차에 대한 정의와 시대적 흐름을 통한 보이차의 역사를 살펴보았다. 더불어 한국에서 보이차가 정착되어가는 과정도

시대별로 살펴보았다. 우수한 보이차는 운남 지역에서 생산되는 대엽종을 이용하여 숙련된 가공기술을 통해 생차와 숙차로 만들어진다. '조수악퇴기법'을 통해 만들어진 숙차는 생차와는 다른 성분(갈산, 테아브로닌 등)과 효능을 가지는데 보이차를 잘 만드는 것만큼 그것을 과학적으로 잘 보관하는 것도 중요하다. 보이차 보관 방법은 온도는 25℃가 적당하며 습도는 75%를 넘지 않아야 한다. 또한 직사광선을 피하고 통풍이 잘되는 곳이 좋다. 좋은 원료, 가공기술, 보관방법에 따라 차의 품성이 어떻게 달라지는지를 알 수 있었다. 또한 보이차는 시간의 흐름에 따라 6대 차류를 다 거치는 차로, 녹차·백차·청차·황차·홍차·흑차로의 변화 과정을 통해 서로 다른 색과 향, 맛을 느낄 수 있는 매력적인 차임을 알 수 있으며 보이차의 신기함도 여기에 있다.

둘째, 운남의 세월과 바람을 맛보는 보이차를 제대로 마시기 위해서는 차석의 설계가 필요하다. 차석은 '품명환경(品茗環境)의 배치', '차기(茶器)로 조성된 예술장치', '다도(茶道) 연출의 장소', '독립된 주제가 있는 다도 예술 조합의 총체'이다. 작게는 차탁에 놓인 차도구와 기물을 칭하며 넓은 의미로는 차탁이 놓인 공간, 차실 즉 실내 공간과 정원과 자연, 풍경을 포함한 실외 공간까지를 다 포함할 수 있다. 차석의 구성요소는 필수요소와 부가요소, 기타 요소 등 세 가지로 구분할 수 있으며 보이차석의 필수요소는 화로와 주전자, 자사호, 찻잔, 공도배, 자사호 받침, 호 뚜껑 받침, 찻잔 받침, 차칙, 저울, 차시, 차칼, 집게, 전수, 다건 등이다. 이러한 도구들에는 차품과 차구 조합이 포함된다. 부가요소로는 직접 차를 마시는 차구가 아닌 차석 공간을 멋지게 연출할 꽃꽂이, 분향, 음악, 그림 등이 포함된다. 또한 잘 설계된 차석을 위해서 찻자리를 이끄는 주인(팽주)은 인문학적 소양을 위해 많은 훈련과 공부를 통한 숙련이 있어야 한다. 차석의 종류는 인원 수, 시간과 장소, 용도와 목적에 따라 다르게 구분할 수 있으며 이에 따라 표현방법과 내용도 달라진다. 차석 설계를 어떻게 하느냐에 따라 다양하게 연출할 수 있다. 이때 원활한 소통을 위해 주인과 손님 역시 기본태도를 잘 숙지하여 한다는 것도 알 수 있었다.

셋째, 동양의 상대주의적 사고 체계를 잘 보여주고 있는 『주역(周易)』에는 차와 관련시킬 수 있는 음양오행설이 나온다. 이것은 차문화뿐만 아니라 동양인들의 일상생활에도 많이 적용되고 있다. 양과 음은 반대되는 것이 아니며 대립하여 상충하는 것이 아니라 서로 의존하면서 보완하는 것이다. 이 점은 보이차에도 적용될 수 있는데 자연이라는 대우주에서 보이차는 오행에 잘 맞아떨어진다. 차나무[木]는 토양에 뿌리를 두고 흙[土]으로부터 영양분을 섭취하여 자란다. 나무는 선엽(鮮葉)을 만들고 불[火]로 차를 만든다. 불로 인해 뜨거워진 가마[金]는 물[水]을 끓이는 도구나 다른 차구로 사용된다.

중국과 한국의 차석 공간 구성에는 음양오행 사상이 곳곳에 깃들어 있는데 특히 일본의 초암차실은 설계에서부터 음양설을 적용하였다. 차실 다다미는 물론 차도구 위치와 배열에도 모두 곡척을 이용하여 배치하였다. 『주역』을 기초로 여러 종교와 합하여 발전된 선불교는 차와 밀접한 관계가 있다. 기원전 6세기경 인도에서 시작된 불교는 중국으로 넘어오면서 도교 및 유교와 결합하여 선불교를 만들어 냈다. 이 선불교는 한국으로 전해져 지금까지 의례, 형식으로 잘 보존되고 있으며 일본으로 건너가 선사상을 독자적으로 만들어 다도 및 와비 사상을 완성하고 일본 전반에 큰 영향을 끼쳤다.

보이차와 선불교는 '차선일미'를 표방하는 상호보완적 관계로 차와 선을 동일시함으로써 더욱더 시너지 효과를 내었다. 차와 선종의 공통점은 '비움'이다. 차를 마시는 행위를 통해 복잡한 생각을 비운다. 이에 보이차 문화 공간은 여백의 미로 구성하며, 비어있는 공간에서 새롭게 에너지를 얻고자 연구하는 데 주력했다. 복잡한 물질문명에 지친 사람들은 건강과 웰빙에 점점 관심이 커지고 있다. 일상에 지친 사람들은 차를 마시기 시작하면서 버리고 비워내는 것을 익히며 평정심을 찾기 시작하고 있다. 차를 마신다는 것은 외부로 향하는 것이 아니고 내 안의 나를 찾는 과정이다. 이에 간결하고 자연스러우며 절제된 차문화 공간의 순기능을 차의 정신문화로 승화시키고자 하였다. 그리고 바람직한 차문화 공간을 제안하기 위해 『주역』과 선사상을 덧입혀 스토리텔링을 하였다.

넷째, 서양 사람들은 합리주의와 기계문명의 지나친 발달로 황폐해져가는 인간의 정신세계를 극복하기 위해 동양으로 눈을 돌리고 그 대안 중 하나로 인간 자신의 깨달음을 추구하며 자연의 순수의식 상태에 이르게 되는 선사상을 찾게 되었다. 현대인들은 풍부한 물질을 얻으려 많은 노력을 할수록 점점 소외감을 느끼고 있으며 자기 자신을 바라볼 여유도 누리지 못하고 있다. 또한 우리를 위협하는 여러 바이러스 공격에도 취약해지면서 더 나약하고 무기력해지고 있다. 이럴 때일수록 마음의 산책길을 만들고 마음 건강을 위한 소통 통로를 활성화시켜야 한다. 그리고 사람들이 보이차를 마시며 힐링하고 선사상이 깃든 보이차 문화 공간에서 자신의 내면세계를 들여다보고 자아 성찰을 할 수 있기를 희망한다.

선사상은 동서양에 영향을 끼치며 젠 스타일을 만들어냈고 미니멀리즘과 함께 건축, 디자인, 패션 등 다방면에 영향을 끼쳤다. 사람 간의 소통과 차의 만남에 있어서 복잡한 공간이 주류를 이루었다. 그래서 젠 스타일의 장점을 살리고 단점(동양의 좌식생활은 노년에 신체 변형을 가져온다)을 보완하여 미니멀리즘이 융합된 다음과 같은 보이차 문화 공간을 제안한다.

① 절제미의 강조. 차를 마시는 공간은 필요한 최소의 요소들로 주제에 맞게 구성한다. 간결성을 위해 차실과 준비 공간을 따로 마련한다. 인원수에 맞게 테이블도 조정한다. 차와 사람들 간 소통에 집중하기 위해 젠 스타일과 미니멀리즘의 색채를 차용하여 필요한 최소 요소만을 가지고 구성한다.

② 여백의 미 추구. 주제에 맞게 배치한 꽃꽂이, 글 또는 그림을 제외한 나머지 공간은 비워둔다. 벽면에 한지 창살은 가변성을 둔다. 동양 문화의 키워드인 '비움'을 통해 충분히 휴식하고 새로운 창작이 이루어질 수 있

도록 한다. 모든 장식을 배제하고 빈 공간을 둔다(벽면).

③ 자연의 미를 살림. 차를 통한 깨달음을 얻기 위한 자연스러움을 추구한
다. 이중창문 창호지를 통해 자연의 빛을 은은하게 유도하고 자연의 일
부인 나를 알아차리는 공간을 구성한다.

④ 간결한 색채 사용. 전체적인 주제색은 흰색을 바탕으로 검정과 회색의
포인트를 주어 깨끗한 이미지를 제공한다. 또 단조로움, 차가움을 배제
하고자 원목색인 미색을 사용하여 자연스러움과 따스함을 포인트로 표
현한다(흰색, 회색, 검정, 원목색).

⑤ 융합공간으로의 활용. 차실은 차와 사람 간의 소통이 주가 되는 공간이
다. 이와 함께 차실 한쪽에 명상 공간을 따로 두어 소우주인 자기 자신
과의 소통 공간을 포함시킨다.

위의 5가지 요소를 가지고 보이차 문화 공간을 디자인하면 차문화 공간의
순기능을 극대화 시킬 수 있다고 생각한다. 보이차 공간은 소소하게는 차문화의
요소들을 정제하여 깔끔하게 설계된 차석 환경이며 넓은 의미에서는 소박한 차
실 공간에서 차 본래의 맛과 더불어 단순하게 사는 삶의 의미를 알아가는 데 도
움이 될 것이다. 그러기 위해서 간접조명을 설치하여 부드러운 분위기를 조성하
고 계절에 맞게 톤을 꾸미고 눈과 마음을 편안하게 할 수 있도록 공간을 구성을
제안하였다.

차문화의 꽃이라고 할 수 있는 보이차는 우리 인생과 많이 닮았다. 좋은 보
이차는 12년 전후로 본인의 색향미를 마음껏 뽐내며 20년이 지나면서 걸림이
없어지고 목 넘김이 부드러워진다. 30년이 되면서부터 고유 성질이 완전히 순
화하면서 월진월향(越陳越香)이 된다. 우리 인생도 이와 같이 유년, 중년, 노년
을 거치면서 스스로의 체험과 습득을 통하여 훈련하고 노력에 의해서 보다 성숙
한 인간으로 완숙되어 간다. 좋은 보이차를 마시면서 평정심을 찾는 융합공간은

자기 자신의 발전에 선한 에너지를 줄 수 있으며 더불어 차의 최고 경지인 '융합과 조화'를 이룰 수 있을 것으로 생각한다. 이러한 차실을 시작으로 차옥, 상업 공간의 차실, 차경에 이르기까지 인간을 위한 차문화 공간이 더욱 발전되고 그 영역이 확대되기를 기대해 본다.

[참고문헌]

1. 단행본

Okakura. Kakuzo(2014), 다실에의 초대, 위드스토리.

가마다 시게오·기노가즈요시 저(1992), 선-현대를 살아가는 길. 대원정사.

가모노 죠메이(2014), 호조키. ㈜제이앤씨.

공가순·주홍걸 편저(2015), 운남보이차 과학, 구름의 남쪽.

공의식(2005), (새로운) 일본의 이해, 다락원.

교양교재편찬위원회(2002), 선과 자아, 동국대학교 출판부.

구태훈(2008), 일본 고대·중세사, 재팬리서치 21.

구태훈(2011), 일본 고대·중세사, 재팬리서치 21.

구태훈(2011), 일본문화사, 재팬리서치 21.

글라이브 풀팅(2019), 녹색 세계사, 민음사.

김경우(2017), 골동 보이차의 이해, 티웰.

김승호(2015), 새벽에 혼자 읽는 주역 인문학 기초 원리편, 다실초당.

김승호(2015), 새벽에 혼자 읽는 주역 인문학 깨달음의 실천편, 다실초당.

김승호(2016), 공자의 마지막 공부, 다실초당.

김연(1986), 천지통보 천간론, 법도진리연구회.

김일·박규용(2021), 침향 속으로, 티웰.

김태연(2011), 대익보이차, 대익다도원.

김태연(2015), 보이차 마스터 1~4, 대익다도원.

김태연(2019), 보이차 품평 교과서, 열린세상.

노보루의 외 3인(1966), 다도 미술전집 3권 다실편, 검원사.

다카세 요이치·나카 마카히도(2013), 일본의 정원, 학연문화사.

동국대학교(2002), 禪과 自我, 동국대학교 출판부.

등시해(2004), 보이차, 윈난출판집단체.

등시해(2005), 탑건 속 보이차, 테크노놀로지출판사.

루크키오(2022), 세계사를 바꾼 위대한 식물상자.

류건집(2007), 한국차문화사(하), 이른아침.

마츠오 겐지·김호성 역(2005), 인물로 보는 일본 불교사, 동국대학교 출판부.

문철수(2021), 차·선 공간, 명문당.

미상(2009), 역대 선림 청규집성 1, 중원서림.

민중서림편집국(1999), 민중 에센스 국어사전, 민중서림.

박경자·다카세 요이치·나카 마카히도(2013), 일본의 정원, 학연문화사.

박성각(2005), 선의 예술의 이해, 경인문화사.

박전열(2012), 남방록 연구, 이른아침.

박홍관(2018), 중국에 차 마시러 가자, 제이.

박홍관(2018), 차-공간에 담기다, 티웰.

박홍관(2019), 차도구의 예술, 티웰.

방인(2014), 다산 정약용의 주역사전-기호학으로 읽다, 예문서원.

법흥스님(1992), 선의 세계, 호영출판사.

석지현(2005), 茶禪一味, 차의세계.

송준영(2020), 선설선화, 푸른사상.

스즈키 다이세쓰(2006), 선이란 무엇인가, 이론과 실천.

신광헌(2021), 쉽게 정리한 보이차 사전, 이른아침.

신정현(2010), 보이차의 매혹, 이른아침.

신정현(2020), 처음 읽는 보이차 경제사, 나무발전소.

신정근(2018), 동아시아 예술과 미학의 여정, 성균관대학교 동아시아학술원.

쓰지 노부오(1996), 일본 미술 이해의 길잡이, 길잡이.

양종위에(2013), 다시 쓰는 보이차 이야기, 이른아침.

王治心(1988), 중국 종교사상사, 이론과 실천.

우위엔쯔(2014), 중국다도 수련법 기초차식, 조율.

유현준(2020), 공간이 만든 공간, 을유문화사.

육우 지음·류건집 주해(2020), 다경주해, 이른아침.

윤혜영(2013), 역사가 살아 숨 쉬는 일본 문학, 궁미디어.

이근주(2021), 이근주의 보이차 이야기, 티웰.

이문천(2011), 고차수로 떠나는 보이차 여행, 인문산책.

이일(1991), 현대미술에서의 환원과 확산, 열화당.

이정용(1980), 주역과 기독교 사상, 한국신학연구소출판부.

인경(2022), 쟁점으로 살펴보는 현대 간화선, 조계종출판사.

정민·유동훈(2020), 한국의 다서, 김영사.

정병만(2019), 차 인문학 이야기, 학연문화사.

정성본(2020), 선불교 개설, 민족사.

정순일(2018), 차와 선의 세계, 골든북스.

정영선(2016), 찻자리와 인성고전, 너럭바위.

정진단(2015), 호흡의 예술 향도, 티웰.

조기정(1993), 중국 문화대혁명의 이해, 전남대학교출판부.

조기정(2014), 한·중 차문화 연구, 학연문화사.

명원문화재단 편저(2005), 茶禪一味, 동아시아선학연구소.

주홍걸(2019), 주홍걸 교수의 보이차 교과서, 티웰.

주홍걸·이아리(2020), 초보에서 보이차 고수까지, 한솜미디어.

진제형(2020), 차쟁이 진제형의 중국차 공부, 이른아침.

최범술(1980), 한국의 다도, 보련각.

최현각(2012), 선학의 이해, 동국대학교출판부.

쾌활, 정경원(2022), 운남 고차수 보이차, 이른아침

타카하로 호안(1970), 다도 미술전집 8. 꽃병, 담교사.

폴발리·박규태 역(2011), 일본문화사, 경당.

한준위·한치루(2013), 중국 역대 자사호 진상, 상해세기출판주식회사.

헬포스터(1990), 미니멀리즘의 본질, 공간.

호암다도회·보이차연구소 편(2011), 보이차 개론, 호암다도회.

홍정숙(2013), 차 한잔의 운치, 이담.

岡本浩一·飯島照仁(2010), 茶室手づくりハンドブック, 淡交社.

啓慶主編(2002), 影像中國茶道, 浙江攝影出版.

高婷著(2020), 茶文化与茶家具设计, 化学工业出版社.

喬木森(2005), 茶席設計, 上海文化出版社.

吉野 白囊雲 監修(2010), 禪茶錄.

茶道資料館(2022), 裏千家今日庵の茶室建築, 淡交社.

茶乌龙主编(2020), 日本茶道完全入门, 中信出版集团.

童啓慶主編(2002), 影像中國茶道, 浙江撮影出版社.

廖宝秀(2017), 历代茶器与茶事, 故宫出版社.

李开周(2021), 古画里的茶, 中州古籍出版社.

李闽榕(2017), 世界茶业发展报告, 社会科学文献出版社.

毛煥文增補(1850), 增補萬寶全書 목판본.

文人空间(2020), 有间茶室, 归谷文化.

朴銓烈譯(1993), 南方錄, 時事日本語社.

西山松之助校注(1986), 南方錄, 岩波文庫.

西雙版納州茶志(2018), 云南出版集团.

始国神(1991), 中國茶文化, 上海文化出版社.

神谷 宗チョウ(2014), 茶室の名席ハンドブック, 淡交社.

沃尔夫冈·费勒(2019), 日本茶室与空间美学, 广西师范大学出版社.

王迎新著(2013), 吃茶一水间, 山东画报出版社.

王希杰主編(1996), 漢語修辭和漢文化論集, 河南大學出版社.

云南省档案馆编(2020), 云茶珍档, 云南民族出版.

丁以壽 外 共著(2012), 中華茶文化, 中華書局.

丁以壽主編(2008), 中華茶藝, 安徽教育出版社.

靜淸和(2015), 茶席窺美, 九州出版社.

静香(2021), 四季茶席: 插花·布席·品茶, 化学工业出版社.

周新華主編(2016), 茶席設計, 浙江大學出版社.

중국토산추산진출구본사편집(1990), 中国—茶的故鄉, 홍콩문화교육출판유한공사.

中国土産畜産進出口総公司編輯(1914), 中國-茶的故鄉, 中国土産畜産進出口総公司.

池宗憲(2010), 茶席·曼荼羅, 三聯書店.

青争清和(2020), 茶席疑 美.

辟攜菜譜(2022), 浮云茶馆, 五行圖書出版有限公司.

夏俊伟·韩其楼(2013), 中国历代紫砂茗壶珍赏, 上海世纪出版股份有限公司.

Daisetzt. Suzuk(1959), Bollingen stress LXIV, Bollngenseries;Priceton.

Dumoulin·Heinrich·Peachey·Paul(1963), A history of zen buddhism, Beacon Press.

Fromm·Erich·Suzuki·Daisetz Teitaro·Martino·Richard De. Zen(1960), Buddhism & psychoanalysis, New York;Harper. c.

Suzuki·Daisetz Teitaro(1964), Jung. C. G. an introduction to zen buddhism, Grove Press.

Suzuki·Daisetz Teitaro(1970), Zen and Japanese culture, Princeton University Press.

Suzuki·Daisetz Teitaro(1956), Zen Buddhism, N.Y.;Doubleday.

2. 논문

OLAJ. TOGAFAL(2000), 다도의 선사상에 따른 현대디자인의 영향, 석사학위 논문: 홍익대학교 산업대학원.

강유안(2006), 보이차와 녹차의 스트레스에 의한 마우스 고지혈 억제 효능에 관한연구. 석사학위 논문: 건국대학교 산업대학원.

김건우(2005), 차문화공간 현대적 해석과 공간조성연구, 석사학위 논문: 원광대학교 동양학대학원.

김영재(2001), 선사상의 공간 구성원리에 의한 여가문화 공간 디자인 모형 사례연구, 석사학위 논문: 이화여자대학교 대학원.

김한응(2007), 선사상에 의한 zen style의 조형적 공간성 연구, 박사학위 논문: 경희대학교 대학원.

박용선(2009), 현대미술의 경향에 나타난 선사상 연구, 석사학위 논문: 원광대학교 대학원.

변승기(2017), 동양철학 기반의 「仁義禮智」茶席 설계, 석사학위 논문: 성균관대학교 대학원.

배진연(2021), 주역이 차문화에 끼친 영향, 박사학위 논문: 조선대학교 대학원.

손은영(2014), 백남준 작품에 내재된 선사상 연구, 석사학위 논문: 경희대학교 교육대학원.

송미경(2005), 현대 화풍 공간디자인의 유형화를 중심으로, 석사학위 논문: 홍익대학교 산업미술대학원.

송영민(2018), 미학의 관점에서 본 차문화 공간연구, 석사학위 논문: 성신여자대학교 문화산업예술대학원.

송지숙(2016), 동서양의 정원문화를 통해 본 차문화공간 연구, 석사학위 논문: 원광대학교 동양학대학원.

송태자(2020), 한국의 차문화 음다공간 연구, 석사학위 논문: 원광대학교 동양학대학원.

유송화(2019), 선사상과 시뮬레시옹에 근거한 가상공간연구, 석사학위 논문: 홍익대학교 미술대학원.

육선자(2002), 한국 음다공간의 역사적 고찰, 석사학위 논문: 성균관대학교 생활과학대학원.

이단(2018), 명대 문인의 차 문화공간 연구, 박사학위 논문: 원광대학교 한국문화학과.

이승미(2017), 의약품과 음료로부터 섭취한 카페인 출현성 뇌졸중 발생 위험에 관한 환자-대조군 연구, 박사학위 논문: 서울대학교 대학원.

이은경(2016), 차문화공간의 현대적 적용 방안연구, 석사학위 논문: 원광대학교 동양대학원.

이일희(2004), 생태적 관점에서 본 차문화 공간에 관한 연구, 박사학위 논문: 성신여자대학교 대학원.

이주영(2016), 현대 차문화 공간의 특성에 대한 연구, 석사학위 논문: 성균관대학교 생활과학대학원.

임지영(2001), 20세기 말 공사상으로 표현된 젠(zen. 禪)스타일, 석사학위 논문: 제주대학교 대학원.

전재현(2014), 일본 불교가 차문화 콘텐츠 발전에 끼친 영향, 박사학위 논문: 조선대학교 대학원.

정경자(2018), 차문화 공간연구, 석사학위 논문: 동아대학교 문화예술대학원.

정령(2021), 한국 석가명차 보이차 독자적 브랜드(오운산) 경쟁전략 분석. 석사학위 논문: 중국복단대학교 대학원.

조순길(2010), 녹차와 잔류농약 특성 및 다성분 분석법 연구, 박사학위 논문: 전북대학교 대학원.

허지현(2019), 보이차 사전 지식과 선택 속성이 구매 만족에 미치는 영향에 관한 연구, 석사학위 논문: 성균관대학교 생활과학대학원.

홍정숙(2012), 현대 음다 공간의 활성화 방안 연구, 박사학위 논문: 조선대학교 대학원.

羅依斯(2018), 基于審美視覺下的茶席設計研究, 碩士論文: 湖南農業大學.

徐健(2016), 景觀園林布局在茶席布局中的應用, 碩士論文: 東南大學.

楊曉華(2011), 茶文化空間中的茶席設計研究, 碩士論文: 藝術設計學院.

何苗(2016), 基于系統思想的茶席紡織品設計, 碩士論文: 中原工學院.

곽대영(2005), 디자인에서의 미니멀리즘의 경향과 특성에 관한 연구, 기초조형학연구 vol. 6.

김봉건(2008), 차와 선종의 만남, 동아시아 불교문화 제2집, 동아시아 불교문화학회.

김영란·문정섭·류수용·이정환·김유선(2011), 유통 중인 음료식품과 속 쓰림과의 관련성에 대한 연구, 대한소화기학회지.

서유선(2018), 오모테센케의 면장 단계에 나타난 다도정신 -화경청적을 중심으로-, 한국예다학 vol. 7.

오명진(2013), 祁門 安茶의 정체성에 관한 탐색, 한국차학회논문 제19권 제4호.

왕봉조·최인숙(2018), 중국 운남성 보이차 포장의 시각적 요소 분석 – 중국 보이차 5대 브랜드 중심으로, 일러스트 포럼 vol. 57.

왕예·서단·조기정(2021), '茶'的 別稱 研究, 中國人文科學 제79집.

이양숙(2021), 보이차의 효능·효과에 대한 고찰, 한국차문화학회 제12권.

이양숙(2021), 우수 보이차 조건의 고찰, 국제차문화과학학회 제2권.

임도연(2019), 후발효차(보이차) 보관 조건에 따른 주요 성분 변화, 상품학연구 제37권 4호.

임헌역·감한웅(2010), 젠 스타일 디자인 표현 방법에 관한 연구, 일러스트레이션학회 15회 일러스트레이션 포럼.

정영희(2009), 초의의 禪과 茶의 사상적 연관성 고찰, 한국불교학 54.

정영희(2020), 다선일미에 대한 서적 의미 고찰, 차문화산업학 제50집.

정영희·서왕모(2020), 다선일미에 대한 선적 의미 고찰, 차문학산업학 제50집.

정유진(2017), 명상 공간과 인간 형태 관계에 관한 신경과학적 고찰, 기초조형학연구 18권 5호.

조기정(2002), 중국 문화대혁명 연구-사회상을 중심으로, 中國人文科學 제25집.

조기정(2006), 중국 소수 민족의 유차 연구 - 瑤族의 打油茶를 중심으로, 中國人文科學 제33집.

조기정(2012), 중국차 분류 고찰, 中國人文科學 제51집.

조기정(2013), 중국 명차 고찰, 中國人文科學 제55집.

조기정·유동훈(2015), 차문화의 가치와 범주, 한국차문화학회.

조기정·이양숙(2022), 중국 차석의 구성요소 고찰-차문화 산업학, 국제차문화학회 제55집.

조정의·김예형(2000), 현대 패션에 나타난 Zen 양식에 관한 연구, 한국부식학회지 50권 6호.

황윤정·장동련·김동빈(2018), 미니멀리즘 조형의 동양 선(禪) 사상적 해석, 기초조형학연구 19(1).

俞輝·馬軍輝·丁藝豐.王校常(2012), 茶氨酸對咖啡因興奮作用的拮抗機理分析, 中國藥物依賴性雜誌.

보이차
**문화와
공간**

초판 발행 2023년 10월 15일

저자   이양숙 ⓒ 2023

발행인   김환기
발행처   도서출판 이른아침
주소   경기도 고양특례시 덕양구 삼원로 63 고양아크비즈 927호
전화   031-908-7995
메일   booksorie@naver.com

값 38,000원

* 잘못된 책은 바꾸어드립니다.

ISBN 978-89-6745-149-3 (03810)